古龍自署

盛期之風貌

# 臥龍生作品 帶動武俠風潮

**《飛燕驚龍》開一代武俠新風**

《飛燕驚龍》(1958)為臥龍生成名作，共48回，約120萬言。此書承《風塵俠隱》之餘烈，首倡「武林九大門派」及「江湖大一統」之說，更早於香港武俠巨匠金庸撰《笑傲江湖》(1967)所稱「千秋萬世，一統」達九年以上。流風所及，臺、港武俠作家無不效尤；而所謂「武林盟主」、「江湖霸業」等新提法，竟成為社會大眾耳熟能詳的流行術語了。

《飛燕》一書可讀性高，格局甚大。主要是寫江湖群雄為覬覦傳說中的武林奇書《歸元秘笈》而引起一連串的明爭暗鬥；再以一部假秘笈和萬年火龜為餌，交插敘述武林九大門派（代表正派）彼此之間的爾虞我詐，以及天龍幫（代表反方）網羅天下奇人異士而與九大門派的對立衝突。其中崑崙派弟子楊夢寰偕師妹沈霞琳行道江湖，卻如夢似幻地成為巾幗奇人朱若蘭、趙小蝶之絕世武功技驚天龍幫，而海天一叟李滄瀾復接連敗於沈霞琳、楊夢寰之手；致令其爭霸江湖之雄心盡泯，始化解了一場武林浩劫云。

在故事佈局上，本書以「懷璧其罪」（與真、假《歸元秘笈》有關）的楊夢寰屢遭險難，卻每獲武林紅妝垂青為書膽（明），又以金環二郎陶玉之嫉才害能，專與楊夢寰作對(暗)為反派人物總代表。由是一明一暗交織成章，一波未平，一波又起，極盡波譎雲詭之能事。最後天龍幫冰消瓦解，陶玉帶著偷搶來的《歸元秘笈》跳下萬丈懸崖，生死不明，卻予人留下無窮想像空間。三年後，作者再續寫《風雨燕歸來》以交代陶玉重出江湖，為惡世間，則力不從心，當屬狗尾續貂之作。

在人物塑造方面，臥龍生寫男主角楊夢寰中看不中用，固然乏善可陳，徹底失敗；但寫其他三名女主角如「天使的化身」沈霞琳聖潔無瑕，至情至性，處處惹人憐愛；「正義的女神」朱若蘭氣質高華，冷若冰霜，凜然不可犯；「無影女」李瑤紅則刁蠻任性，甘為情死等等，均各擅勝場。乃至寫次要人物如「賓中之主」海天一叟李滄瀾之雄才大略，豪邁氣派；玉簫仙子之放蕩不羈，為愛痴狂；以及八臂神翁聞公泰之老奸巨猾，天龍幫軍師王寒湘之冷傲自負等，亦多有可觀。

摘自 葉洪生、林保淳著《台灣武俠小說發展史》

與

武俠小說

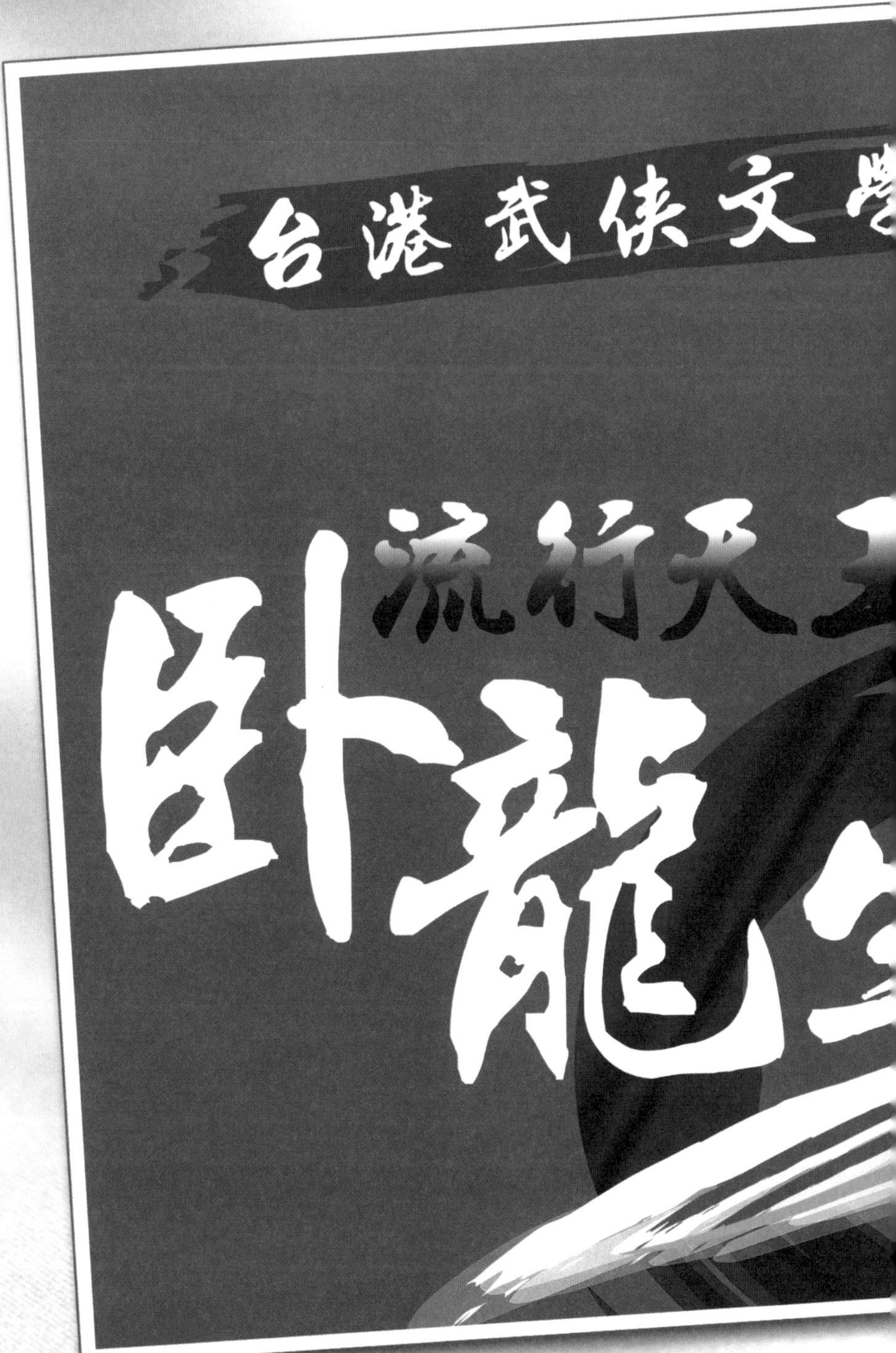
台港武侠文
流行天
臥龍

臥龍生是台灣最著名的武俠小說作家之一，自然也是海外新派武俠小說家中的重要一員。

在台灣武俠小說界，臥龍生曾獨領風騷被稱為「台灣武俠泰斗」。後來司馬翎、諸葛青雲脫穎而出，才與臥龍生並稱台灣俠壇的「三劍客」。那時候古龍還默默無聞。後來古龍名氣漸大，躋身高手之林，與「三劍客」合稱「台灣武俠小說四大家」，但臥龍生仍是深受讀者歡迎的武俠小說作家。

陳墨

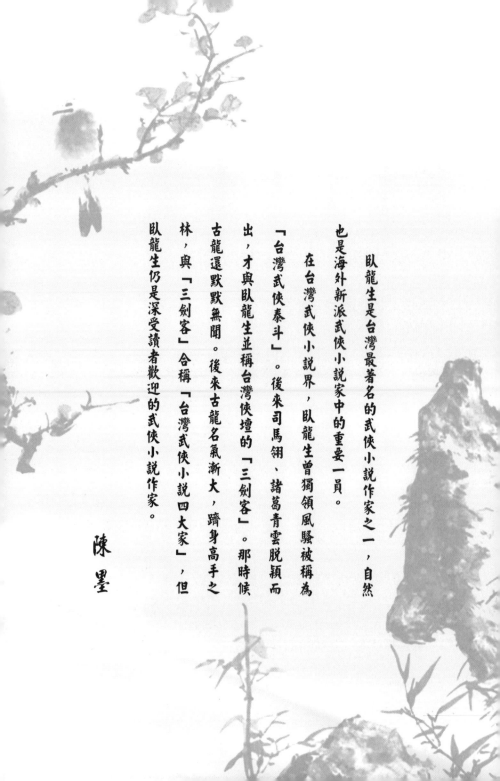

# 飄花令

臥龍生 精品集 24

（四）

大結局

# 飄花令（四）

臥龍生精品集㉔

## 目錄

# 五五　無形之毒

三聖主臉上的血洞聳動，冷冷說道：「大聖兄多慮了，就算小弟的記憶不好，但大聖兄的容貌，豈敢忘去。」

大聖主道：「這麼說來，兩位聖弟一定要看了。」

三聖主道：「其實大聖兄不肯取下蒙面黑紗，才是不智之舉，那似是更難免去我們心中之疑，只怕，只怕……」

大聖主冷笑一聲，道：「只怕怎樣？」

二聖主搶先接道：「大聖兄如是心中無愧，又爲何不肯取下蒙面黑紗呢？」

大聖主道：「如是我心中有愧呢？」

這答覆大大地出了二聖主和三聖主的意料之外，兩人相互瞧了一眼，迅快地戴好了面具。

只見那三聖雙手一抬，背上交叉的雙劍，一齊出鞘。

慕容雲笙定神看去，只見他手中雙劍，各具異徵。

左手劍尺寸稍短，宛如秋水，霞光閃動、冷氣逼人，一望之下，即知是一柄神物利器，具有削鐵切玉之能。

右手之劍，泛起一片晶藍光華，分明是經過劇毒淬練之物。

二聖主左手端著盒底，右手按著盒蓋，大有一語不合，立揭木蓋之狀。

但慕容雲笙用盡心機，就是想不出那二聖主盒中裝的什麼兵刃，那木盒長不過一尺，寬不過數寸，實非容納兵刃之物。

但那大聖主卻全神貫注在木盒之上，似是對那木盒的戒懼，尤過三聖主手中削鐵、淬毒的兩把寶劍。

態度較為緩和的二聖主，輕輕嘆息一聲，道：「大聖兄還請三思，我等並無奪位野心，只求一見大聖兄的廬山真面。這些年來，大聖兄不少事獨斷獨行，我們從未有過隻字片語的不滿，今日如為此事反目，豈不是太不值了嗎？」

三聖主冷然接道：「一旦動手相搏，大聖主是否有自信勝過我們聯手之力？何況還有四使者及聖堂八將，尚在聽蟬小築之外，備作我等援手。」

大聖主哈哈一笑，道：「可惜這或和或戰的決定，並不操於我手。」

大聖主突然回顧，望著楊鳳吟，道：「和戰之決，已至最後關頭，必需要立刻決定，已無暇再讓妳多作思考了。」

三聖主冷笑一聲，道：「好啊！女色誤人，果是不錯，一個十幾歲的女娃兒，在大聖兄的心目之中，比我兄弟重要多了。如若這丫頭死了，也許咱們兄弟還有和睦之日。」

語聲未落，右手長劍突然一沉，指向楊鳳吟。

只聽幾聲輕微的啵啵之聲，三道銀線，疾向楊鳳吟射了過去。

敢情他右手毒劍之內，還藏有毒針一類的暗器。

慕容雲笙吃了一驚，暗道：「好惡毒的兵刃。」心想搶救，已自不及。

只見那大聖主右手一抬，啪啪啪三聲輕響。

三枚兩寸五分的銀針，盡都釘在一件黑色皮套之上。

大聖主右手拇指輕彈，皮套脫落，露出了一把八寸長短的匕首。

那三聖主突然發難，暗器閃電射出，大聖主已然來不及除去匕首上的皮套，去撥打暗器，只好連帶皮套，用做拒擋暗器之用。

這時，楊鳳吟也已拔出一柄金色的短劍，準備撥打暗器。

目睹暗器被大聖主接住，立時嬌叱一聲，道：「還你暗器。」

喝聲中，金劍脫手飛出，疾如流星，射向三聖主。

三聖主一揮左手寶劍，寒芒閃動，一把金劍竟被他手中寶劍劈作兩斷，跌落地上。

大聖主冷笑一聲，道：「三聖弟何必急在一時，如是非打不可，小兄自會奉陪。」

二聖主緩緩向後退了兩步，道：「三聖弟，咱們再給大聖兄多想片刻的機會。」

三聖主道：「照小弟的看法，大聖兄已然被那楊鳳吟的美色陶醉，只怕把咱們兄弟之情，早已拋擲於九霄雲外了，而且，他不肯揭下臉上面紗，是不是原來的大聖主，也是大成疑問。」

那大聖主突然間沉默下來，一直靜靜地站在原地未動，也不說話，也不出手。

二聖主輕輕咳了一聲，道：「大聖兄，你想好了沒有？」

大聖主冷冷說道：「想什麼？」

二聖主道：「取下面紗，證實你的身分。」

大聖主一揮手，道：「你們先退出去，容我想想看，一頓飯時間之後，你們再進來如何？」

二聖主道：「好！但我們仍希望大聖兄能夠懸崖勒馬，繼續領導我三聖門。」

回顧了三聖主一眼，雙雙退了出去。

大聖主目睹兩人退去之後，輕輕嘆息一聲，道：「楊姑娘都看到了。」

楊鳳吟道：「看到了。」

大聖主道：「在下希望姑娘在一盞熱茶工夫之內，給我答覆。」

楊鳳吟沉思了一陣，道：「我明白了，明白了……」

大聖主道：「妳明白什麼？」

楊鳳吟道：「你心中既想娶我，又不願放棄三聖門的權勢，所以，你才想出了這個方法逼我。」

大聖主在兩位聖弟苦苦相逼下，始終能保持著一份平靜的神情，但楊鳳吟這幾句話，卻使那大聖主有些情難自主，全身微微顫抖，良久之後，才緩緩說道：「就算在下出於僞裝，但此刻時猶未晚，姑娘心中有何打算，但請說出。」

楊鳳吟道：「送我離開此地，你肯嗎？」

大聖主沉吟了一陣，道：「好！咱們動身吧！在下爲姑娘帶路。」

楊鳳吟大感意外地道：「咱們能夠走得了嗎？」

大聖主道：「我不知道。至少那是一件很艱苦的搏鬥，要衝過重重攔截。」

楊鳳吟道：「你心中既然是毫無把握，爲什麼要帶我走呢？」

大聖主道：「我要在姑娘面前證明一件事，證明我未對你用過心機。」

楊鳳吟接道：「你很痴，也很愚。」

大聖主哈哈一笑，道：「一個又痴又愚的人，竟然能領導龍蛇雜處的三聖門。」

慕容雲笙突然一揮手，道：「大聖主，你答應在下一見家父的事，是否還算數呢？」

大聖主道：「適才閣下親目所見，你覺著他們還會聽我之命嗎？」

慕容雲笙黯然說道：「他們知曉了你對我有此承諾，會不會遷怒於家父身上，把他殺害？」

大聖主沉吟了一陣，道：「這倒不會，閣下但請放心……」

楊鳳吟道：「咱們不能走，也不能長守於此，你準備做何打算？」

大聖主道：「唉！我原想藉此事逼妳就範，我失了三聖門大聖主之位，可得個如花似玉的嬌妻……」

楊鳳吟接道：「就算你成功了，那也只是得到了我的身體，永遠得不到我的心。」

大聖主道：「唉！妳說得不錯，現在，我又改變了主意。」

楊鳳吟道：「你要怎樣？」

大聖主道：「沒有條件地幫助妳。」

楊鳳吟道：「很難叫人相信。你如想暗施詭謀，還不如當面說明得好。」

那大聖主似是受到嚴重的傷害，全身顫動，但他只止於激動，卻忍下未讓它發作出來。

良久之後，才輕輕嘆息一聲，道：「此時此情，在下似用不著再用心機，假裝慈悲了。」

楊鳳吟回顧了慕容雲笙一眼，緩步行到大聖主的身前，道：「你如真有此心，我會感激不盡，但你已身陷重圍，自身也遭懷疑，如何能有餘力，照顧我們呢？」

我們兩個字，只引得那大聖主面上黑紗轉動，望了望慕容雲笙道：「我如答應了他們某種條件，他們大概會答應我了。」

楊鳳吟道：「只送我一個走嗎？」

大聖主道：「姑娘之意呢？」

楊鳳吟道：「把我們進入三聖門的人，全都放走。」

大聖主道：「這個只怕他們不會答應。」

楊鳳吟道：「除此之外，還有別的辦法嗎？」

大聖主道：「還有一個辦法，打！大家各憑武功，以分勝負。」

楊鳳吟道：「你覺著是否有勝人的把握。」

大聖主道：「機會不大，就是算上妳和慕容雲笙，實力也是不足，較安全的辦法，就是我答應他們的條件，交換你們離開。」

楊鳳吟道：「你留在此地，會有何等的後果？」

大聖主道：「很難說。你們離此之後，大可不用管我。」

慕容雲笙突然接道：「你送楊姑娘出去，我要留在這裡，見我父親一面。」

楊鳳吟道：「此地凶險萬狀，你一人之力，如何能夠辦到。」

慕容雲笙道：「爲見家父一面，死亦無憾。」

楊鳳吟神色凄然地說道：「我會成全你。」

慕容雲笙奇道：「妳如何成全我呢？」

楊鳳吟道：「你如能見得父親一面，其他的事，全都不放在心上了麼？」

慕容雲笙道：「求見家父一面，乃我唯一之願，此願得償，死亦無憾了。」

楊鳳吟黯然嘆息一聲，道：「如若有個人能夠幫助你見到你父親一面，你是否會一輩子感激他？」

慕容雲笙道：「自然是一輩子感激他了。」

楊鳳吟一雙美麗絕倫的眼睛中，緩緩滾下來兩行淚水，柔聲說道：「你不再想想，還有沒有其他重要的事嗎？」

慕容雲笙道：「就目下而言，能見家父之面，是我唯一之願了。」

楊鳳吟美麗絕倫的臉上，泛起了無比哀傷，緩緩地轉過身子，舉起衣袖，拭去臉上的淚痕，慢慢地走到了大聖主的身前，柔聲說道：「你可以為我冒險犯難？」

大聖主道：「是的，甚至死而無憾。」

楊鳳吟道：「好！那麼，你就幫助我去找到慕容長青。」

大聖主道：「好！姑娘準備何時動身？」

楊鳳吟道：「立時動身。」

大聖主略一沉吟，道：「可以，不過，你們要聽我吩咐，咱們立時出發！」

楊鳳吟低聲說道：「慢著走。」

舉步向外行去。

大聖主道：「還有什麼事？」

楊鳳吟道：「如若咱們能活著出來，我就立時嫁給你……」

那大聖主臉上黑紗顫動，顯然，心中亦有著無比激蕩，緩緩說道：「嫁給我？」

楊鳳吟道：「我說的是千真萬確，所以你一定要活著。」

大聖主淒涼一笑，道：「如若在下不幸戰死了，姑娘也不用爲此承諾煩心。」

楊鳳吟接道：「我親口說出了這句話，那就是海枯石爛，永無更改了。」

大聖主道：「慕容雲笙呢？我知道，妳心裡一直很喜愛他。」

楊鳳吟道：「不錯，所以我助他見慕容長青一面，完成他的心願。」

慕容雲笙只覺兩人對答之言，句句如刀如劍，刺入心中，幾乎站立不住。

他勉強忍耐著心中的激動，站穩身子。

但聞楊鳳吟黯然嘆息一聲，道：「大聖主，那慕容長青，被囚在何處？你們這三聖門中，囚禁了多少高手？」

大聖主道：「說來話長，一言難盡，以後，我會說給你聽。」

楊鳳吟點點頭，道：「大戰迫在眉睫，實也不宜談這些事了。」

語聲一頓，道：「我已經決定要嫁給你了，還不知道你的姓名。」

大聖主正待答話，突聞連玉笙的聲音，傳了進來，道：「稟告大聖主……」

連玉笙一躍而入，道：「二聖主、三聖主，已然布成了包圍陣勢。」

大聖主道：「只有四使、八將嗎？」

連玉笙道：「除了四使、八將之外，還有聖堂下二十餘位護法，都已經趕到了聽蟬小築，人數不下四十位。」

大聖主道：「這一仗是非打不可了！」

回顧了楊鳳吟一眼，接道：「楊姑娘、慕容公子，萬一動手之時，希望兩位緊隨我的身後，不可相距太遠。」

楊鳳吟道：「你身爲大聖主，難道就沒有幾位爲你賣命的心腹嗎？」

大聖主道：「我不知會遇上妳，所以，沒有準備。如今大局都已被他們控制，再想調動人手，只怕不是易事了。」

目光一掠連玉笙道：「連護衛，你準備如何？」

連玉笙道：「屬下追隨大聖主。」

大聖主微微一笑，道：「看來今日已無法逃過這一場火併了。」

探手入懷，摸出一個玉瓶，倒出了一粒丹丸，道：「吃下去。這是解你們身上禁制的藥物，服過之後，你就永不再受三聖門的控制了。」

連玉笙道：「屬下也感覺到有一種力量，在暗中控制著我們，只是無法說出而已。」

大聖主道：「所以，三聖門從來不怕人背叛，武功較低的人，身受禁制，心中明白，不敢背叛；武功卓絕之人，不知已爲毒物控制，所以，凡是背叛三聖門的武林高手，經過一段時間，必被擒回處死，因爲一月之後，他們已經沒有還擊之力。」

連玉笙點點頭，道：「多謝大聖主的指教。」仰臉吞下藥丸。

這時，室外突然響起了一陣步履之聲。

只聽一個清冷的聲音，傳入耳中，道：「大聖兄，想好了沒有？」

大聖主道：「想好了。」

但見人影一閃，二聖主、三聖主，一前一後行了進來。

二聖主一欠身，道：「大聖兄準備如何？」

大聖主道：「打！你們想藉此機會，把我除去，自升聖主，我做大哥的，自然要設法成全你們了。」

二聖主道：「目下除了四使、八將之外，還有很多護法，集於聽蟬小築之外，三聖弟情緒激動，難以自制，已把大聖兄存心手毀三聖門的事，說了出去，不過……」

大聖主冷冷接道：「不過什麼？」

二聖主道：「大聖兄神威極重，平常之日，甚得人心，三聖弟雖然說出內情，但他們還是半信半疑，如若是大聖兄一意孤行，豈不是把用心昭告他們嗎？」

三聖主冷笑一聲道：「那麼，二聖兄之意呢？」

二聖主道：「小弟之意，大聖兄取下面紗，以證身分，然後，仍然領導三聖門。」

大聖主道：「我倒有一個主意，但不知二聖弟是否答允。」

二聖主道：「願聞高論。」

大聖主道：「就算我讓出大聖主的位置，你們兩人仍是難以久安無事，最妥善的法子，就是整個的三聖門，交予一人執掌。」

三聖主冷冷接道：「這麼說來，大聖兄是早有意除去我們了？」

大聖主不理那三聖，仍然望著二聖主說道：「小兄願讓出大聖主的位置，隱身遠走，不過，我要帶著這位楊姑娘同行……」

二聖主接道：「如若大聖兄說的是肺腑之言，我們自當遵從。」

大聖主道：「但你是否能永保三聖門首腦之位呢？」

二聖主道：「這個……」

大聖主道：「除非你現在能夠下得毒手，殺了三聖主。」
三聖主聽得心中一寒，道：「二聖兄，千萬不可聽他挑撥之言。」
大聖主道：「古往今來，無數的史實可證，小兄豈是信口開河？」
二聖主輕輕咳了一聲，道：「大聖兄，還有什麼話說？」
這句問話，聽起來輕描淡寫，其實骨子裡卻是含意深長，用心惡毒。
大聖主略一沉吟，道：「如若你相信在下之言，我先爲你搏殺他……」
三聖主回顧了二聖主一眼，道：「二聖兄，大聖主既存定此心，咱們早些動手吧！」
話落口，雙劍出鞘，人也向前衝行了兩步。
回目望去，只見那二聖主手執木盒，站在原地未動，而且神態之間，也不似要動手的樣子，不禁大爲愕然，立時停下了腳步，接道：「二聖兄，怎不出手？」
二聖主神情肅然地說道：「我在想大聖兄的話，似是十分有理。」
三聖主呆了一呆，道：「咱們早有協議，二聖兄怎能聽那大聖主的挑撥？」
二聖主聲音冷厲地說道：「在下不會接受挑撥，我只是覺得大聖兄說的話，甚有道理，如果咱們逐走了大聖主，咱們兩人，由何人來領導三聖門呢？」
三聖主道：「自然由二聖兄領導三聖門，小弟願爲副手。」
二聖主道：「三聖弟的話是由衷之言嗎？」
三聖主道：「話出小弟之口，難道還會有假的不成？」
二聖主突然仰天打個哈哈，道：「大聖兄，三聖弟已有承諾，大約不會再有變化了。」
大聖主冷冷說道：「這等事你肯相信，那也是沒有法子的事了。」

二聖主咧口一笑，道：「小弟想了一想，我和三聖弟已成欲罷不能之局，今日非得找出一個結果不可，大聖主如是一定要動手，咱們只好奉陪。」

大聖主回顧了楊鳳吟和慕容雲笙一眼，道：「兩位可以亮兵刃了，你們如能纏鬥三聖主五十招，我們就可以勝這一戰。」

楊鳳吟突然一伏身，從桌底下面，抽出了兩柄長劍，道：「你要兵刃嗎？」右手一抖，手中劍直向那大聖主飛了過去。

楊鳳吟、慕容雲笙同時舉起長劍，分由兩路逼向三聖主。

一場武林中絕頂高手的力拚，立時就要展開。

二聖主手握木盒，雙目中暴射出冷厲的神光，道：「連玉笙，你要幫助哪一個？」

連玉笙右手一鬆腰間的扣把，抖出一條三尺六寸長短、二指寬窄、刃薄如紙的軟劍，道：「在下麼，自然是聽命於大聖主了。」

大聖主長劍舉起，劍尖指著二聖主，但卻停劍不攻。

只見兩人四道目光，相互凝注，但誰也不肯搶先發動。

慕容雲笙、楊鳳吟也逐漸逼近了三聖主，各佔一個方位，蓄勢而立，也不肯搶先出手。

突然間，那三聖主長嘯一聲，右手長劍一振，刺向慕容雲笙的前胸。

劍勢如電，快速絕倫。

慕容雲笙長劍疾起，幻起了一片護身的劍幕。

楊鳳吟急急叫道：「小心他劍中毒針。」

但聞噹的一聲，雙劍接觸。

慕容雲笙早已防到他劍中的毒針射出傷人，長劍揮出的同時，人也向一側閃開兩尺。

三聖主冷笑一聲，左手寶劍突然閃電而進，橫裡削來。

這一劍來的時間恰當無比，正是慕容雲笙劍招欲變未變之際。

只聽嗆的一聲，慕容雲笙手中的長劍，被那三聖主手中寶刃，削去了一截。

慕容雲笙手中長劍被削，還未來得及變招，三聖主已然雙劍並出，合襲而至。

從兩人動手，到慕容雲笙陷入被動危惡之境，不過一轉眼的工夫，楊鳳吟只瞧得心中大驚，長劍一起，一招「起鳳騰蛟」，直向那三聖主背心刺去。

三聖主雙劍合擊之勢，雖可傷了慕容雲笙，但在同一的瞬間，必將被楊鳳吟一劍刺中。處此情勢，自保要緊，三聖主左手寶刃回轉，撩擊楊鳳吟的劍勢。

三聖主回劍如風，楊鳳吟避之不及，嗆的一聲，手中劍也被削去了三分之一。

大聖主沉聲說道：「楊鳳吟，妳劍法決不在他之下，只要靜下心神，不要被他的毒針、寶刃震懾。」

楊鳳吟動手兩招，就被人削去兵刃，困於危境，鬥志大傷，聽得那大聖主之言，精神又爲之一振，短劍疾揮，反擊過去。

這一番她心中有了準備，除了留心避開那三聖主手中寶刃之外，全神運劍。

慕容雲笙長劍被削，也本有些氣餒，但見楊鳳吟揮劍再戰的豪氣，也不禁精神一振，揮劍夾擊。

三聖主憑仗寶刃、毒劍，先聲奪人，但在楊鳳吟和慕容雲笙靜下心來，運劍反擊後，立時形成了秋色平分之局。

片刻工夫，已搏鬥了十餘回合。

楊鳳吟、慕容雲笙，長劍被削去一截，動手之初，原覺有甚多不便，但十餘招後，漸覺習慣，劍招上的威力，逐漸地發揮出來，逐步地易守爲攻。

三聖主未料到這一男一女在劍術上的造詣如此之深，心中甚感震駭。

這時，大聖主和那二聖主，仍然是一個相對僵持之局。

兩個人似是心中都有著什麼顧慮一般，遲遲不肯出手。

連玉笙手執軟劍，擋在門口，暗中運氣戒備。

二聖主緩緩說道：「大聖主何以不肯出手？」

大聖主道：「在下身爲大聖主，應該讓你先機。」

二聖主冷冷說道：「兄弟用的兵刃，不適搶先動手，大聖兄不用客氣。」

大聖主目光微轉，只見慕容雲笙和楊鳳吟的合擊之勢，隱隱間已然佔了優勢，頓時心頭一寬，長劍一揮，緩緩向二聖主刺了過去。

他刺的劍勢很慢，劍尖處微微顫動。

那二聖主雙手捧著木盒，靜如山嶽，雙目盯注在那大聖主顫動的劍尖之上。

直待那閃動的寒芒，相距前胸不足半尺時，才一張手中木盒。

木盒張動，立時寒光閃閃，響起一陣輕鳴，銀芒一蓬激射而出。

大聖主手中的長劍，雖想避開，但卻晚了一步，收勢不及，迫得棄劍向一側躍去，讓開那木盒中飛出的一蓬銀雨。

二聖主身軀疾轉，藉勢把木盒又合了起來。

只聽一陣啵啵之聲，那激射而出的銀雨，盡都射在後面木壁上，那是一蓬銀針，根根深入壁內，顯見那木盒中彈簧力道的強大。

二聖主木盒開合，只不過一瞬間的工夫，竟叫人無法瞧出盒中的情景。

大聖主望望棄置於地的長劍，冷笑一聲，道：「這就是你費時十餘年，設計的百寶盒了。」

二聖主道：「大聖主的輕功身法，實是很快，竟然能夠在這等近距離中，讓開了兄弟這百寶盒的一蓬銀針。」

大聖主道：「銀針一蓬，不下數十枚，在相距數尺的極近距離內，沒有傷得了我，我就想不出，盒中還有什麼奇毒之物了？」

二聖主冷冷說道：「此盒既稱百寶，自然是有著無窮的變化，大聖主不妨再試試？」

大聖主道：「好，你要小心了。」

右臂一抬，一道紅光直飛而出，點向二聖主的前胸。

二聖主顯是大有意外之感，一皺眉頭，手中木盒疾張，迎向射來的紅光。

但聞啪的一聲，張開的木盒，竟把那射來紅光扣入盒內。

大聖主想那木盒中，定有奇怪暗器射出，縱身避開。

哪知事情大出意料之外，木盒之中，竟然無暗器射出。

二聖主冷笑一聲，道，「大聖兄原來也會害怕？」

那大聖主橫躍七尺，竟然未見暗器射出，不禁怒火上升，冷冷說道，「二聖弟，你記得我說過的一句話嗎？」

二聖主道：「什麼話？」

大聖主道，「我要他們兩人接下三聖主五十招，我們就可以勝定這一戰。」

二聖主道，「不錯。小弟記憶清明，大聖主確然說過了這樣一句話。」

大聖主道：「如若我無法把你打敗，那只有殺死你了。」

二聖主道：「你用什麼方法殺我？」

大聖主道：「馭劍術。」

二聖主呆了一呆，接道：「你會馭劍術？」

大聖主道：「你不相信，那就試試看。」

二聖主又向後退了一步，人已接近連玉笙數尺之內。

連玉笙暗中運氣，準備適時出手，一舉間能夠擊斃二聖主。

正當他心中念轉，準備發動時，那二聖主突然冷冷喝道：「連玉笙，快躲開去！」

喝聲中，人也轉過了身子，同時，張開了手中的木盒。

連玉笙只覺一片耀眼精芒，直射過來，急急縱身避開。

那二聖主藉勢一個飛躍，人也穿出室門，同時高聲叫道：「三聖弟，快退出聽蟬小築。」

尾音劃空，話剛落口，人也到了三丈以外。

那三聖主聞聲驚覺，右手一振，連射出三枚毒針，迫得楊鳳吟和慕容雲笙各自向後退了兩步。

那三聖主卻藉勢一躍而起，左手寶劍劃出一圈銀虹，整個的屋頂，吃他一劍，削了一個大洞。

人隨劍走，穿屋而出。

慕容雲笙、楊鳳吟雖然在這番搏鬥中沒有落敗，但也未討得半點便宜，望著他破屋而去，也未追趕。

慕容雲笙回顧了大聖主一眼，道：「你們聖兄弟之間，還有情意存在。不然，你既會馭劍術，為何不肯施用，而且又先行向那二聖主發出警告，讓他退出聽蟬小築？」

大聖主道：「我已經試探他的武功，縱然用出馭劍之術，也未必能取他之命……」

慕容雲笙接道：「至少可以傷了他吧？」

大聖主道：「不錯，但傷了他一個人，也不能解決問題。讓他離開之後，代我宣揚馭劍術，反可收動搖敵心之效。當他們與我進入決戰之時，心中都將存有此慮，必將分去他們不少心神，那時，我不用馭劍術，一樣可以找出他們的破綻，乘虛攻之了。」

楊鳳吟道：「現在我們應該如何？總不能坐在這裡靜待變化？」

大聖主略一沉吟，道：「如若咱們一定要見那慕容長青，也不用策劃什麼拒敵之謀，只有憑武功闖過去了。」

慕容雲笙道：「我說過，一定要見到慕容長青。」

大聖主道：「好，我和連玉笙開道，你們跟在後面走。」

行到門口之處，突然又回過頭來，接道：「那二聖主木盒之中，除了藏有暗器之外，還有一面銅鏡和一塊水晶石，在日光和燈火照在雙目之上的瞬間，絕無法瞧到暗器，但二聖主就在那一瞬間，射出暗器，取人性命。」

語聲一頓，接道：「也許，那一個小小木盒內，還有別的變化，但千變萬化，總歸離不了暗器傷人。」

楊鳳吟道：「日後，我們如若遇上他時，自會小心應付。」

大聖主點點頭，道：「我如有了不幸，你和慕容……」

楊鳳吟接道：「你如受了傷，我會守在身側，侍候你傷勢復原；你如是不幸死去，我會以身相殉，同赴泉下。」

大聖主仰天打個哈哈，道：「這話當真嗎？」

楊鳳吟道：「自然當真，你已經是我的丈夫了，我親口答應了爲你之妻，慕容公子可證，難道我還會欺騙自己的丈夫嗎？」

這一番話，並無纏綿難捨的情意，但卻是擲地有聲的金石盟約。

楊鳳吟暗暗吸一口氣，使自己站得沉穩一些，也盡量不讓激動、悲傷，形諸於外。

大聖主突然一振手中長劍，道：「聞此誓言，雖死何憾！」大步向前行去。

連玉笙緊行兩步，道：「大聖主，聖堂之內，心向大聖主的護法，決不在對方實力之下，要不要召他們保護聖駕？」

大聖主笑道：「二聖主和三聖主，豈會不計及於此，目下第一件險難的事，是咱們要衝出他們的包圍。」

語聲甫落，突然人影閃動，四使者、八將軍，全都飛躍而出，擋住了去路。

大聖主目光一轉，道：「你們認識我嗎？」

左手一個手執大刀的魁梧大漢答道：「大聖主。」

黑衣人道：「不錯，既知我身分，竟敢攔我去路，該當何罪？」

那執刀大漢應道：「我等奉命而來，縱然有罪，也罪不到我們頭上。」

楊鳳吟轉目望去，只見那說話人粗眉大眼，闊背熊腰，手中一把厚背大刀，足足有五、六十斤。

除了那大漢之外，環守在四周的人，個個都已經兵刃出鞘。

大聖主回顧了連玉笙、慕容雲笙等一眼，緩緩說道：「四使、八將雖然各善奇學，但他們卻無法聯手拒敵，你們三個人，分對四使者，本座獨鬥八將。」

那手執大刀，身著黑衣的大漢，突然一舉手中大刀，道：「大聖主武功高強，咱們如是一對一地和他動手，自非其敵，好在大聖主已然說明要獨鬥咱們八人，諸位兄弟，請就位。」

但見人影交錯移轉，片刻間布成了一座陣式。

但另外四個身著緊身衣褲，頭戴皮帽，背插長劍的人，卻分站四個方位，把幾人圍了起來。

四使者分站四個方位，團團圍住三人，但卻靜立不動，看樣子，大約是要看八將對大聖主的一戰之後，才會有所舉動。

四人不出手，慕容雲笙等樂得藉機調息，先看看大聖主對聖堂八將的一戰，是否有制勝之機。

楊鳳吟四顧情勢，施傳音之術，道：「慕容兄，四使、八將和那二聖主、三聖主之間，合作的並非十分嚴密，似是各有所算，照此而言，整個的三聖門中，並非一個嚴密的組合，只要咱們留心觀察，到處有可乘之機。」

忽聞金風破空，那大聖主已和八將動上了手。

八將各據陣位，分進合擊，但見人影疾如風輪，忽進忽退，八般兵刃，攻拒之間，閃起波波銀光。

這是一場武林中罕見的劇烈搏鬥，八將身手不凡，合搏之陣，更是凌厲無匹。大聖主似乎是全採守勢，以靜制動，分拒八將攻勢，手中長劍，吞、吐、點、削，幻起了朵朵劍花。

這場搏鬥雖然是劇烈無比，但只能聽到金風之聲，卻不聞兵刃相觸的聲音，顯然，雙方都在以快打快，相持約一盞茶工夫，雙方仍是不勝不敗之局。八將的連環快速攻勢，有如奔雷閃電一般，似是困住了大聖主，使他只能防守，無能反擊。

楊鳳吟凝神觀察了一陣，輕輕嘆息一聲，道：「好一個嚴密的奇陣，當真是絲絲入扣，不虧不盈。」

連玉笙低聲讚道：「姑娘好眼力，這八將合搏之陣，係由當今武林中，少林派的羅漢陣，和武當派中的五行劍陣，兩大奇陣演化而成，去蕪存菁，當得當今第一奇陣之稱了。」

只聽楊鳳吟清脆柔甜的聲音，傳入耳際，道：「他只缺少那一點力量，就可破圍而出了，我去助他一臂之力。」舉步向前行去。

慕容雲笙右臂一伸，攔住了楊鳳吟，道：「讓我去。」

楊鳳吟道：「一擊不成，自身即將陷入困境，你又何苦？」

慕容雲笙道：「難道姑娘就不怕險惡？」

楊鳳吟道：「你怎麼能和我比，他是我的丈夫啊！夫妻本是同命鳥，生同羅帳死同穴。」字字如刀如劍，刺入慕容雲笙心上。

他強作歡顏，微微一笑，道：「姑娘說得是。」緩緩向後退開。

楊鳳吟也看出他笑得很勉強，那笑容簡直比哭還要難看。

這才使她忽然發覺了，自己原來在慕容雲笙心目中，佔有著很重要的地位，頓覺一陣傷感，眼淚奪眶而出。

但她生性倔強，不願慕容雲笙瞧到自己流下淚來，突然舉步向前衝去。

環守四周的四使者，齊齊舉起長劍，蓄勢待敵。

楊鳳吟衝向正西方向，手中半截斷劍一起，疾向那攔路的使者刺去。

那人早已戒備，長劍疾起，硬封楊鳳吟的劍勢。

楊鳳吟一挫玉腕，收回斷劍，但因劍術奇幻，攻勢十分凌厲，那使者被迫得只有招架之功，沒有還手之力。

只見守在正北、正南兩方位的黑衣人，同時一振長劍，分由兩側夾擊過來。

慕容雲笙冷冷說道：「三個男子漢合打一個姑娘，不覺丟人麼？」

口中說話，人已欺身而上，振起斷劍，攔住正北方的黑衣人，立刻間，展開了一場激烈惡戰。

連玉笙手中軟劍，監視著正東方位的黑衣人。

楊鳳吟卻憑藉一截斷劍，力敵兩使者，慕容雲笙經過了兩次凶險的惡鬥，已對他父親手錄劍法，熟練甚多，展開劍法，處處迫攻。

轉眼之間，雙方已惡鬥了二十餘招。

楊鳳吟以一敵二，成了個平分秋色之局，一時難分勝負。

慕容雲笙以一對一，卻是漸佔上風，手中斷劍，控制大局，已迫得強敵沒有了還手之力。

那守在正東方位的黑衣人，眼看同伴漸呈不支，立時揮劍助戰。

連玉笙軟劍一振，筆直地刺了過去，口中喝道：「想打架，由老夫奉陪如何？」

守在東方的黑衣人，長劍一起，封開了連玉笙的軟劍，回手反擊一劍。

連玉笙手中軟劍甚長，站在原地不動，手中軟劍卻如靈蛇出穴一般，上下盤攻，阻攔住去路。

惡鬥之間，突聞一個冷厲的聲音，傳了過來，道：「住手！」

四使者聞聲住手，各自向後躍退八尺。

慕容雲笙凝目望去，只見那喝住之人，正是三聖主，手執雙劍，緩步向前逼來。

二聖主隨在那三聖主的身後，同時向前行來。

楊鳳吟回顧了慕容雲笙一眼，道：「你和連前輩暫時擋他們一陣，我必需及早救他出陣，如若仍任他被困在陣中，在一頓飯工夫之內，咱們都將死無葬身之地。」

慕容雲笙道：「姑娘只管出手。」橫跨一步，攔住了兩位聖主。

楊鳳吟不再猶豫，嬌叱一聲，斷劍疾起，直向陣中衝去。

她早已暗中運氣蓄勢，準備一舉衝破八將的陣勢，反把自身安危，置之度外，身劍合一，化成一團光影，向前衝去。

只聽一陣乒乓之聲，楊鳳吟身劍合一之勢，竟然把奇陣衝開了一個缺口。

但聞大聖主急急叫道：「楊姑娘不可造次。」

手中劍轉如輪，飛出寒星。

只聽低吟慘叫，連續響起，鮮血飛濺，奇陣破散。

劍光突收，人影突現，場中已然是別有了一番情勢。

只見楊鳳吟右手執著斷劍，左臂上鮮血湧出。

但八將之中，卻有一個人頭落地，一個重傷前胸，倒臥地上，另外兩個右臂受傷。

四個完好的人，已然魂驚膽破，突然轉身向前奔去，兩個右臂受傷的，隨後急追。

大聖主關心那楊鳳吟的傷勢，也未追殺六人，急步行到楊鳳吟的身側，說道：「姑娘傷得很重嗎？」

楊鳳吟棄去手中的斷劍，右手按住傷上，道：「快些出手，對付二聖、三聖，只要你殺了一個，咱們就減少了一份阻力。」

大聖主點點頭，道：「我殺他們一個，也好稍減妳心頭之恨。」

抬起頭來，高聲叫道：「慕容公子閃開。」

原來，三聖主和二聖主正想出手之時，場中已有了變化，兩人也就未再出手，以觀變化情勢。

只見那大聖主緩緩舉起手中長劍，臉上的蒙面黑紗，無風自動。

二聖主突然叫道：「他要施展馭劍術，咱們走吧！」走字出口，人已轉身躍起，飄落到三丈開外。

三聖主、四使者齊齊轉身急奔而去，眨眼間，走得蹤影全無。

## 五六　聖主之謎

大聖主棄去手中長劍，急步行到了楊鳳吟的身側，道：「姑娘，傷勢怎樣了？」

楊鳳吟拿開按在傷處的右手，道：「不太重，也不太輕。」

大聖主撕下一角衣衫，看了看楊鳳吟的傷勢，道：「幸好還未傷著筋骨，我替妳包起來。」

慕容雲笙原本也想過去瞧瞧那楊鳳吟的傷勢，但他目睹那大聖主和楊鳳吟的親密形態，只好黯然退到一側。

大聖主包好了楊鳳吟的傷勢，輕輕嘆息一聲，道：「爲了救我，使妳受了這等重傷，實叫我心中難安。」

楊鳳吟淡淡一笑，道：「沒有斷去一條手臂，那已經算運氣好了。」

語音一頓，接道：「我心中有一件事，一直想不明白，得要問問你才成？我一受劍傷，你就破了他們奇陣，而且殺死一個，重創一人，又輕傷了兩個，那是爲了什麼緣故？」

大聖主道：「八將奇陣奧妙，變化萬端，我也無法突破他們奇陣，但妳衝入陣中，使他們陣勢變化受阻，露出破綻。」

楊鳳吟道：「這樣說來，是和我受了傷無關了。」

大聖主道：「如若不是聽到妳呼叫之聲，我也不會妄動殺機。」

楊鳳吟道：「你好像很善良。」

大聖主道：「至少，我不是一個嗜殺的人，對嗎？」

慕容雲笙道：「可是三聖門在江湖上聲譽很壞，殺人如麻，手段殘酷。」

大聖主道：「這些事，都記到我的頭上，唉……」

慕容雲笙道：「你嘆什麼氣？難道你們聖堂中不下令諭，他們還敢擅自做主成？」

大聖主道：「三聖門中，早已經建立了一種嚴密的制度。有很多事，不用向聖堂請命，就可以自行作主，而且這一個控制嚴酷的組織，過於龐大，龍蛇雜陳，但因聖堂與世隔絕，一直給他們一種神秘之感，除了幾個首腦人物之外，一般弟子，對聖堂中事，知曉不多。因此，還無人敢妄生背叛之心，但其間良莠不齊，只怕難免有很多逾越之處，但這些事，我無法全都知道。」

楊鳳吟臉上泛現出一種奇異的神情，緩緩說道：「這麼看來，你真的不是那原來的大聖主了？」

大聖主點點頭，道：「不錯，但如不是姑娘到此，他們至少還有一段很長的時間，不會對我生疑。」

楊鳳吟道：「那位原來的大聖主呢？」

大聖主道：「他受了重傷，已無法再主持三聖門中事務。」

楊鳳吟奇道：「這多高手，對他重重保護，他本身亦有超凡入聖的神功，怎會受了重傷呢？」

大聖主道：「個中詳情，一言難盡，此刻實非談論之時，咱們離開此地之後，我再詳細地奉告姑娘。」

楊鳳吟道：「好吧！但我心中幾點重要的懷疑，希望能得先行了解。」

大聖主點點頭道：「妳要我解說什麼？」

楊鳳吟道：「你和那真正的大聖主是何關係？為什麼他身受重傷之後，找你代他之位？」

大聖主道：「我和他並無直接關係，他選我做他替身，完全是因才施用，因為我武功很高，手段狠毒，更不是正人君子，機智、才能，都可應付危變，所以他選中了我。」

楊鳳吟道：「那時，你怎會在三聖門中呢？」

大聖主道：「我被他們擄來……」

慕容雲笙突然接口說道：「那位原來的大聖主，是何身分？」

大聖主道：「這個麼？在下很覺著為難，因為我立過重誓，不洩露他的身分。」

黯然一嘆後，接道：「其實，你們見著慕容長青之後，不難問明內情，諸位又何苦急在一時呢？」

楊鳳吟道：「好吧！咱們不談大聖主的事，你上姓大名可以告訴我了吧？」

大聖主沉思了一陣，道：「我姓康，名字叫無雙。」

楊鳳吟道：「康無雙，名字和你的人一樣！」

輕輕嘆息一聲，道：「來日方長，我以後再慢慢地問你吧，你說得不錯，這時刻對咱們很重要，不能這樣浪費。」

康無雙道：「趁他們還未完全布置停當時，咱們行動要快速一些，諸位請緊追在下身後。」舉步向前行去。

群豪隨康無雙奔行了一陣，但出眾人意料之外的是，沿途竟無任何阻攔。

康無雙突然放慢腳步，望了楊鳳吟和慕容雲笙一眼，緩緩說道：「事情有些奇怪。」

楊鳳吟道：「奇怪什麼？」

康無雙道：「我不信，二聖主和三聖主會忘去在沿路設下埋伏。」

連玉笙道：「以那二聖主的爲人，決不會忘去此事，只怕其中別有原因。」

康無雙道：「有人在暗中幫助咱們，清除了沿路的埋伏是嗎？」

連玉笙道：「屬下確有此想。」

康無雙沉思良久，道：「我想不出，誰會這樣地幫助我們。」

連玉笙道：「屬下覺著，大聖主在聖堂權威已久，也許有人在暗中幫你。」

康無雙輕輕咳了一聲，道：「如若有人在暗中幫我們，那也是衝著你，和我無關。」

連玉笙淡淡一笑，也不辯駁。

又行約一刻工夫，群豪已然來到了九曲橋頭。

只見那段天衡身著紅衣，站在橋頭，攔住去路。

康無雙舉步行近橋頭，冷冷說道：「讓開路。」

段天衡略一猶豫，道：「你是什麼人？」

康無雙道：「你在三聖門中這麼久時光，難道連我是什麼人，也無法分辨嗎？」

段天衡道：「你是大聖主。」

康無雙道：「不錯。你既知我身分，竟然敢不遵令諭。」

段天衡道：「二聖、三聖聯手對付大聖主，屬下受命擋關。」

康無雙接道：「你好大口氣。」

段天衡淡淡一笑，道：「實在說來，在下對二聖、三聖，也未存效死之心。對你大聖主也是一樣，我可以幫他們，也可以幫你。」

康無雙突然輕輕嘆息一聲道：「三聖門中人個個都和你一樣嗎？」

段天衡道：「就在下所知，三聖門全靠苛法、嚴刑和一種秘密所統治，一旦被人看破，他們就不會再對三聖門存有效忠之心。」

語聲一頓，接道：「三聖門在江湖上稱雄二十年，江湖上，提到三聖門無不退避三舍，但其實三聖門早已經眾叛親離，一旦爆發，那就不堪收拾。」

康無雙緩緩說道：「可惜我時光有限，無法和你多談了。」

段天衡道，「閣下是不是真的大聖主？」

康無雙道：「兩個時辰之前，我還坐在聖堂之中，發號施令，但此刻，那二聖主、三聖主卻不承認，我大聖主的身分，你說我是不是真的大聖主？」

段天衡道：「你帶慕容公子，意欲何往？」

康無雙道：「帶他去見慕容長青。」

段天衡道：「可要在下相助？」

康無雙道：「你如真有幫助我們之心，就堅守此橋，不讓二聖主和三聖主的人手過去，那就對我們幫助很大了。」

段天衡道：「在下盡力而爲。」
轉身對慕容雲笙一抱拳，道：「見著慕容大俠之時，請代我問候一聲就是。」
慕容雲笙一欠身，道：「晚輩代家父先行謝過。」
段天衡讓到一側，道：「諸位請吧！」
康無雙當先而行，慕容雲笙等魚貫相隨。
段天衡高聲說道：「如若二聖主和三聖主等通過此橋，在下便要橫屍九曲橋頭了。」
這幾句話說得豪放異常，也無疑告訴康無雙等，他將死守此橋。
康無雙回顧了連玉笙一眼，低聲說道：「段天衡的武功如何？」
連玉笙道：「很高強。如若他真的死守這橋，必然會堅守一段很長的時間。」
康無雙突然停下腳步，道：「回去告訴他，二聖主手中的木盒，含有著絕毒的暗器，而且盒中水晶，反光耀目，要他多多小心。」
連玉笙點點頭，轉身而去，告訴了段天衡。
幾人越過九曲橋後，康無雙直向前行去。
慕容雲笙見行經之路，正是來此之路，不禁心中一動，道：「如若在下記憶不錯，咱們此行之路，似乎是離開三聖堂的去路。」
康無雙道：「不錯，你們來此之時，經過一座矮小的石城，記得嗎？」
楊鳳吟道：「記得很清楚，那似乎是一處很奇怪的地方。」
康無雙道：「如若武林之中，真有一處高手雲集之處，那地方應該是當之無愧。」
楊鳳吟道：「我很奇怪，三聖門把那樣多的高手，集中關起來，不知是何用心？」

康無雙道：「要他們交出武功。」
楊鳳吟道：「那地方如何能困住武林中那麼多高手？」
康無雙道：「咱們到那囚人石城，還有一段距離，藉此機會，談談那囚人石城的內情也好。」
慕容雲笙道：「在下曾經打開一座石門查看，見室中人靜坐無恙，一無手銬腳鐐，二無加身刑具，為什麼他們竟然甘願被囚？」
康無雙道：「我說了，只怕諸位也不肯相信。」
楊鳳吟道：「你說來聽聽。」
康無雙道：「我雖然貴為大聖主，但卻不知那石城之中，囚人之術，以及如何破解之法。」
回顧了連玉笙一眼，道：「也許你曾聽人說過。」
連玉笙道：「在下倒聽人說過，石城中被囚之人，似乎是被一種固心術所制。」
楊鳳吟道：「什麼叫固心術，武學之上，從沒有聽到過這個名字。」
連玉笙道：「傳說之中，除了三位聖主之外，再無人知曉內情，大聖主竟然不知。」
康無雙道：「有數次，我在交談之中，想從二聖主、三聖主口中套出內情，但他們竟都支吾以對，似乎是也不盡知。」
楊鳳吟道：「既有禁制，就該有解得之人，你們都不明白，豈不是大笑話嗎？」
康無雙道：「事情很明顯，那些人下手之初，就已經下決心要被囚之人，老死石城之中，不能再走一步，所以，這法子一直沒有傳下來。」

楊鳳吟道：「三聖門在江湖上，充滿著一股神秘氣氛，想不到你們三聖堂中的首腦人物，竟也是只知其然，不知其所以然。唉，當真叫人糊塗了。」

語聲微微一頓，接道：「究竟有什麼人，才知曉三聖門的真實內情呢？」

康無雙道：「這個麼，連我也無法了然。那傳位給我的人，只告訴我統馭、劍術、應付三聖門的方法，卻未告訴我三聖門中的內情。」

楊鳳吟道：「似乎是在你們三聖之上，還有一位統治的首腦。」

康無雙苦笑一聲，道：「妳說對了。」

康無雙沉吟了一陣，又道：「說就說吧！說出全部真情，也免得妳對我生疑。」

長長吁一口氣，接道：「他從沒有現身，但每三個月中在十五深夜子時，我們就在聖堂供台前一座小鼎內，取出密函，有時一封，有時兩封，收取函件之夜，是一樁絕對機密的大事，聖堂之中，除了我們三人之外，不許再有任何人……」

楊鳳吟接道：「每一封密函，都由你們三人同看嗎？」

康無雙搖搖頭道：「不一定，那封套上寫得清清楚楚，有時，封套上指明由我一人拆閱，也有指明二聖主或三聖主單獨拆閱的，極少是三人同看之函。」

楊鳳吟道：「那信上都寫什麼？」

康無雙道：「指示我們三聖門中事務，也有限期命我們完成的事情，我們就靠那密函，統治著三聖門。」

楊鳳吟冷笑一聲，道：「這麼說來，你這大聖主，也不過是一個傀儡、替身罷了。」

康無雙嗯了一聲，道：「雖然在我們之後，還有一個主宰人物，但他只是每三個月下達一次指令，平常時發生的事，仍然由我擔當處理，這大聖主之位，也不能說它是完全的傀儡、虛位。」

說話之間，已然行近了囚人石城。

這時，大約快近初更時分，星光閃動，景物隱隱可辨。

康無雙道：「咱們等一等再進石城吧！」

慕容雲笙心中急於見到父親，急急說道：「既然已到此處，似乎是愈快愈好，遲延時光，對咱們有害無利。」

康無雙緩緩說道：「慕容公子可還記得在下說過，這地方很危險，首先涉險之人，可能有傷亡之險。等一會兒明月上升，那光亮至少可使咱們多幾分生機。」

只聽楊鳳吟說道：「你對這囚人石城，既然是全無了解，怎會知曉這石城中，有著重要危險？」

康無雙道：「三聖門中，有幾位護法誤入此地，因而喪命。」

連玉笙突然說道：「據說這囚人石城之中，每夜子時，各門齊開，不知是真是假？」

康無雙道：「每月中三、六、九日夜晚子時。」

連玉笙道：「屬下不明白……」

康無雙道：「別問我，我也知曉不多，也許三聖門中最大的秘密，就在這囚人石城之中，今夜咱們要仔細地查看一下。」

楊鳳吟凝神聽去，但聞松濤盈耳，四處一片靜寂，輕輕嘆息一聲，道：「我們來此之時，也曾經過這座石城，但我們不知其中藏有凶險，所以，走得很坦然，除了覺著它陰沉、死寂，建築奇怪之外，並未瞧出有何特殊之處。但經你這麼一說，這座死寂的石城，才是你們三聖門中最爲重要的所在了。」

康無雙道：「如若能揭開囚人石城之秘，那就可一瞬間，盡知三聖門的秘密。」

楊鳳吟道：「你當了數年的大聖主，就算是傀儡也罷，難道就沒有來過這石城嗎？」

康無雙道：「來過一次，那是一年前，我和二聖主、三聖主，一同來此……」

楊鳳吟道：「那一次沒有危險嗎？」

康無雙道：「那是奉命而來，是否早已有暗中安排，不得而知。」語聲一頓，接道：「記得，那一次，我、二聖主、三聖主配合，越過了三道險關，事後想起，仍然是心有餘悸……」

楊鳳吟道：「怕什麼？」

康無雙道：「我想那越度的險關，如若不是事先知曉應付之法，憑我們武功，決難平安度過，至少要有一、兩個人傷亡。」

楊鳳吟道：「什麼人告訴你們應付之法？」

康無雙道：「那聖堂金鼎之內的令函，它清楚地說明了應付之法，只是事過一年，人事已非。是否還可用老辦法應付，實是很難預料。」

楊鳳吟道：「至少你熟練一種辦法？」

康無雙道：「在下今夜之中，就準備施用此法……」望了慕容雲笙和連玉笙一眼，道：「希望兩位能夠助我一臂之力。最危險的一環，由在下擔當，兩位分爲我左右雙翼。」

輕輕咳了一聲，接道：「我們要通過一道石門，當通過那石門的一瞬間，同時有一十二件兵刃，一齊襲到。」

連玉笙說：「那就是說，你要在同一瞬間中，封拒六件兵刃，而我和慕容公子，各封拒三件兵刃。」

康無雙道：「正是如此，十二件兵刃中，有一件封架不當，就可能傷亡，好的是，他們只攻一招，如若咱們能夠抵拒得住他們，就各自散去，不再攻襲。」

語聲一頓，道：「因此我們要有一套配合拒敵之法，才能同時對擋十二件兵刃，現在我們三個就先要練習一下配合之法。」

慕容雲笙、連玉笙相互望了一眼，圍攏過去。

康無雙用手指在地上畫出了三人配合的方式，並且詳加解說，彼此雖是三人，但在合拒那一十二件兵刃的攻勢之中，三人合出的劍勢，亦有著相互支援的作用。

慕容雲笙和連玉笙都算是武林中第一流的高手，那康無雙略一解說，兩人都已經完全了然。

楊鳳吟接道：「你只說出一道險關，還有兩道，又是何等險境呢？」

康無雙突然舉手放在唇邊，低語一聲，道：「小心些，有人來了！」

幾人凝神聽去，果然聽得輕微的步履之聲，傳入耳際。

楊鳳吟道：「只有一個人，但決不是你那兩位聖弟追來了。」

康無雙點點頭道：「他走得很慢，似乎是有恃無恐。」

慕容雲笙凝目望去，只見一個長髮飄飛，嬌小身材的人影，緩步行了過來。

楊鳳吟道：「是一個女的。」

談話之間，嬌小黑影，已然行到了幾人身前四、五尺處。

只見她停下腳步，舉手理一理頭上的長髮，緩緩說道：「慕容公子在嗎？」

慕容雲笙霍然站起身子，道：「在下就是慕容雲笙，尊駕何人？」

## 五七　夜探石城

那長髮女人道：「慕容公子貴人多忘事，又正值春風得意，哪裡還會記得我這個人！」

慕容雲笙突覺腦際靈光一閃，正待叫出那婦人名號，康無雙突然冷冷接道：「妳是不是三聖門的弟子？」

長髮婦人道：「如不是三聖門的弟子，如何能到此地。」

康無雙道：「那妳認識我嗎？」

長髮婦人道：「好像是三聖堂中的大聖主。」

康無雙道：「很好，妳既然認識我，快報上妳的名號、職守。」

長髮婦人道：「蛇娘子，原任三聖堂護法。現因受懲罰，罰做這石城中的女奴。」

康無雙略一沉吟，道：「在這石城之中，可是有很多女奴？」

蛇娘子道，「不錯，就我所知，已有二十四名女奴了。」

長長嘆息一聲，接道：「但她們遭遇更慘，不像我這樣能夠自由出入。」

蛇娘子目光轉到楊鳳吟的臉上，道：「妳是飄花令主？」

楊鳳吟道：「不錯。」

蛇娘子苦笑一下，道：「是妳帶了慕容雲笙到此地來？」

楊鳳吟道：「不錯。」

蛇娘子苦笑一下，轉對康無雙道：「你身為大聖主，難道當真不知石城中的事情？」

康無雙道：「也許妳不相信，但我確實不知。」

蛇娘子道：「你今夜到此為何？」

康無雙道：「準備暗訪石城。」

蛇娘子沉吟了一陣，道：「你是三聖門中的大聖主，怎會和慕容雲笙等走在一起。」

慕容雲笙拱拱手，道：「姐姐，大聖主帶我去見家父。姐姐是否見到過他？」

蛇娘子道：「慕容長青？我沒有見過，但我聽人提過他，他確在石城之中。」

語聲一頓，接道：「你如何認識我們三聖門中的大聖主？」

慕容雲笙道：「我們相識不久。」

楊鳳吟突又接道：「蛇娘子，在我記憶之中，妳好像很恨我，是嗎？」

蛇娘子道：「不錯，我很恨妳。」

楊鳳吟淒涼一笑，道：「是不是因為慕容雲笙？」

蛇娘子道：「如若妳這樣說，那就算是因為慕容雲笙吧！」

楊鳳吟嘆息一聲，道：「如若是只為了這件事，那妳就不用恨我了，因為我已經有了丈夫，而我丈夫正是你們的大聖主。」

蛇娘子目光轉到康無雙的臉上，道：「大聖主，此話可是當真嗎？」

康無雙道：「不錯，確有此事。」

慕容雲笙只聽得有如利劍刺心一般。

楊鳳吟道：「妳人在石城之中，住了很久，對那石城中的情況，定然十分熟悉，此刻，慕容雲笙要進入石城探望他的父親，妳若肯帶我們進入石城，那是替慕容雲笙幫忙了。」

慕容雲笙道：「不錯，如若姐姐肯幫忙，在下感激不盡。」

蛇娘子道：「就憑這一句，姐姐我也該帶你進去，不過……」

慕容雲笙道：「不過什麼？」

蛇娘子道：「不過你沒有機會闖過三道關口。」

康無雙道：「我們能夠闖過三關，只是闖過之後，反而進退無據了。」

蛇娘子略一沉吟，道：「好！只要你們能夠闖過三關，我在那裡接迎你們。」

楊鳳吟目睹那蛇娘子躍入石城，抬頭望望天色，道：「月亮出來了，咱們該動身啦。」

康無雙一提氣，當即躍上石城。

三人急起而追，落足於石城之上。

凝目望去，只見那石城中一片死寂，那倉庫般的房子，在初升月光的照射之下，半明半暗，聽不到一點聲息，也不見一點燈火。

楊鳳吟道：「我瞧不出這地方會有什麼險關。」

康無雙回顧了一眼，道：「這石城的外貌，並無奇特之處，但在這石城之下，另有一座石城，那才是這石城中的精要所在。這座石城確是一個巧妙的建築，天然的形勢和人爲的配合，築成了一座外貌平淡的石城，不論何等聰明的人物，行過這座石城，都無法了解內情。」

這時，突見石城一角處，現出一盞藍色的燈火。

康無雙道：「時刻到了，咱們去吧。」舉步向前行去。

楊鳳吟等緊追在康無雙的身後，行到那藍燈高挑之處。

只見一根銅竿，高挑著一盞藍綾圍成的燈籠。

楊鳳吟四顧一眼，只見地下一片平坦，四周也未見門戶，心中奇道：「咱們要如何才能進入地下石城？」

康無雙道：「就是這塊地方，藍色燈火升起的時候。」

楊鳳吟道：「你是說，這地方會出現一座門戶？」

康無雙道：「一座進入地下石城的門戶。」

慕容雲笙心中一動，道：「如若你背叛三聖門的事，被他知道了，是否會暗中和你作對？」

康無雙道：「他如知曉了，定然會和我作對。過去，我是被那種神秘所控制，但近來我體會到一件事，這件事想通了，也使我了解到一個人活在世上的意義。」

慕容雲笙道：「你能棄高位，行所願，這要很大的勇氣，個中必有著深奧的哲理。」

康無雙微微一笑，道：「自入三聖門之後，我的武功有著一日千里的進境，天下高手雲集於此，每個人都不敢藏私，把一生辛苦練成的武功，貢獻於聖堂之上，真是洋洋大觀，無所不有，只要是喜愛習武之人，面對此境，無不爲之陶醉……

「所以，這些年中，我一直苦求武功精進，凡是我所喜愛的武功，都可暢所欲爲地練習，如有不解之處，我立召來對這門武功有造詣的人，要他說明。數年光陰的成就，無異等於別人數倍時間……

「但我近來卻感覺到面臨著一種體能崩潰，也就是習武人所謂的走火入魔，輕則殘廢，重則隕命，就一個人的體能來說，學武應該有一定止境。」

楊鳳吟道：「你可是覺著自己已經進到了體能所難承受的邊緣？」

康無雙道：「是的，如是我再練下去，就算不走火入魔，也將患上嗜武狂，除了武功之外，世上再無別的事情放在心上了。」

略一沉吟，道：「如若妳晚來半年，那即將是另一番景況，我不是體能折傷，就是精神潰散到忘我之境，那時，不是落下殘廢之身，送來這囚人石城，就是衝破體能限界，而成一個精神潰散的狂人。」

楊鳳吟接道：「狂人？那人把大聖主的位置交付於你，要你代他行使大聖主的職權，如果你變了一個精神潰散的狂人，那豈不是和他的原意不合了嗎？」

康無雙淡淡一笑道：「也許他們正希望我變成一個狂人，代他們屠戮反對三聖門的人。」

楊鳳吟道：「很多枝節，現在都已經很明白了，但最重要的關鍵，你卻不肯說出來？」

康無雙道：「什麼關鍵？」

楊鳳吟道：「那就是這三聖門真正的企圖何在？把無數綠林小惡，匯集一處，把無數武林高人，囚入石城，說他們想號令江湖，統霸武林，但又有甚多地方不像，實叫人猜不出他們的目的。」

康無雙道：「三聖門的宗旨，我也一樣不了解啊！」

楊鳳吟道：「但你如肯說出那讓位給你的人，咱們就不難找出這三聖門的用心了。」

突聞一陣輕微的軋軋之聲，由地下傳了上來。

康無雙心中一動，道：「咱們先隱起身子瞧瞧。」

四人齊齊飛身躍起，躲入四周。

凝目望去，只見那藍色燈火之下，裂開一個洞口。

那洞口方圓三尺，足可容兩個人並肩出入。

首先探出洞口的，是一盞紅燈，紅燈漸開，行上來一個身著白衣的大漢，接著一連行上來四個白衣人。

除了當先一個白衣人手中高舉紅燈之外，其餘三人都佩著長劍。

只見那執燈人一個轉身，直向正西行去。

三個佩劍的白衣人，魚貫隨在那執燈人身後而行。

片刻時光，轉到一座屋後，四人已爲房屋掩遮，只見那紅燈在空中游動。

楊鳳吟低聲說道：「我似乎是有些明白了。這地下石城之中，有人管理，而且管理得井井有條。」

康無雙突然拉下面紗，道：「咱們進去吧！」站起身子，一馬當先，行入洞口。

只見一道石梯直向下面行去，慕容雲笙心中暗暗數計，一共行過四十九級石階，才到洞底。

兩根立地木竿上的藍色吊燈，照亮了洞底的形勢。

那是一片三丈見方的平坦之地，一排灰色的石牆，攔住了去路。

灰牆上以紅、黃、藍、白、黑，五種不同的顏色，分開著五座門戶。

那門上顏色鮮艷，看上去十分耀目，再經藍色的燈火一照，形成一種怪異奪目的色彩。

康無雙回顧了一眼，臉上是一片茫然之色，道：「情形有些不對。就我記憶所及，那次進入這地下石城時，只有一道木門，怎的會變成了這一次五彩繽紛的門戶。」

楊鳳吟道：「不管那座門戶變成了五座彩門，方位必有移動，咱們隨便進一座，碰碰運氣就是。」

康無雙輕輕嘆息一聲，道：「目下形勢已變，只怕這石城的部署，也有了變化，似是也用不著咱們三人同時涉險了。」

語聲一頓，接道：「黃色為尊，在下已決定進入這道黃門中試試。」

連玉笙道：「康兄為何要一人涉險，咱們早已商定三人同時入門。」

康無雙道：「目下形勢有變，自不能照原意進行，你兩人請在後面接應我就是。」

舉步行向黃門，左腿一抬，踢在門上。

但聞砰然一聲大震，但那座黃門仍然是文風不動。

康無雙已從嗡嗡餘聲中，聽出那黃門，竟是一扇鐵門，不禁一呆，道：「慕容世兄，鐵門堅牢，破門不易，在下答允三更會見令尊，只怕是很難兌現了。」

慕容雲笙道：「形勢變化得大出人意料之外，如何能怪康兄，咱們合力設法，破除鐵門就是。」

只聽康無雙道：「目下之策，只有設法奪回那三聖主手中的寶劍，撬開鐵門。」

突聞一聲冰冷的聲音，道：「不用了。」

正中那藍色鐵門，突然自動大開。

康無雙暗暗提一口氣，道：「閣下何許人？」

那冰冷的聲音，又從藍色大門內傳了出來，道：「不用問我姓名，但我卻知道你是大聖主，你取下面紗，那是說已然明目張膽地背叛了我三聖門了，是嗎？」

康無雙仰天打個哈哈，道：「不錯，我背叛了三聖門，聽你的口氣，似乎是這石城中的首要人物，爲何不敢現身一見？」

那冰冷的聲音接道：「等你該見我面的時間，自會讓你見到，不過此刻不成。」

康無雙道：「閣下既是不肯相見，在下也不勉強，但閣下啓動鐵門，那是有意迎我們進去了。」

凝目望去，只見啓開的藍門內，黑得伸手不見五指，目光所到，難見裡面的景物。

只聽那人應道：「進入這鐵門之人，從無一人能全身而退，但你此刻，還有最後一個機會，只要你能辦到，不但可復大聖主之位，而且特允你參與這石城的機密。」

康無雙搖搖頭，道：「在下已無意再復任虛有其名的大聖主之位。」

那冰冷的聲音微含怒意地說道：「你當真要和三聖門作對嗎？」

康無雙道：「那倒不敢，但在下很想查出三聖門的真正內情。」

等待良久，再無回聲，似是答話人已然含怒而去。

但那大開的鐵門，並未關閉，顯然，啓門人存心讓他們進去了。

康無雙當先舉步向門內行去。

慕容雲笙、楊鳳吟、連玉笙，緊追身後，向內行去。

三人心中都感覺到，自那康無雙取下了面紗之後，存在他身上的詭異之氣一掃而光，他已經不再是帶著滿身神秘的大聖主，而是鐵錚錚的江湖英雄。

幾人行入兩丈左右時，鐵門外的燈火，已難再照入，頓覺黑得出奇。

連玉笙道：「我帶有火摺子，但不知可否應用？」

康無雙道：「拿來給我。」

康無雙取過火摺子，低聲說道：「爲防萬一，你們散開去。」

右手一晃，漆黑的甬道中，突然間亮起了一道火光。

這時，慕容雲笙、楊鳳吟等已經散布開去，凝目望去，只見壁間一片漆黑，非石非土，照不出是何物。

慕容雲笙伸出左手，向壁間摸去。

楊鳳吟右手疾出，抓住了慕容雲笙的左手，道：「不要涉險，那不是牆壁。」

兩人掌指相觸，如觸電流，都有著一種莫名的感觸，慕容雲笙不自覺地五指反扣，緊緊握住楊鳳吟，似是生恐失去了她一般。

四道目光，相互交注，臉上都是十分奇異的神情。

似多年故交，重逢於患難之中，彼此都流露出無限的思慕。似恩愛情侶，大限臨頭，生死纏綿的一握之後，彼此將各奔東西，相逢無期。

突然間，楊鳳吟眨動一下圓圓的大眼睛，流出兩行情淚，緩緩掙脫了被慕容雲笙緊握的右手，道：「那牆上也許塗有劇毒。」

慕容雲笙嘆息一聲，道：「多謝姑娘提醒。」

淡淡的一句話，似是又突然在兩人之間，造成了很長的距離。

楊鳳吟緩緩退後兩步，道：「這地方險惡、詭異，千萬不能有絲毫大意。」

說完這兩句話，緩步向康無雙身邊行去。

慕容雲笙忽然之間，失去了所有勇氣，別過頭去，不敢再望那楊鳳吟一眼。

只聽康無雙仰天打個哈哈，道：「哪一位當值，似是用不著再藏頭露尾，我們只有四個人，諸位如是不希望我們進入，盡可現身攔阻，放手一戰，如是有意讓我們見識一番，那就該派遣帶路之人了……」

話還未完，耳際間已響起一個陰沉的聲音，道：「快些熄去你手中的火摺子，這甬道之中，都是易燃之物，一旦起火，就算你是鋼筋鐵骨，也要把你融化爲灰燼。」

火摺熄去，甬道中又恢復了伸手不見五指的黑暗。

康無雙輕輕咳了一聲，道：「在下已熄去了火摺子，而且看來，閣下似是很關心我們的安全，既能對面交談，何不請出一見？」

那人突然輕輕嘆息一聲，道：「老夫並非不願出面相見，實是不能和諸位見面。」

他的聲音雖然仍是那樣陰沉，但因措詞緩和，聽起來，竟似是也和藹了不少。

康無雙略一沉吟，道：「在下以前也曾來過這地下石城一次，不過，那時在下的身分不同。」

那人接道：「我知道，你那時是三聖門中的大聖主，是嗎？」

那人似是陡然間高興起來，哈哈一笑，道：「聽說三聖門在江湖上的威名很大，不知是真是假？」

忽又長長嘆息一聲，說道：「可惜，老夫已快三十年未在江湖上走動了，不知目下江湖上，又是副何等光景。」

慕容雲笙道：「景物依舊，人事全非，整個江湖都被三聖門攪得天翻地覆。」

那人聲音一變，又恢復原有的陰沉，道：「你是什麼人？」

慕容雲笙道：「在下慕容雲笙。」

那人道：「老夫從未聽到過這個名字。」

楊鳳吟道：「慕容長青，你聽人說過吧？這位慕容雲笙，就是那慕容長青大俠的公子。」

那人道：「慕容長青大俠麼，老夫倒是聽人說過，只可惜緣慳一面。」

慕容雲笙接口道：「閣下不能出面和我們相見，但姓名總可以見告吧！」

那人沉吟了一陣，道：「老夫九指翁蕭三山。」

連玉笙一抱拳，道：「原來是蕭老前輩，失敬了。」

蕭三山哈哈一笑，道：「老夫實在活得太久了，久居斗室，未見過日月星辰，但又偏偏越活越長命。」

楊鳳吟道：「一個人如是想死，那該不是太難的事，你爲什麼不自殺呢？」

蕭三山笑道：「老夫也曾動過這個念頭，但又想著總會有一天能夠離開此地，所以，就苟延殘喘地活下去，想不到這一活就是幾十年。更奇怪的是，老夫不但是越活越長命，而且越老也武功越強。」

楊鳳吟道：「那你爲什麼不反抗，反正你已經不畏死了。」

蕭三山沉吟了良久，道：「慷慨赴死易，從容就義難。老夫如是反抗不成，那份身受折磨的活罪，就叫人難以忍受了。」

楊鳳吟道：「你這人很可憐。」

蕭三山怒道：「老夫哪裡可憐了，妳這女娃兒胡說八道。」

楊鳳吟道：「你凶什麼，我說得哪裡不對了。世上最孤僻的人，也該有一個人想念，但你卻只想看看日月光亮。」

突然蕭三山暴聲喝道：「臭丫頭，敢對老夫如此無禮，吃我一掌。」

喝聲中，一股強大的暗勁，直撞過來。

那力道雖是撞向楊鳳吟，但暗勁波動，卻使甬道中人，全都感覺出來。

楊鳳吟雙掌齊出，踏上了一步，推出掌力。

慕容雲笙一提真氣，發出一掌，暗助了楊鳳吟一臂之力。

雙方掌力接實，楊鳳吟已知非敵，只覺對方力道，強猛絕倫，震得楊鳳吟氣血上湧，不自主地向後退了一步。

楊鳳吟接下一掌之後，心中暗暗吃驚道：「這人的功力，當真是深厚得驚人。如若他再發一掌，我勢必要傷在他的掌力之下了。」

哪知情勢大出意料之外，蕭三山突然哈哈一笑，道：「女娃兒，妳能接下老夫一掌，足見高明……」

長長嘆一口氣，接道：「老夫仔細想過了妳說的話，覺著妳說得不錯。」

一聲深長的嘆息，劃破了黑暗中的寂靜，耳際間響起蕭三山的聲音，道：「女娃兒，妳今年幾歲了？」

楊鳳吟道：「我十八歲……」

蕭三山突然放聲大笑起來，打斷了楊鳳吟未完之言。

楊鳳吟奇道：「你笑什麼？」

蕭三山道：「老夫如是當年娶妻生子，孫女兒也比妳的年紀大了，所以，老夫也不和妳一般見識。」

黑暗的甬道中，突然間響起了一陣低沉的哭聲，悲悲淒淒，動人心弦。

楊鳳吟怔了一怔，道：「你哭什麼？」

蕭三山道：「可憐老夫不但無兒無女，這一身武功，只怕也無法在世間流傳了。唉！當年老夫苦苦習武，想不到練了這一身絕技，竟然埋沒於斯，勢將隨老夫的死亡絕響人間。」

慕容雲笙低聲說道：「連老前輩，這人倒是性情中人，想哭就哭，想笑就笑。」

連玉笙道：「九指翁蕭三山，如若沒有這一點赤子之心，這數十年來，悶也把他悶死在這地下石城中了。」

但聞楊鳳吟高聲說道：「蕭老前輩，不要哭了，我們進入石城中，見過慕容大俠之後，離開此地時，帶著你一起走。」

蕭三山止住哭聲，道：「妳說的當真嗎？」

楊鳳吟道：「自然是當真了。」

蕭三山道：「女娃兒，妳過來讓老夫瞧瞧。」

楊鳳吟舉步向前行去，一面說道：「老前輩在哪裡，晚輩瞧不到你在何處？」

蕭三山哈哈一笑，道：「老夫擊掌爲號，妳循聲行來就是。」言罷，果然拍響了一掌。

楊鳳吟循聲而行，走約兩丈多遠，才停了下來。

耳際間，傳出了蕭三山的聲音，道：「女娃兒，伸過手來。」

楊鳳吟依言緩緩伸出手去。

但覺一隻大掌，一下子握住了楊鳳吟柔若無骨的玉手。

楊鳳吟仔細看去，只見黑壁上，有兩隻閃閃發光的眼睛。

四道目光交觸的反射，使楊鳳吟隱隱地瞧出了眼前景物。

只見黑壁間，開著一個兩尺長短，一尺寬窄的長孔，孔中露出一個大腦袋。

蕭三山笑道：「女娃兒，妳瞧到老夫了嗎？」

楊鳳吟道：「瞧到了，老前輩有何指教？」

蕭三山道：「妳附耳過來，老夫要告訴妳幾樁事情。」

楊鳳吟略一沉吟，伸過頭去。

康無雙凝足了目力，也只能瞧到楊鳳吟隱約身形，卻無法看到細微動作，傾神而聽，也只聽到了三人都暗中運足了功力戒備，但因未聞得楊鳳吟呼救之聲，都忍著未輕率出手。

足足過了一刻工夫之久，聽楊鳳吟長長吁一口氣，道：「多謝老前輩的指教。」

蕭三山道：「老夫已盡了心力，妳能有多大成就，都要看妳的造化了。」

語聲甫落，突然亮起一道黃光，遠遠地直照過來。

藉燈光，幾人都看清楚了甬道上景物。

只見那蕭三山滿頭蓬髮，頭大如斗，雙目閃光，顎下一片黑髯。

連玉笙道：「老前輩髮髯俱墨，想來內功已精進到返老還童之境了。」

蕭三山道：「老夫這髯髮俱經染過了，這條甬道中，除了墨黑之外，不准有別的顏色，前面亮起了迎賓燈，你們可以走了。」

言罷，砰然一聲，關上了長孔鐵門。
但聞遙遠處傳過來一個清冷的聲音，道：「迎賓燈時間有限，諸位要走快一些了。」
幾人突然加快了腳步，向前行去，行了五丈多遠，去路折向右面轉去。
那照射的黃色燈光，也一直跟著幾人轉動。
又行數丈，去路突窄，那照路黃光，至此突熄，但接著卻有一道強烈的白光，直射過來，光線強亮，耀目生花。
同時，又響起那清冷的聲音，道：「諸位暫請停下，戴上了鐵帽子再走。」
康無雙道：「鐵帽子？」
那人應道：「不錯，鐵帽子，諸位請各站原地，閉上雙目，自會有人爲諸位加上鐵冠。」
康無雙道：「要我們束手待斃嗎？」
那人冷笑一聲，道：「如是要殺你們，那也用不著要你們進入此地了。」
那人並未施詐，果然是只在幾人頭上加了一個鐵帽子。
那鐵帽子由頭上直扣頸間，目光難見帽外之物。
只聽那清冷的聲音又道：「諸位請抓住帶路索繩，如是有人擅取鐵帽，那就不要怪在下手段毒辣了。」
這時幾人心中都已明白，所以被戴上鐵帽子，主要是怕幾人記下行經之路。
那帶路人走得很慢，足足有半個時辰，才停了下來。
康無雙道：「到了嗎？」
但聞一個嬌若銀鈴的聲音應道：「到了。」

康無雙道：「是否可以取下我們頭上的鐵帽子了？」

那嬌脆的聲音應道：「可以，但不勞諸位動手，因爲那鐵帽外面有毒，幸好諸位都是很守信諾的人。」說話之間，幾人頭上的鐵帽，都被取了下來。

定神看去，只見停身之處，是一間石室，室中布置很簡單，除了一張木案，四張竹椅之外，別無他物。

木案上，燃著一支即將燒完的松油火燭。

一個衣衫襤褸的長髮女郎，臉泛微笑地站在室門口處。

那長髮女郎先打量慕容雲笙一眼，冷冷說道：「你是慕容公子？」

接著又對康無雙淡然一笑，道：「你是三聖門的大聖主。」

康無雙道：「不錯，三聖門真正的首腦，似乎就是在這地下石城之中……」

語聲一頓，接道：「彼此都已經叫明了，似是也用不著再作隱語，勞請姑娘通報一聲，就說我們急於求見。」

長髮女郎嫣然一笑，道：「不要打算得太如意了，你們身處險地，能否保得性命，還無法預料。」

長髮女郎不再理會那康無雙，兩道目光卻盯注在楊鳳吟的臉上，瞧了一陣，道：「姑娘太美了。」

突然冷笑一聲，道：「你們如要我幫忙，那就要姑娘答應我一個條件。」

楊鳳吟道：「什麼條件？」

長髮女郎道：「劃破妳的臉。」

康無雙道：「爲什麼？」

長髮女郎道：「不關你的事，我在問她。」

楊鳳吟道：「妳能幫我們多大的忙？我要算一算，看看是否划得來。」

長髮女郎道：「我安排你們見到這石城中的首腦，夠嗎？」

楊鳳吟道：「不夠，再加一點斤兩。」

長髮少女道：「好吧！帶你們去見慕容長青。」

楊鳳吟凄涼一笑，道：「好！咱們就這樣交換，我劃破臉，妳先帶我們去見慕容長青。」

長髮少女道：「一言爲定，那我要先毀妳之容了。」

楊鳳吟道：「不行，妳如是毀容後，不肯帶我們去見慕容長青，我豈不是吃了大虧？不如這樣，妳先帶我們去見慕容長青，然後，再毀我容，然後再安排我們見這石城首腦人物，這樣算起來，咱們誰也不吃虧了。」

長髮少女沉吟了一陣，道：「妳說的倒也有理，我出去瞧瞧，等一會兒我再來。」言罷，轉身而去。

康無雙目睹長髮少女去遠之後，緩緩說道：「妳真的要毀容？」

楊鳳吟道：「你喜歡我，只是爲了我生得很美嗎？」

康無雙道：「那倒不完全是，一個人的氣度、風姿，和容貌一般重要。只不過，如若是妳自願毀去容貌，在下不敢干涉，但如妳受人威迫如此，在下自應挺身而去。」

慕容雲笙道：「姑娘爲了在下毀容，豈不是叫我終身難安。」

楊鳳吟淡然一笑，道：「丈夫不嫌棄我的容貌，我自己也不心疼這張臉，關你什麼事呢？」

慕容雲笙怔了一怔，道：「姑娘說得是，但我們幾個男子漢，眼看妳身受傷害，落下殘疾，傳揚出去，豈不要留人話柄嗎？」

楊鳳吟道：「原來你怕別人說閒話，損了你慕容公子的威名。」

慕容雲笙道：「話雖如此說，但在下的用心……」

楊鳳吟道：「你如心中所思和口中所言，不能如一，那還算得什麼英雄人物？」

脣舌如劍，詞鋒犀利，慕容雲笙被她兩句話問得瞠目不知所以，雖然她有些強詞奪理，叫人心中難服，但一時之間，卻又無法想出適當的措詞反駁，只好向後退了兩步，默然不語。

# 五八　石城怪丐

室中又沉默下來，良久之後，那長髮少女，又自行了回來。

楊鳳吟望了那長髮少女一眼，道：「妳安排好了嗎？」

長髮少女道：「好了。我可以帶你們去見慕容長青。」

語聲一頓，接道：「妳答應我毀去容貌一事，不知要幾時動手？」

楊鳳吟道：「見過慕容長青之後。」

慕容雲笙突然奔行兩步，一拱手，道：「那慕容長青乃在下父親，卻和楊姑娘無關，姑娘如想開價，儘管同在下談。」

長髮少女略一沉吟，道：「這樣吧！我先帶你一個人去見慕容長青如何？」

楊鳳吟道：「不行，我要和他一起去瞧瞧。」

長髮少女略一沉吟，道：「可以，咱們走吧！」轉身向前行去。

楊鳳吟回顧了康無雙一眼，目光中滿是乞求之色，柔聲說道：「讓我跟他們去一趟好麼？」

康無雙淒然一笑，道：「只要妳高興，隨便妳做什麼都好，我會很安靜地等著，不管是海枯石爛，地老天荒。」

楊鳳吟舉起衣袖拂拭一下雙目中流出的淚水，道：「我知道，你是個很好很好的丈夫，我已經是你的妻子了，此心不渝，可鑒天日，決不會做出對不起你的事。」

康無雙揮手一笑，道：「妳去吧！見著慕容大俠時，代我向他問好。」

慕容雲笙本已舉步，追在那長髮少女的身後，心中還在忖思著這位姑娘很惡毒，但卻是不善心機……

但他聽到康無雙和楊鳳吟一番對話之後，頓覺心頭一沉，四肢發寒，出了一身冷汗，急急向外行去。

室外無燈火，一片黑暗。

慕容雲笙步履踉蹌地衝了出來，一下子，撞在了那長髮少女懷中，那少女右手一伸，扶住了慕容雲笙，道：「你這人很膽小，怎麼嚇得出了一身汗。」

語聲一頓，接道：「這段路很黑暗，我牽著你們走吧！」

長髮少女拖著慕容雲笙快步向前行去。

這條甬道仍然十分黑暗，慕容雲笙和楊鳳吟都有些看不清，但那長髮少女卻是奔走快速，從不稍停。

轉過了兩個彎，那奔走的長髮少女突然停下來，她突然收住奔行，事先全無半點預兆，慕容雲笙不自主地又撞在那長髮少女的身上。

但那長髮少女卻渾如不覺一樣，低聲說道：「你們站著別動，我來開門。」

放開了抓住慕容雲笙左腕的玉手。

甬道中太黑暗，黑得慕容雲笙無法看到那長髮少女近在咫尺的行動，但感覺之中，她似已蹲下身子。

只聽一陣輕微的啵啵之聲，陡見光線射入，一片明亮。定神看去，只見那長髮少女，正在托起一道門戶。

那長髮少女把門戶托起約三尺左右時，停下了手，道：「快些彎著身子鑽出去。」

楊鳳吟、慕容雲笙依言屈身而過，門外景物又是一變。

只見一條長長的甬道，每隔四丈左右，都有一盞垂蘇宮燈。

長髮少女小心翼翼地放下門戶，道：「你們跟在我身後走，不論遇上什麼變化，都不要多言接口。」

一面從懷中摸出一條白色的繩索，接道：「你們自綑起雙手，但要綑個別人瞧不出可以掙脫的活結。」舉步向前行去。

楊鳳吟、慕容雲笙並肩走在那少女身後。

行過一盞宮燈，轉向右面一條甬道行去。

只見一個身著青袍的老人，坐在一張木椅之上，攔住了去路。

那老人一張臉色呈鐵青，青得和身上的衣著相似，只瞧那一張青森森的臉，就要心生畏懼。

只見他轉過目光，冷冷望著三人，一語不發。

長髮少女蓮步細碎地行到那青袍老人身前，欠身一禮，低言數語。

那青袍老人點點頭，望了慕容雲笙和楊鳳吟手上綑的繩索一眼，微一頷首，緩緩閉上雙目。

長髮少女舉手一招，道：「你們過來吧！」

慕容雲笙、楊鳳吟依言行了過來，尾隨那長髮少女身後而行。

又轉過一個彎，慕容雲笙突然開口說道：「那老人生相很威嚴，想來，在這石城之中的身分，定然很高了。」

長髮少女冷哼了一聲，道：「沒有一點見識，青面閻王你都不知道嗎？」

說話之間，長髮少女突然停了下來，舉手一指，道：「這條甬道盡處，有一座石門，門上寫著『第一囚室』四個字，就是慕容長青居住之室，你們去吧！」

楊鳳吟道：「你爲什麼不帶我們去呢？」

長髮少女道：「我又不要見那慕容長青，爲什麼要去冒險？」

慕容雲笙已然舉步而行，聞言停下腳步，道：「冒險，冒什麼險？莫非家父神智迷亂，時常出手傷人？」

長髮少女笑道：「那慕容長青還好，但那位玩蛇的老叫化子，卻是討厭得很，他就住在慕容長青對面的三號囚室之中，常常放蛇嚇人。」

語聲一頓，接道：「你們只有一盞熱茶的時間，還不快去，再要耽誤下去，只怕連面也不能見。」

慕容雲笙想到就要見到爹爹，心中無數的不解之謎，就可全盤了然，心中不知是喜是憂，是苦是樂。

行到甬道盡處，果見左右各有一座石門，右面寫著「第一囚室」。

慕容雲笙舉手拍動一號石門，過了一刻工夫，石門才緩緩打開。

只見一個髮鬚皆白的青衫老人，當門而立。

慕容雲笙盯注那老人瞧了一陣，道：「老前輩可是慕容長青？」

青衫老人緩緩點頭，道：「我是慕容長青，閣下是……」

慕容雲笙撲身拜倒於地，道：「見過爹爹。」

青衫老人臉上閃掠一抹訝然之色，但不過一瞬之間，又恢復了平靜之容，道：「閣下是……」

慕容雲笙接道：「我是慕容雲笙。」

青衫老人啊了一聲，道：「你先進來，咱們慢慢地談。」

慕容雲笙站起身子，行入石室。

楊鳳吟緊隨在慕容雲笙身後而入。

青衫老人緩緩掩上石門，步履搖顫地行到石室壁後一座石榻之上，坐了下去。

楊鳳吟冷眼旁觀，看他舉步艱難之狀，似是一身武功，都已經失去。心中暗暗駭然，忖道：「他如失去武功，救他離此，只怕非易了。」

慕容雲笙早已經淚眼模糊，未注意到那老人的舉動。

那青衫老人坐穩身子之後，目光轉望著楊鳳吟，道：「這位姑娘是……」

楊鳳吟接道：「晚輩楊鳳吟，和慕容兄是道義之交，情同兄妹。」

楊鳳吟突然一整臉色，嚴肅地問道：「老前輩，可是慕容大俠麼？」

慕容雲笙連經凶險之後，也變得小心起來，聽那楊鳳吟問的口氣不對，立時心生警惕，舉手拭去目中淚水，只見那青衫人手拂長髯，坐在石榻之上，沉吟不語。似乎是楊鳳吟這一問，問得那老人很難作答。

陡然之間，慕容雲笙心中動疑，神情肅然地問道：「老前輩到底是不是慕容長青？」

那青衫老人緩緩抬起一雙失去神采的眼睛，答非所問地道：「你是慕容長青的兒子？」

慕容雲笙怔了一怔，道：「聽老前輩的口氣，已經承認不是慕容長青了。」

青衫人搖搖頭道：「老夫沒有說不是慕容長青。不過，不論我是不是慕容長青，但你是慕容長青的兒子，那就成了。」

慕容雲笙又是一怔，道：「晚輩不解老前輩言中之意。」

青衫人頷首說道：「你千里迢迢，受盡了千辛萬苦，找來此地，那是一片可昭日月的孝心，只要你有此心，那就算盡了孝心了……」

慕容雲笙事先想到了很多意外變化，但卻從未想到會是這樣一個情景，一時呆在當地，不知如何應對。

楊鳳吟緩緩伸出手去，拭去慕容雲笙奪眶而出的淚水，柔聲說道：「你靜靜心，休息一下，我和這位老前輩談談。」

慕容雲笙長嘆一聲，退到一側。

楊鳳吟清澈的眼神，凝注在青衫老人的臉上，緩緩說道：「老前輩，不論你是不是真的慕容長青，但他是慕容長青的兒子，有很多話，也不便說，我就不同了。」

青衫老人淡淡一笑，道：「好！老夫願聞其詳。」

楊鳳吟道：「你如是慕容長青，就該體諒他千辛萬苦，找來此地，歷九死一生之險，孝心足以撼天動地，就該認他爲子，說明內情。」

青衫老人沉吟了一陣，搖搖頭道：「我不是。」

慕容雲笙心中，雖然也對他是不是慕容長青一事起了懷疑，但此刻聽他親口否認了慕容長青的身分，仍不禁黯然一嘆，一種失望悲苦，流現於神色之間。

楊鳳吟低聲說道：「大哥，不用悲苦，他雖然不是慕容長青，但我相信令尊定然還在石城之中。」

慕容雲笙啊了一聲，忖道：「他如不在這囚室之內，那會躲在何處呢？」

但聞楊鳳吟問道：「你在這石室中好久了？」

青衫老人沉吟了一陣，道：「大約四、五年了吧！」

楊鳳吟道：「因爲你長得很像慕容長青，所以，才被他們選做了慕容長青的替身。」

青衫人道：「不錯，妳這女娃兒聰明得很。」

楊鳳吟伸手一指，點了那青衫老人的穴道，道：「慕容兄，他知曉的事情，恐怕只有這些了，問也問不出所以然來，走吧，咱們只有設法問那位帶路的姑娘了。」

慕容雲笙望了那青衫老人一眼，舉步向外行去。

楊鳳吟緊追身後，出了室門。

突聞一個清脆的聲音，傳了過來，道：「你們時限已到，還不快些回來？」

楊鳳吟轉目望去，只見那長髮少女，站在轉角之處，舉手相招。

楊鳳吟當下低聲對慕容雲笙道：「咱們出其不意地點中她的穴道，她能在地下石城中暢行無阻，必是一位十分活躍的人物，也許能問出令尊的下落來。」

慕容雲笙道：「哪個下手。」
楊鳳吟道：「自然是你了，所以，你要對她親熱一些。」
慕容雲笙還想再問，那長髮少女已然走近石室，道：「叫你們聽到了沒有？」
楊鳳吟道：「聽是聽到了，只是這位慕容大俠病得很厲害，所以……」
長髮少女啊了一聲，舉步向室中行去，一面說道：「我來瞧瞧。」
慕容雲笙右手一伸，出其不意，疾向那長髮少女穴道上點去。
哪知長髮少女竟似早已有了準備一般，右手一伸，接住了慕容雲笙的掌勢，冷笑一聲，道：「你要暗算我嗎？」
語聲甫落，突覺右臂一麻，抓著那慕容雲笙的右手突然鬆開。
原來楊鳳吟以快速絕倫的手法，點了那長髮少女的右臂穴道，冷冷說道：「姑娘防了他，爲什麼不防我呢？」
長髮少女張口欲叫，楊鳳吟又一指，點中了長髮少女的啞穴，接道：「姑娘如若是不想活了，那就不妨張口叫吧！」
玉指揮動，又點了那長髮少女幾處穴道，卻解了她的啞穴，道：「妳如是不想死，那就乖乖的聽我們的問話。」
長髮少女道：「你們要問什麼？」
楊鳳吟道：「妳在這裡身分似是很特殊，是嗎？」
長髮少女道：「何以見得？」
楊鳳吟道：「妳能在此往來自如，足見妳的身分很特殊了。」

冷笑一聲，又道：「我也知道我們此刻處境險惡無比，隨時可能死亡，所以我沒有耐心和妳長談，妳最好能夠據實回答我的問話，拖延時間，只是自找苦吃。」

長髮少女略一沉吟，道：「妳要問什麼？」

楊鳳吟道：「那真的慕容長青現在何處？」

長髮少女搖搖頭，道：「我不知道。」

楊鳳吟道：「主持這地下石城之人，是何許人物？」

長髮少女道：「是我義父。」

楊鳳吟道：「我要問他的姓名。」

長髮少女道：「不知道。」

楊鳳吟道：「妳總該知道他的形貌、年歲吧？」

長髮少女正待答話，突聞一個清冷的聲音，接道：「放開她，她知道的有限得很。」

這人來得無聲無息，楊鳳吟和慕容雲笙都未能事先聞得一點警兆。轉頭看去，只見來人身著青袍，身材修長，頭上戴一方青巾，胸前飄著一片花白長髯，慕容雲笙極力想看清楚他的面貌，但他卻側臉半避，竟叫人無法瞧得清楚。

楊鳳吟和慕容雲笙，都有著一種相同的感受，覺得這個人武功高得出奇，適才他如存有殺死兩人之心，兩人早已經沒有了性命。

一時間，兩人都呆在當地，忘了說話。

但是那青袍人，聲音卻突然間轉變得十分平和，接道：「你們要見真的慕容長青嗎？」

慕容雲笙道：「不錯。」

青袍人笑道：「慕容長青可以見，不過，你要有些憑仗才行，你憑什麼？」

慕容雲笙道：「我是他的兒子……」

話還未完，那青袍人卻突一揮手，接道：「不用說了。」

語聲一頓，接道：「我帶你們去見慕容長青，你們緊跟在我身後，不要多問，該你們說話的時候，老夫自然會問你們。」言罷，舉步向外行去。

慕容雲笙、楊鳳吟隨在身後。

青袍人舉步而行，頭也未回過一次，似是全未把兩人放在心上。

片刻後，到了一座攔路的石壁前面。

青袍人停下了腳步，道：「過了這道石壁，就是這石城中最重要的所在，你們將大開眼界，看到無數的奇異事物。」

慕容雲笙道：「前已無路可通，如何才能過去？」

青袍人道：「你們閉上眼睛，自會有人接你們過去。」

慕容雲笙道：「你既然存心要我們見識一下，為什麼還要我們閉上眼睛？」

青袍人道：「我想你們受不了那些驚駭，還是閉上眼睛的好。」

慕容雲笙、楊鳳吟相對望了一眼，緩緩閉上雙目。

兩人凝神傾聽，只聞得一陣輕微的軋軋之聲，傳入耳際。

突然間，感覺到一個粗大的手臂抱了過來，攔腰一把抱起。

楊鳳吟心中暗道：「這不像人的手臂啊。」微啓雙目望去，一看之下，頓覺心中一寒，尖叫失聲。

原來，那攔腰而抱的不是人臂，竟然是一條毛茸茸的怪手。

青袍人冷然說道：「鎮靜些！如是驚擾牠們發了野性，那就有得你們苦頭吃了。」

楊鳳吟急急閉上雙目，不敢再睜眼偷看。

耳際間又響那青袍人的聲音，道：「你們要小心了，這一段是專以傷人雙目的毒瘴，只要兩位睜動一下雙目，就可能雙目失明，希望你們相信老夫。」

慕容雲笙和楊鳳吟雖然無法辨別出他是否說得恐嚇之言，但想到茲事體大，倒也不敢冒險。

感覺之中，似是在快速奔行之中，鼻息間有著一股腥霉之氣。

忽然間，奔行之勢停了下來，身子也被放開，耳際間響起那青衫人的聲音，道：「兩位可以睜開眼睛了。」

慕容雲笙急急睜開雙目望去，只見宮燈垂蘇，四面屋角處各垂下一顆明珠，燈光照耀下，珠光燦爛，整個石室中泛起了一片青白光輝。

青衫人坐在一張錦墩之上，微一頷首，道：「你們隨便坐吧！」

慕容雲笙、楊鳳吟互相望了一眼，緩緩坐了下去。

青衫人淡淡一笑，道：「這地方怎麼樣？」

楊鳳吟道：「很豪華，只可惜不見天日。」

青衫人淡淡一笑，道：「天地常在，日月綿長，石城中人，都是從天日之下而來。」

慕容雲笙接道：「閣下帶我們來此的用心，是去見慕容長青，希望你能守信約。」

青衫人沉吟了一陣，道：「在未見慕容長青之前，希望兩位暫時留在這裡，做我上賓。」霍然站起身子，舉步向外行去。

楊鳳吟一躍而起，攔住了那青衫人的去路，道：「慢著。」

青衫人微微一笑，道：「姑娘，這地方，豪華瑰麗，情郎相伴，縱然是天日之下，也很難覓得，難道妳還不滿足麼？」

楊鳳吟右手一探，拍出一掌，道：「既是見不到慕容長青，我們也不願在此多留了。」

青衫人右手一揮，輕描淡寫地化解開了楊鳳吟的掌勢，笑道：「妳不是我的對手。」

楊鳳吟只覺他隨手一揮間，就有一股強大的潛力，逼了過來，擋開了自己的掌勢，心中暗暗驚駭。

慕容雲笙右手疾出，一招「五弦聯彈」，若點若劈地擊向那青衫人後背，道：「還有在下。」

青衫人頭也不回，身子向前一探，五指反扣，扣向那慕容雲笙右腕，迫得慕容雲笙收掌而退。

楊鳳吟嬌軀晃動，連劈三掌。

那青衫人指點、掌切，身立原地未動，化解開楊鳳吟三招攻勢，但卻未出手還擊。

慕容雲笙借兩人動手機會，繞到前面，和楊鳳吟並肩而立。

青衫人向後退了兩步，打量了兩人一眼，笑道：「你們就算合力出手，也非老夫之敵，不過，老夫不願和你們動手。」

楊鳳吟出手攻他數招，知他並非誇大之言，緩緩說道：「為什麼？」

青衫人道：「因為老夫不願傷害你們。你們托了慕容長青威名之福，老一輩武林人物，不論正邪，都對那慕容長青有著一份敬慕之心，而且大都還受過慕容長青的恩惠，如若他們知曉慕容公子陷身於危境之時，縱不敢明目張膽施教，亦必暗中設法相助，才使兩位越過重重險關。」

楊鳳吟心中暗道：「這話倒是不錯，此人對三聖門中事，瞭如指掌，定非平常人物了。」心中念轉，口中卻說道：「閣下是否亦受過慕容長青之恩？」

青衫人沉吟了良久，道：「兩位身受如此禮遇，何不多想一想呢？」

突然舉步而行，直向外面走去。

慕容雲笙回顧了青衫人一眼，道：「合咱們兩人之力，未必就敗於他手，為什麼要放他離開？」

楊鳳吟道：「就算咱們勝了他，也無法離開此地，何況，咱們兩人聯手，也是無法勝他。」

她緩緩在錦墩上坐了下來，道：「你坐下來，處此情境，智謀猶重於武功，咱們應該仔細想想，找出脫身之策。」

慕容雲笙道：「康無雙、連玉笙久不見咱們歸去……」

楊鳳吟接道：「康無雙智計不在我們之下，他信任我，決不會想到邪裡去，他必會想到咱們已經遇險，倒是那青衫老人，舉止有些奇怪。」

慕容雲笙道：「也許，他也受過家父之恩。」

楊鳳吟搖搖頭道：「不會如此單純，如果我推想不錯，他可能就是石城中的首腦。」

慕容雲笙道：「他如是這石城中的首腦，似是用不著再有顧慮，早已宰了咱們。」
楊鳳吟道：「如若他是你很親近的人呢？」
慕容雲笙搖搖頭，道：「不會吧？」
楊鳳吟道：「我有一個奇想，說出來，希望慕容兄不要見怪。」
慕容雲笙道：「此情此景，咱們是生死與共，姑娘有什麼話，只管請說就是。」
楊鳳吟道：「你說，那人會不會是慕容長青？」
慕容雲笙怔了一怔，道：「你說他是家父？」
楊鳳吟道：「我是這樣想。」
長長吁一口氣，接道：「不過，我這想法，也並非全無根據，胡亂猜想。」
慕容雲笙道：「這事情非同小可，妳有什麼根據呢？」
楊鳳吟道：「聽他講話的口氣，似乎是這石城中身分極高的人物，感覺甚至他能在立刻之間，隨時就下令處死自己的屬下，但他爲何對咱們如此優待。」
慕容雲笙道：「把咱們囚禁於此，還算是很優待嗎？」
楊鳳吟突然輕輕嘆息一聲，接道：「若如我還是自由之身，能和你常守斯地，似乎是天地間，只有我們兩個人一般，對一個女人而言，實也該心滿意足了。」
慕容雲笙黯然說道：「姑娘已然示意在下，只怪在下太過愚蠢，不解姑娘言中之意。」
楊鳳吟道：「現在，我已經是那康無雙的妻子了。」
慕容雲笙道：「我明白，但在下對姑娘仍像過去一樣的敬重。」
楊鳳吟道：「康無雙很可憐，他爲我丟了那三聖門大聖主的紗帽，拋棄了四個如花妾婢，如是我死於此地，他什麼都未得到。」
兩人心中潛伏的深情、愛意，一直都緊鎖心中，此刻一旦開啓，有如江河堤潰難以遏止之感，似是已忘了正置身險惡之境。
慕容雲笙苦笑一下，道：「在下覺著，世間上正有著無數的人，羨慕於他。」
楊鳳吟奇道：「那三聖門的大聖主，雖然是虛有其名，但總比冒險犯難，被困於斯好得多了，有什麼好羨慕的？」
慕容雲笙微微一笑，道：「他獲得了姑娘心許，獲得夫妻之名，那還不夠他滿足嗎？」
楊鳳吟突然流下淚來，道：「他是我丈夫，但他……」
突聞步履之聲，傳了過來，楊鳳吟急急拭去淚痕，轉臉望去。
只見兩個綠衣女童，手托木盤，聯袂而來。
木盤上分布八色佳肴，和一瓶美酒。
左首一個女童進入室中，欠身一禮，道：「兩位腹中想來十分饑餓了，小婢奉命送上酒菜，恭請公子和姑娘進食。」
慕容雲笙道：「妳們奉何人之命？」
左首女童應道：「我們是丫頭，遣差小婢們的人很多。」
慕容雲笙道：「這一次，是何人派遣？」
兩個小婢怔了一怔，相互望了一眼，仍由左首小婢答道：「酒菜之中，決無毒藥，兩位但請放心食用，至於何人遣派而來，小婢們未得令允，不敢奉告。」
慕容雲笙略一沉吟，道：「就在下所知，這地方只有一條出路。」

左首女婢道：「不錯。」

慕容雲笙道：「路上布有毒瘴，是嗎？」

左首女婢點點頭道：「是的。」

慕容雲笙道：「妳們如何到此，竟然不為毒瘴所傷？」

左首女婢道：「小婢們早已服過藥物。」

慕容雲笙道：「這酒菜之內，難道不會落入瘴毒？」

左首女婢笑道：「這個，公子但請放心，越過瘴區之時，酒菜都是密封，而且出了瘴區之後，又經過藥師處置。」

慕容雲笙一揮手，道：「妳們下去吧。」

左首小婢似是早已料到有此一變，嫣然一笑，道：「小婢們奉命，等兩位進過食用之物後，收拾了碗筷，再行退下。」

楊鳳吟道：「那是說，兩位奉命，要看著我們吃下酒菜，才肯離開了。」

左首女婢應道：「我們奉命送上酒菜，取回碗盤，小婢們不敢抗命，只有在這裡恭候了。」

楊鳳吟道：「好一個利口丫頭，妳叫什麼名字？」

左首女婢應道：「小婢叫春月。」

楊鳳吟冷笑一聲道：「看來兩位不似來侍候我們，倒似是來監視我們了？」

春月道：「姑娘言重了，婢子們當受不起。」

言罷，閉上雙目，不再望兩人一眼。

另一個小婢，似是一切唯春月馬首是瞻，也跟著閉上雙目。

楊鳳吟道：「兩位慢慢地等吧！我們如是不肯吃，我不信兩位有能力迫我們吃下去。」當下盤腿而坐，運氣調息。

## 五九　難明真相

楊鳳吟已發覺目下處境的僵持，已非自己的才智、武功所能打開，只有暗自忍耐，等待著演變機會。

慕容雲笙也隨著楊鳳吟坐了下去。

身處絕境，生死已非自己所能控制，兩人都放開了胸懷，運氣行功。

不知道過去了多少時間，楊鳳吟首先醒來，只見那青衫老人端坐在一張錦墩之上，閉目養神。

她打量了室中情勢一眼，再望望慕容雲笙，只見他頂門上不停冒著熱氣，似是調息正值緊要關頭。

室中一片寂靜，靜得落針可聞。

但見青衫老人睜開雙目，瞧瞧楊鳳吟，點頭一笑，卻未出聲打招呼，好像很怕驚醒了慕容雲笙。

楊鳳吟再看室外，二婢仍然一左一右地站在門外，室內酒肴亦仍然擺著。

又過片刻，慕容雲笙也醒了過來，長長吁一口氣，睜開眼睛。

青衫老人站起身子，笑道：「你們這一陣坐息，大約使體能恢復了不少，外面看來，容光煥發，如若再進一些食用之物，當可使體能完全復元。」
楊鳳吟淡淡一笑，道：「送來酒飯的兩個女婢，也這樣講，勸我們進用酒飯。」
青衫老人笑道：「這些酒菜已冷，自然不堪再食……」
提高聲音道：「春月，妳叫廚下做幾樣精緻的菜肴，拿一瓶雪釀桃蜜露，我要陪兩個佳賓，好好地吃一頤。」
青衫老人目睹二婢去後，笑道：「大約有二十年了吧，老夫沒有和人同桌吃飯了。」
楊鳳吟道：「那是對我們特別的優容了。」
青衫老人笑道：「也許我和兩位有緣份。」
楊鳳吟道：「緣份只怕是不如親情。」
青衫人呆了一呆，但立時間又恢復了鎮靜之容，緩緩說道：「女娃兒，妳在胡猜些什麼。」
楊鳳吟道：「我只是這樣想，你如真是慕容長青，爲什麼不敢承認，爲什麼不敢認你的兒子？」
青衫老人微微一笑，道：「姑娘，不要自作聰明。」
楊鳳吟道：「你如不是慕容長青，那你爲什麼不敢否認？」
慕容雲笙眼看那楊鳳吟，單刀直入地和青衫老人談了起來，反而有著不知所措的感覺，呆呆地站在一側。
青衣老人似是在有意逃避，微微一笑，道：「姑娘，有什麼話，咱們用過酒飯再談不遲。」

楊鳳吟道：「我想不明白。」

青衫人道：「妳要明白什麼？」

楊鳳吟道：「爲什麼一定要我們食用酒飯？」

青衣老人冷笑一聲，道：「姑娘，老夫在這石城之中，住的時間太久了，養成了暴急之性，如若姑娘得寸進尺，激怒老夫，只怕有得妳苦頭好吃。」

楊鳳吟道：「我們既然來了，早已把生死置之度外了。」

青衣老人不再理會楊鳳吟，目光卻轉到慕容雲笙的臉上，說道：「你過來。」

慕容雲笙緩步行了過去，道：「老前輩有何吩咐？」

青衣老人未來得及答話，兩個女婢已然捧著酒菜而入。

青衫人首先拿起筷子，把各種菜肴都吃了一口，然後，又喝了一杯酒，道：「酒菜之中無毒，你們可以放心食用。」

慕容雲笙道：「老前輩答允我們食過酒飯之後，解答我們心中很多疑問，還算不算？」

青衫老人淡淡一笑，道：「自然是算，不過，你們不要希望太高。」

慕容雲笙道：「老前輩的意思是……」

青衣老人道：「進食吧！未進酒飯之前，恕老夫不再回答。」

慕容雲笙舉手一招，道：「楊姑娘，百里行程半九十，這位老前輩既然答應了我們食過酒飯之後，解答我們心中之疑，何不坐下……」

楊鳳吟接道：「我腹中也有饑餓之感。」話落口，立時舉筷大吃起來。

慕容雲笙也隨著舉起筷子，酒菜並用。

兩人腹中本有饑餓之感，這一放懷而吃，不大工夫，幾盤佳肴，被吃得盤底朝天。

青衫老人冷眼看兩人吃完之後，微微一笑，道：「兩位吃飽了嗎？」

慕容雲笙道：「沒吃飽也算飽了，在下希望早些知道心中之疑。」

青衣老人道：「好！不過，老夫有一個條件。」

慕容雲笙道：「什麼條件？」

青衣老人道：「你們心中疑問很多，老夫不能一一回答，因此，你們一個人只限問一件事。」

慕容雲笙心中暗道：「但我一人心中疑問，又何止兩件，只限我問一件，無論如何難解心中之疑了。」

青衣老人似是已瞧出他心中所疑，微微一笑，道：「來日方長，不管你心中有多少疑問，只要你們答應長留此地，慢慢地都可以了解。」

楊鳳吟突然接口說道：「限問一件就一件吧！我先問了……」

青衣老人搖搖手道：「慢著。」

伸手招來門外兩個女婢，道：「妳們收拾好碗盤退去，未得老夫令召之前，任何人都不得進來打擾。」

兩個女婢應了一聲，收了菜盤退下。

青衣老人目睹二婢去遠，才緩緩說道：「現在姑娘可以問了。」

楊鳳吟道：「那慕容長青是否還在世上？他現在何處？」

青衣老人略一沉吟，道：「姑娘問的是兩個事，老夫只能回答一件。」

楊鳳吟道：「那慕容長青有兒子在此，是否還活在世上，他兒子應該比我更關心了，我只想知道他現在何處？」

青衣老人微微一笑，道：「在這石城之中。」

楊鳳吟冷冷說道：「我問他人在何處？」

青衫人笑道：「就在這地下石城之中，老夫並未答錯啊！」

楊鳳吟道：「我知道我可能上當，所以，我先問了下一句。」

目光轉到慕容雲笙的臉上，道：「你要想想再問，需知個中關係很大，你如是問對了，武林中演變、紛爭，縱然還無法全盤了解，但已可找出一點眉目；你如是問錯了，咱們只能去憑空推想，再也難找到這樣的機會了。」

慕容雲笙兩道精湛的目光，凝注在青衣老人的臉上，道：「我們兩人限問兩件事？」

青衣老人道：「不錯。」

慕容雲笙道：「在下想把這一問，讓給楊姑娘。」

青衣老人道：「你如相信她能一言問明內情，自然可以。」

慕容雲笙道：「姑娘才慧，一向高過在下，請代在下問吧！」

楊鳳吟點點頭道：「好！有些話你也許不便出口。」

她雙肘支放在矮桌上，手托下顎，凝目沉思。

慕容雲笙低聲說道：「妳在想什麼？」

楊鳳吟道：「我在想應該如何問他？咱們已經知曉了慕容長青在這石城之中，現在，我要想一個使他無法推賴的問題。」

青衣老人淡淡一笑道：「不錯，雖然只是一句話，但卻是極高的智慧運用。」
楊鳳吟道：「你不能拒絕回答，也不能說不字，是嗎？」
青衣老人道：「好！妳問吧！」
楊鳳吟緩緩說道：「我要和那慕容長青比試一招掌法。」
青衣老人微微一怔，顯然，他未想到楊鳳吟會如此問法。
只見他雙目中神光閃動，緩緩說道：「可以，不過，老夫要先說明一件事。」
楊鳳吟道：「什麼事？」
青衣老人道：「那慕容長青武功高強，如若姑娘要和他比試一掌，很可能妳就會沒有了性命。」
楊鳳吟道：「我不怕。」
青衣老人突然轉過身去，伸手在臉上揭下了一張人皮面具，緩緩轉過了身子，道：「就是老夫。」
楊鳳吟輕輕嘆息一聲，道：「我早已想到是你了，不知你爲什麼還要玩出這多花樣？」
慕容雲笙雖然心中也有此想，但那青衣老人承認了自己的身分之後，仍然覺著心頭大震，呆了良久，緩緩跪了下去，道：「孩兒見過爹爹。」
慕容長青一揮手，一股強大的潛力，托起了慕容雲笙的身子，接道：「你站起來。」
慕容雲笙只覺那力道奇大，身不由主地被托了起來。
楊鳳吟突然仰天長嘆一聲，道：「你一生仁慈，武林中不知有多少人對你心存感激，我不明白，你爲什麼成立三聖門，把武林鬧得天翻地覆。」

慕容長青神情冷峻，答非所問地道：「你們心中既然已猜到了我就是慕容長青，就不該迫我承認身分，以真面目和你們相見。」

楊鳳吟道：「那你準備如何？」

慕容長青道：「老夫要親眼看到你們氣絕身死。」

楊鳳吟道：「虎毒不食子，我不信你忍心殺死自己的兒子。」

慕容長青道：「他不是我的兒子。」

這一句話，字字如千斤巨錘一般，敲在慕容雲笙的心上，但極度哀傷、震驚之後，反使他冷靜下來。

他舉手拭去了臉上的淚痕，道：「孩兒身上有一封書信，老前輩請看看如何？」

慕容長青搖搖頭，道：「經過之情，我很清楚，不用看了。」

楊鳳吟移動嬌軀，行到慕容雲笙的身前，柔聲說道：「大哥啊！咱們縱然不願束手就戮，只怕生離此地的機會也不大，是嗎？」

慕容雲笙看她神情鎮靜的出奇，心裡既是佩服，又是慚愧，暗道：「看來我連一個女孩子也不如了。」

一念動心，沉重的心情，突然間開朗了不少，微微一笑道：「我找出了慕容長青遺留下的劍法、拳譜，多年來苦苦習練，自覺稍有心得，我也不願束手就戮，就算要死，也要死得轟轟烈烈，只不過，我心裡重重疑問未解，死不瞑目罷了。」

楊鳳吟眨動了一下清澈的眼睛，道：「人家要咱們死，就是因爲咱們知道的太多了，不用奢望再解心中之疑了。」

嫣然一笑，接道：「世間不如人意的事，十佔八九，我在未遇到你之前，生活得快快樂樂，但自遇你之後，卻嘗到情愁。我們歷盡艱險，找到了三聖門，爲助你能得覓父心願，我答應嫁給康無雙，你找到了慕容長青，他卻不肯認你爲子。唉！這些變化，又有誰能夠事前想到呢？」

慕容雲笙苦笑一下，道：「在下縱然被碎屍萬段，亦不足惜，只是連累了姑娘。」

慕容長青轉顧了兩人一眼，默然不語。

慕容雲笙道：「你如是真的慕容長青，你如是真的對我們還存有一份好感，在下希望你能在我們未死之前，告訴我們這曲折的內情。老前輩不過是怕我們洩露內中隱秘，但你既有把握，能夠殺死我們，自是不用怕我們洩漏隱秘了。」

慕容長青淡然一笑，道：「你是說讓老夫告訴你們內情之後，再行殺死你們。」

楊鳳吟道：「嗯！如是這樣死了，我們也算死而無憾了。」

慕容長青神情冷肅地說道：「可以。不過，你們也要答允老夫一件事。」

楊鳳吟道：「什麼事？」

慕容長青道：「老夫不忍心殺你們，希望你們在了然內情之後，自絕而死。」

慕容雲笙道：「在下答應。」

慕容長青目光轉到楊鳳吟的臉上，道：「楊姑娘呢？」

楊鳳吟道：「我答應了你是否會相信？」

慕容長青搖搖頭，道：「不相信。所以，我要你們服用一顆毒藥，這毒藥在一個時辰之後發作，一個時辰的時間，老夫相信可以說得很清楚了。」

楊鳳吟道：「慕容公子冒九死一生之險，覓父到此，你卻一口否認了是他生身之父，世間只有冒認子女之父，卻沒有一個人，硬要強認生父。他心中認定了你是他的父親，自是有著很多證據。如今，這很多證據，都在他腦際中變成了重重疑問，他必需了解，縱然是付出死亡的代價，亦是在所不惜。但我……」

慕容長青道：「妳怎麼樣？」

楊鳳吟道：「我可以和你打一架，打不過你，我可以逃，逃不了才會死，是不是？」

慕容長青仰天打個哈哈，道：「妳好像不信老夫能殺妳，是嗎？」

慕容雲笙恐兩人說僵，勢必要立時動手不可，接口說道：「老前輩，如若在下服下毒藥，老前輩是否可以說明內情呢？」

慕容長青道：「你一人服下毒物，老夫只能說一半。」

慕容雲笙道：「在下能聽一半，總比完全不知內情好些，老前輩拿藥來吧！」

慕容長青伸手從袋內摸出一個玉瓶，倒出了一粒紅色丹丸，道：「拿去吞下！」

突聞楊鳳吟冷冷說道：「不要吃下去。」

霍然站起身子，道：「大哥，咱們被他騙了，因爲他不是慕容長青。」

慕容長青怒道：「臭丫頭，胡說些什麼。」

楊鳳吟道：「你這一發怒，更不是慕容長青了。」

她希望慕容長青接言，再從他語病中出言相激，卻不料慕容長青搶先接道：「爲什麼？」

楊鳳吟嘆息一聲，道：「那慕容長青昔年身受武林同道尊仰，不是大賢，就是大奸，豈會是他這樣的半吊子？」

慕容長青右手揚起，冷冷說道：「口沒遮攔的小丫頭，老夫先殺了妳。」

呼的一掌，劈了過去。

一般強猛絕倫的暗勁，疾湧而至。

楊鳳吟感覺掌力奇強，但仍然舉掌硬接一擊。

雙方掌勢還未接實，楊鳳吟已然感覺到那一股強大無倫的潛力，直逼過來，身不由己地被掌力震得向後退去。

慕容長青哈哈一笑道：「多口饒舌的丫頭，老夫非得把妳劈於掌下不可。」

左掌一揮，又是一掌拍到。

楊鳳吟在對方強大的掌力之下，人已不支，眼看左掌迎頭劈下，已然無法分出掌勢招架。

但聞慕容雲笙大喝一聲，右手疾出，接下慕容長青的掌勢。

慕容雲笙道：「老前輩，聽晚輩解說……」

慕容長青怒道：「老夫無暇再和你們鬥口，兩位再不出手，老夫就不再奉讓先機了。」

楊鳳吟高聲道：「大哥，放手和他動手，他不是慕容長青。」

慕容長青冷笑一聲，雙掌分向兩人攻擊，慕容雲笙也覺著他的身分，確有甚多疑竇，又在對方進逼之下，只好出手還擊。

楊鳳吟嬌軀一閃，攻向慕容長青的右側，慕容長青掌勢一變，奇招綿綿而出，招招都是指向兩人的要害大穴。

慕容雲笙、楊鳳吟在對方致命攻擊的追擊之下，也只好全力出手。

這一番惡鬥，乃是慕容雲笙和楊鳳吟生平從未經過的惡鬥。

初交手一陣，兩人合搏之術，很難配合恰當，予人可乘之機，迫得兩個人常常不能相顧。但經過了數十招後，慕容雲笙已和楊鳳吟習慣於合搏之術，相互支援、搶救，配合得十分恰當。

那老人果有著深厚無比的功力，和兩人鬥過百招之後，不但毫無倦容，而且愈鬥愈勇，掌力也愈見強猛。

但慕容雲笙和楊鳳吟，卻被對方強猛絕倫的掌力，迫得汗流浹背，只餘下了招架之力。

慕容雲笙在對方強力壓迫之下，把胸中熟記的拳路、招術，全都用了出來，雖然汗流全身，但招術變化卻是愈來愈精妙。

楊鳳吟亦覺著慕容雲笙在這番搏鬥之中，確是愈戰愈勇，招術變化，也愈見奇幻凌厲，一面放緩掌指攻勢，讓慕容雲笙接去對方大部分的攻勢，一面暗中運氣調息，以便使體能恢復。

不大工夫，三人又鬥了五十餘招。

慕容長青眼看打了一百五十餘招，不但未能把握勝機，而且對方愈打愈見功力，合搏之勢，比起初動手時更見佳妙，心中漸感震驚，忖道：「如若不能在二百招內，重傷他們一人，只怕今日之戰，難再有制勝之機了。」

原來，他初和兩人動手時，覺那楊鳳吟不但才智敏銳，而且武功也強過那慕容雲笙甚多，只要能制服或重傷了楊鳳吟，再對付慕容雲笙，那就易如反掌了。

哪知打了百招之後，慕容雲笙竟是鐵打成鋼，越打越強，隱隱然凌駕於楊鳳吟之上。

這時心頭震駭，有了速戰速決之心，辣手頻施，希望先傷慕容雲笙。

他這般變來變去，不但給了慕容雲笙的機會，也給了楊鳳吟的機會。

絕頂高手，大都有深厚內功基礎，楊鳳吟略得休息之機，立時暗中運氣，雖然無法停手調息，使體能盡復，但有此機會，已使疲倦消退了不少。

她自覺著恢復了再戰之能，立時一緊雙掌，由守轉攻，道：「大哥啊！我猜得不錯吧？」

慕容雲笙聽得一怔，道：「妳說得什麼？」

就這一分神，那慕容長青乘勢攻入兩拳，幾乎爲拳勢擊中。

慕容雲笙震駭之下，急急凝神運拳，在楊鳳吟全力相助之下，搶攻了十餘招，才算把落下的劣勢，扳了回來，長長吁一口氣，道：「好險啊！咱們不能讓他佔到一點先機。」

楊鳳吟道：「你只管說話，不用去想它，像我一樣，就不會分去心神了。」

語聲一頓，又道：「我說他不是慕容長青，看樣子是不會錯了。」

慕容雲笙道：「何以見得？」

楊鳳吟道：「你的武功，都得自那慕容長青的手著拳譜之上，他如是慕容長青，豈會不知破解之法，他卻似不知道。」

慕容雲笙道：「姑娘說得有理啊！我幾乎被他騙了。」

精神陡然一振，攻勢也更見凌厲。

兩人言語間相互砥勵，鬥志更見旺盛。

慕容長青萬沒有想到，這兩個年輕男女，武功竟然如此高強，而且兩人的武功，似是都在搏鬥中迅快地成長，他心中漸覺不對，急攻兩掌，陡然退開了五步。

楊鳳吟淡淡一笑，道：「怎麼不打了？」

慕容長青道：「老夫不願再和你們纏鬥下去！」

楊鳳吟接道：「我們不願束手就戮，你除了戰勝我們一法之外，似乎也別無良策了。」

慕容長青臉色鐵青，顯然，他心中已爲楊鳳吟的譏諷動了怒火，冷笑道：「我有殺死你們的機會，但我因一念仁慈……」

楊鳳吟正是要存心激怒他，接口說道：「那只怪你智慧不夠，計算錯誤。」

慕容長青道：「好！你們亮兵刃吧！」

慕容雲笙急急接道：「老前輩，兵刃凶險，動起來必然有人傷亡。」

慕容長青冷冷說道：「看不出你還是一位深藏不露的人，老夫上了一次當，不能再上第二次。」

楊鳳吟突然伸手關上室門，肅然說道：「大哥，不用多說，此人心如鐵石，言語之間，決然無法說動他了，只有求生，和他一決死戰！」

玉掌一探，突然自貼身內衣中，取出來一柄綠色的劍鞘。

那劍鞘長不過八寸二分，估計那鞘中之劍，不過八寸左右。

楊鳳吟一按機簧，短劍出鞘，而且竟然是雌雄雙劍。

劍身極薄，但卻有一種冷森逼人的感覺。

楊鳳吟分了一把短劍給慕容雲笙，道：「我娘告訴我，非到性命交關時，不能輕易動用此劍，因爲此劍主凶，出鞘之後，必得見血。今日咱們處境，應該算生死交關了，看樣子也非得見血才成……」

揚劍一指慕容長青，道：「你可以亮兵刃了。」

慕容長青兩道炯炯的目光，一直盯注短劍之上瞧著，神情極爲緊張。

楊鳳吟一顰秀眉，嬌聲叱道：「你再不亮兵刃，我們就要出手了！」
慕容長青如夢初醒，道：「妳這短劍從何處得來。」
楊鳳吟淡然一笑，道：「你可是很想知道這短劍的來歷嗎？」
慕容長青道：「不錯。」
楊鳳吟道：「這短劍由何而得，只有我一個人知曉，我如不說，你這一輩子也無法知道了，不過，有一個法子，我可以說出內情。」
慕容長青道：「什麼法子？」
楊鳳吟道：「你告訴我三聖門的隱秘，我告訴你短劍內情，咱們誰也不吃虧了。」
慕容長青道：「老夫如何能相信妳，妳這女娃年紀雖然不大，但人卻刁滑得很。」
楊鳳吟道：「彼此，彼此，我也是一樣的不信任你，但這並非死結，我已經想出了一個解決的法子。」
慕容長青「啊」了一聲道：「妳倒是很聰明，不知是什麼法子？先說給老夫聽聽。」
楊鳳吟道：「咱們一人講兩句，彼此就不吃虧了。」
慕容長青道：「法子倒是不錯，但不知要哪個先講？」
楊鳳吟道：「當然是你先講。」
慕容長青道：「爲什麼？」
楊鳳吟道：「你這三聖門內情必極複雜，幾十句話，未必能夠說完，但我這短劍來歷，卻很簡明，也許你只說一半，我已經說完了。」
慕容長青道：「好！那麼老夫先說。」

語聲一頓道：「老夫和另外兩個人合作，創出這三聖門。」
楊鳳吟沉思道：「我這短劍，分爲雌雄劍，合裝於一鞘之中。」
慕容長青一皺眉頭，道：「雖是言之有物，但卻盡都是人人皆知。」
楊鳳吟道：「開場白嘛！自然是談不上隱秘二字，拋磚才能引玉，只要你說的句句中肯，我自會投桃報李。」
慕容長青道：「我們三人的身分各不相同，一僧、一道、一俗人，那俗人就是老夫。」
楊鳳吟道：「我這一對雌雄寶劍，得自一位前輩奇人所贈，那奇人是位女子。」
慕容長青啊了一聲，道：「妳還要幾次，才能說出全部內情？其實，老夫只想明白兩件事。」
楊鳳吟道：「我知道。第一件是想知曉贈我短劍的人的身分，第二件事，是想知曉她現在何處，對嗎？」
慕容長青怔了一怔，道：「不錯，不錯。」
楊鳳吟神情肅然地說道：「你不用再動妄念，只有說出內情，才可以交換你想知曉的隱密。」
慕容長青點點頭，道：「我們成立三聖門時，原本心懷宏願，希望在武林創出一股很特殊力量，震懾江湖，調解恩怨，使武林中不再有永無休止的怨冤相報的仇殺。」
楊鳳吟道：「這一次你說了不止兩句話，但內容卻很貧乏，咱們各逞口舌之能，談上一夜，也難談出個所以然來，看來，還是得改個方法。」
慕容長青道：「好！願聞高見。」

楊鳳吟道：「咱們彼此互問，對方要誠心作答，彼此都無法再賣弄口舌之能，三、五句就可揭穿內情。」

慕容長青道：「好極！好極！但不知咱們哪個先問？」

楊鳳吟道：「這一次自然是由你先問了。」

慕容長青輕輕咳了一聲，道：「那贈妳雌雄雙劍之人，現在何處？」

楊鳳吟道：「仙霞嶺埋花谷內。」

慕容長青道：「埋花谷，老夫怎的不知有這樣一處所在？」

楊鳳吟道：「那只好等下一次再問了。」

語聲一頓，接道：「那和你合作成立三聖門的一僧一道，而今安在？」

慕容長青道：「他們仍在這地下石城之中。」

楊鳳吟道：「爲你所謀，遭囚於斯。」

慕容長青答非所問地道：「那埋花谷在仙霞嶺中何處？」

楊鳳吟道：「仙霞嶺萬谷千峽，何處不可埋花？」

慕容長青一怔道：「怎麼，這也算回答嗎？」

楊鳳吟道：「我已經回答得很清楚了，你只要稍微用點頭腦想想，就應該很明白了。」

慕容長青略一沉吟，道：「妳是說她喜歡埋花？」

楊鳳吟道：「好吧！我吃點虧，多告訴你一些。」

沉思了片刻，接道：「那贈我短劍的老前輩，愛極花木，所以，每當落花滿地之日，她就肩荷花鋤，滿谷走動，埋葬落花，故名埋花谷。」

慕容長青道：「原來如此。」
楊鳳吟道：「和你合組三聖門的僧、道都還健在人世嗎？」
慕容長青道：「不錯，他們都還活在世上。」
楊鳳吟道：「我明白了，你們合組三聖門時，各懷宏願，以後，你們志趣不投，所以，你把他們囚了起來。」
慕容長青略一沉吟，道：「好吧！老夫也吃點虧，被妳猜對了。」
楊鳳吟微微一笑道：「該你問了。」
慕容長青道：「那贈妳雙劍之人，她叫什麼名字？」
楊鳳吟道：「她姓田，叫惜藥。」
慕容長青道：「這名字不會錯嗎？」
楊鳳吟道：「真名真姓。」
慕容長青道：「好！該妳問啦！」
楊鳳吟道：「你是不是真的慕容長青？」
這一問顯然是問到了對方要害之處，慕容長青呆了一呆，半晌答不出話。
楊鳳吟柔聲說道：「我告訴你的，都是句句真實，你也不能騙我。」
慕容長青道：「老夫可以說不是……」
楊鳳吟道：「我不懂什麼叫『可以說不是』？」
慕容長青道：「告訴我，那田惜藥是妳什麼人，老夫就告訴妳內情。」
楊鳳吟道：「是我母親。」

慕容長青道：「老夫早該想到。」
楊鳳吟道：「你應該問完了，你如是守信的人，那就說明內情。如若你自承是無信的人，那你就不要說了，其實你說與不說，已無關緊要了。」
慕容長青道：「爲什麼？」
楊鳳吟道：「因爲你不說，我也能猜中十之六、七。當然，其間有很多內情，無法猜得出來。」
慕容長青道：「那妳就說說看？」
楊鳳吟道：「第一件，我可以武斷一言，你不是真的慕容長青。」
慕容長青淡淡一笑，道：「說下去，只要妳真能猜個大概，中間細節如有疏漏，老夫爲妳補充，不過……」
楊鳳吟道：「不過什麼？」
慕容長青道：「妳如說錯了，老夫就恕不接言了。」
楊鳳吟道：「好吧！咱們試試看。你們三個人，眼看武林中紛爭處處，所以動了仁慈之心，成立三聖門，準備排除武林紛爭，江湖上少一些凶殺慘事。」
慕容長青點點頭，道：「老夫初時用心，確然如此。」
楊鳳吟道：「但以後，你變了，另兩位卻不肯同意你把成立三聖門的原意有所改變，所以，你就施毒手把他們囚了起來，囚於這地下石城之中。」
慕容長青微微一笑，道：「猜對了一半，因爲那首先想改變三聖門原來宗旨的，並非老夫。」

楊鳳吟皺皺眉頭，道：「不是你，是什麼人？」

慕容長青笑道：「這要姑娘去猜了。」

楊鳳吟道：「少林清規，一向森嚴，能具成立三聖門的才華武功，其在少林寺中，必有一定的地位，由我推想，定然不是少林和尙了。」

慕容長青道：「妳又猜對了，我們三個人，不是老夫，不是那少林高僧，還有一個人，那也不用說明是誰了。但老夫奇怪，天下僧侶何止千萬，不屬少林一支，仍佔大部，妳怎會斷言他出於少林門下？」

楊鳳吟道：「要我老實說，那是賭運氣，因爲少林寺的僧侶，總要比別人的可能大些。」

慕容長青道：「往下說吧！」

顯然，中間變化，使得楊鳳吟有了爲難的感覺，沉思了良久，接道：「你不想改變成立三聖門的原意，所以，暗算了他們，但當你一個人控制了三聖門時，你自己又變了，想稱尊武林，號令江湖，是嗎？」

慕容長青道：「這一次，猜對了大部分，但中間還發生一件事故，才使我改變初衷。」

楊鳳吟道：「我說過，其中的細微枝節，我不能全都猜到。」

慕容長青道：「所以，老夫要補充說明，那是因爲受了一個女人的影響。」

說話時，雙目凝注楊鳳吟手中短劍之上。

楊鳳吟心頭震動，緩緩說道：「那女人和這短劍有關？」

慕容長青道：「老夫只能說，那時那女人執有這一對短劍，但劍之爲物，可能易主，在未見那人之前，老夫不敢斷言。」

楊鳳吟道：「這幾句話，倒還說得有點道理。」

慕容長青道：「好啦！妳再說下去，不過老夫不能永遠留在這裡。」

楊鳳吟道：「大約情形我已經知道了，只有一點我想不明白。」

慕容長青道：「哪一點？」

楊鳳吟道：「那慕容長青乃是這一代武林中有名大俠，你們怎麼會纏夾到他的身上。」

慕容長青突然仰天大笑，歷久不絕。

這一笑，只把個智慧絕世的楊鳳吟笑得茫然不解，忍不住問道：「你笑什麼？」

慕容長青道：「妳自負聰明，猜猜看這又是怎麼回事？」

楊鳳吟道：「這並非很難猜，只不過個中可能因素甚多，猜起來太費時間罷了。」

慕容長青道：「丫頭才智不過如此，老夫不再和你們鬥口了。」

楊鳳吟冷笑一聲，道：「可惜你走不了。」

慕容長青道：「你們真想要阻攔老夫嗎？」

楊鳳吟道：「不信你就試試看，我們未離開之前，你也別想離開此室。」

慕容長青長劍一振，突然閃起一道銀芒，橫裡斬了過去。

楊鳳吟短劍疾起，響起了一陣金鐵交鳴之聲，封開了長劍。

慕容長青長劍連揮，連攻三招。

這三劍勢道淩厲，楊鳳吟兵刃過短，封架不易，被迫得連退數步。

慕容雲笙大喝一聲，揮劍攻上。

三個人立時展開了一場激烈絕倫的惡鬥，石室中劍氣漲漫，寒芒飛旋，耀眼生花，凶險百出。

慕容長青劍勢雖然奇異，但在楊鳳吟、慕容雲笙全力配合拚打之下，惡鬥了二百餘招，仍是個不勝不敗之局。

這時，慕容長青才真正地感到了二小配合的厲害。

楊鳳吟的短劍以靈動、奇幻見長，慕容雲笙卻是以雄渾、沉穩爲主，雙方佳妙的配合，剛好把兩人的缺點，完全地彌補了起來。

又鬥五十餘招，慕容長青已確定在掌法和劍法上，已無法制服兩人，唯一的辦法，就是以雄渾的內力，先傷了一人，才有取勝的機會。

但兩人佳妙的配合，一直是有意地避免和慕容長青硬拚。

那楊鳳吟說得不錯，如若沒有奇策，慕容長青已很難衝出石室。

雙方都已把技藝和功力，發揮到巔峰之境，任何一方，都無法再求寸進。

那寸進，即是決定這一場激烈搏戰的勝負關鍵。

突然間，慕容長青舌綻春雷地大喝一聲：「住手。」當先收劍而退。

楊鳳吟回目一顧，看室門上有道鐵栓，急急拴上，說道：「他們聽不到，縱然聽到了也進不來。」

慕容長青吃了一驚，暗道：「這丫頭確夠厲害，步步被她搶去了先機。」

但他表面上，卻又不得不保持鎮靜，道：「小丫頭，自作聰明。」

楊鳳吟不理慕容長青，卻回望著慕容雲笙，道：「大哥啊！我說他不是真正的慕容長青，現在我已經想出了殺他的方法，不知你是否能下得了手。」

慕容雲笙道：「這個，這個……」

楊鳳吟道：「這方法不能試，所以，必需得事先說明白。」

慕容雲笙道：「爲什麼？」

楊鳳吟道：「因爲致勝之機，就在一瞬之間。如果你下不了手，我就要死傷在他的劍下，我如不能再戰，你撐不過十招。只要大哥答應，我們立時可以試試。」

慕容長青怒道：「老夫不信有這等事情。」

慕容長青心中在思索對付兩人之策，在未想到辦法之前，也只好暫時拖延時間，當下說道：「不用試了，只要妳用口說出來，能否傷到老夫，老夫心中自會明白。」

楊鳳吟略一沉思，道：「我可以說給你聽，但有一個條件。」

慕容長青道：「好吧！老夫答應。」

楊鳳吟道：「你的武功，並非絕高，我們兩個合手，可以和你打一個平分秋色之局，但我們兩個人聯合起來，卻未必能勝過康無雙，因此，我不明白你怎會把武林很多絕頂高手，囚於這三聖門中，身不加枷，腳不戴鐐，他們竟然不肯逃走？」

慕容長青哈哈一笑，道：「問得好呀，問得好，這才是三聖門的真正秘密。老夫可以告訴妳，你們聽說過『制心術』嗎？」

慕容雲笙道：「制心術，是不是一種武功？」

慕容長青道：「可以說是，但也不能說是，因爲，制心術和一個人的功力深淺無關。你們也許已聽說過，他們每日在不知不覺中，服用著一種慢性毒藥是嗎？」

楊鳳吟道：「不錯，聽他們說過。」

慕容長青道：「醫道精奇的人，最多能配製成三、兩年再發作的毒藥，功力深厚的人，也可以把服下的毒逼聚於一處，操刀一割，天下能有數十年不發作的毒藥，那就不叫毒藥了。」

楊鳳吟道：「不可思議，也很難使人相信，因爲那些高手，不乏定力極強的人，如若世間真有制心術，那應該屬於迷魂法一類，豈能盡制武林高手？」

慕容長青道：「武學一道，浩翰如海，妳這一點年紀，就算聰慧過人，也是所知有限。」

慕容長青道：「妳可是有些不信？」

楊鳳吟道：「是的，我不信，我現在好好地站在此地，那制心術如真有效，不妨就在我身上試試。」

慕容雲笙道：「楊姑娘，妳……」

楊鳳吟嫣然一笑，道：「你不要管，我很想見識一下制心術。」

慕容長青道：「姑娘如若不後悔，咱們不妨當場試過。」

# 六十　情意綿綿

楊鳳吟不理慕容長青，卻附在慕容雲笙耳際低言數語。

慕容雲笙頻頻點頭，緩緩向旁側退開二步。

慕容長青只看得大是狐疑，道：「你們要耍什麼花招？」

楊鳳吟道：「咱們現在是敵對相處，不但要較力，而且要鬥智。我不信你會制心術，但一個人的武功到了某一種境界之後，可殺人數尺之外，甚至於藉物傳力，傷人於無形之中，所以，我不得不作準備。」

慕容長青道：「姑娘一定要試嗎？」

楊鳳吟道：「不錯，我一定要試，因爲我覺得你在信口開河，世間根本就不可能有這樣一種武功。」

舉手理一下長髮，緩緩說道：「你已經老邁了，體能面臨到天然的限制，智慧也早已開始衰退，如若我們在這石室中，再鬥三日，很容易把你殺死，我們失敗的機會，愈來愈小，但你失敗的機會，卻是愈來愈大，我想你心中應該很明白，如果世間真有制心術，這該是你唯一的機會了。」

慕容長青冷冷說道：「別說老夫別有安排，就算你們真能殺了老夫，你們亦無法生離此地。」

楊鳳吟眼看攻心已成，心中暗喜，口中卻冷厲地說道：「人之將死，其言必善，等你確知自己將死之時，你自會說出很多秘密來。」

突聞砰然一聲，傳了過來，似是有人在擊打石門。

慕容長青冷然一笑，道：「來了！來了！」

慕容雲笙接道：「來了什麼？」

慕容長青略一沉吟，道：「真的慕容長青。」

楊鳳吟急急說道：「別上他的當。」

慕容雲笙沉思了片刻，道：「不錯，是他的援手，此時此刻，咱們決不會有幫手趕來了。」

慕容長青道：「就算你們不開門，他們亦會破門而入。」

楊鳳吟突然回過頭，微微一笑，道：「大哥啊！我說得不錯吧？」

慕容雲笙道：「一點不錯，一切事都在妳預料之中。」

慕容長青更感納悶，猜不出這兩個年輕人，在耍的什麼把戲。

但聞楊鳳吟格格一笑，道：「那就照我的方法做了，咱們出手吧？」

其實，楊鳳吟胸腹之內，並無成竹，但她卻暗中告訴了慕容雲笙，任何事，都要互相了然，似乎兩人胸中早有算計。

這等空無所恃的事，全憑當時的觀察、靈機，攻敵之心，再從細微中找出敵人的弱點，予以運用，乃用子之矛攻子之盾的計謀。好在一切裝作，都以那楊鳳吟爲主，慕容雲笙只不過裝腔作勢，倒也不易露出馬腳。

慕容長青在搏鬥受挫、殺敵無力的心情之下，再經那楊鳳吟真真假假的幾番話輕諷慢刺，逐漸地消失了鎮靜。

那正是楊鳳吟期求出現的奇蹟。

慕容長青不敢要楊鳳吟以身相試制心術，乃是楊鳳吟攻心有成的第一步。因爲他無法判斷慕容雲笙向旁側退了三步的企圖。

忽聞慕容雲笙縱聲而笑，一彈劍身說道：「慕容長青，不論你是真的、假的，目下已無關緊要了。因爲，你已說明了你滿身的罪惡。」

緩步向慕容長青逼了過去。

慕容長青目光一顧，只見他臉上一片莊嚴，豪氣橫生，給人一種英雄蓋世、仁俠無雙的感覺，不由得心弦一震，道：「你要和老夫拚命！」

慕容雲笙道：「不錯！在下忽然感覺到一個人活在世上，誰都無法逃避死亡，一個人活在世上的價值，和年齡並無關連，只要死了能夠留給後人懷念，那就算死得值得了。」

楊鳳吟突然接道：「何況，死的未必是你。」

慕容長青道：「妳如不出手相助，老夫在十招之內取他之命。」

慕容雲笙道：「好吧！咱們就試試看。」

楊鳳吟道：「大哥，你至少可接下他二十招。」

慕容雲笙豪壯地說道：「也許他三、五招就可以殺死我，也許可以和他拚上一百招。」

目光轉到慕容長青的臉上，接道：「你如想和我單打獨鬥，那放走楊姑娘，她在此，決不會看著你殺死我，而不出手相助。」
慕容長青沉吟了一陣，道：「好吧！要她打開石門走吧！老夫傳令沿途無人攔她就是。」
慕容雲笙道：「如何通過你那毒瘴區？」
慕容長青道：「仍用來時的方法，你要她閉上雙目通過。」
楊鳳吟雙目神凝，似是在思索一件很重要的事情，一直未接一言。
慕容雲笙心中暗道：「我們長困石室，武功又無法勝人，他的屬下，總會趕來救援，那時，亦不免橫死於此。如是能使楊鳳吟平安脫險，我死於此，也算不負她對我一片真情。」
只覺公誼、私情，全於自己捨身戰死之上，頓覺心情開朗，臉上泛現出歡愉之色，接道：「我要知曉她安全脫險之後，才能放心和你動手。」
楊鳳吟道：「室門外早已有他的援手等候，咱們一開室門，就由不得咱們做主了。」
慕容長青道：「老夫是何等身分，豈會說了不算？」
楊鳳吟道：「正是你所說的，此地暗無天日，如若你把我們殺死了，你說的話，永遠無人知曉，對你的身分又有何損？」
慕容長青道：「那要老夫如何？」
楊鳳吟道：「我先點了你的穴道，然後打開室門，放你屬下進來，你如若能夠遵從諾言，我們留下慕容雲笙一人在此，由他和你動手相搏。」
慕容長青道：「這個，這個……」
楊鳳吟接道：「這個什麼？這地方為你所有，都是你的屬下，你說得不錯，我們殺死你，也無法生離此地。」

慕容長青沉吟了一陣，道：「老夫讓你點上穴道。」言罷，閉上雙目。

他忽然間變得英雄起來，放下手中長劍，背起雙手，顯然，已放棄了抗拒之念。

楊鳳吟走了過去，伸手點了那慕容長青兩處穴道。

楊鳳吟突然伸出手去，握住慕容雲笙的左手，緩緩說道：「答應我，你必需要用盡智力活下去。」

慕容雲笙只覺被她握著的左手，如接觸到一股熱流，迅速地在全身散布開去，心中泛起一陣強烈的衝動，伸出右手，攬住了楊鳳吟的柳腰，抱了過來。

但他突然又警覺到，這時楊鳳吟的身分，名義上已非小姑獨處。

慕容雲笙迅快地放開了右手，也推開了被楊鳳吟握住的左手，輕輕嘆息一聲，道：「姑娘，妳該去了。」

楊鳳吟臉上橫溢著情愛，目光中滿是期待，神態間，又有些畏怯，那是一種欲迎還拒的嬌羞，動人心弦的少女風韻。

但她想像的風暴，並未發生，慕容雲笙懸崖勒馬。

楊鳳吟不知是失望，還是痛苦，淒涼地笑了笑，把手中一柄短劍，連同劍鞘，交給了慕容雲笙，道：「這兩支劍是一對，從未分開過，你要好好保存它。」

慕容雲笙瀟灑地笑道：「我如能活著離此，一定會把這一對短劍奉還給姑娘。」

楊鳳吟緩緩地轉過身去，打開了鐵栓，拉開室門。

只見那兩個女婢，和一個全身黑衣、面色蒼白的人，都執著長劍，並肩站在門外。

慕容雲笙迅快地揚起短劍，指在慕容長青的胸上，道：「你快傳令諭，不准他們傷害她。」

慕容長青緩緩睜開雙目，冷肅地說道：「送她離開，不許她受到傷害。」

兩個女婢應了一聲，帶著楊鳳吟向外行去。

黑衣人卻仍然執著長劍，肅立未動。

慕容雲笙高聲說道：「妳會到康無雙後，要她們帶個信來，我再解他穴道，和他一決勝負。」

楊鳳吟輕輕嘆息一聲，欲言又止，轉身隨二婢向外行去。

慕容雲笙目睹楊鳳吟背影消失之後，抬頭望了那黑衣人一眼，只見他面如寒冰，有如從棺材中拖出來的屍體一般，怎麼看也不似一個活人，不禁一皺眉頭，道：「這也是你的屬下？」

慕容長青道：「他叫毒劍彭公明，劍上造詣極深，而且招招惡毒。當年在江湖上走動之時，劍下從未留過一個活口。」

慕容雲笙道：「他能找來此地，自然是你很親信的人了。」

慕容長青道：「不錯。」

慕容雲笙道：「我看他人像殭屍，又有毒劍之譽，手段定然是很殘酷了。」

慕容長青道：「是又怎樣？」

慕容雲笙道：「我想先殺了他！」

不再等慕容長青回答，又伸手點了慕容長青兩處穴道。

慕容長青冷哼一聲，道：「你這小子活得不耐煩了。」

慕容雲笙不再理會慕容長青，伸手撿起慕容長青的長劍，舉手對那黑衣人一招，道：「你進來！」

慕容長青急急叫道：「退出去。」

那黑衣人已然舉步跨入室中，聽得慕容長青呼叫之言，又突然退了出去。

慕容雲笙已然收好了楊鳳吟留下的雌雄短劍，握著長劍笑道：「為什麼不讓他進來？」

慕容長青道：「你不是他的敵手。」

慕容雲笙淡然一笑，道：「你怎的會突然關心起我的生死來了？」

慕容長青冷冷說道：「我如不關心你的生死，你有十條命也活不到現在。」

慕容雲笙道：「除了我們進來時，經過那段瘴毒地區之外，在下實是想不出你什麼地方幫助過我們。」

語聲一頓，接道：「同時，我也不相信那室外的黑衣人，能是我的敵手。」

慕容長青道：「單以武功而論，他也可以和你打上一百招，何況，他劍中藏有毒針，使人防不勝防。」

慕容雲笙怔了一怔，道：「你為什麼要告訴我？」

慕容長青道：「因為不願意要你死。」

慕容雲笙道：「為什麼？」

慕容長青答非所問地道：「他服用過一種毒物，和人動手五十招後，藥物開始發作，他劍上的力道就愈來愈強，約在兩、三百招後，藥力即行消失。縱然是武功中所謂的一流高手，也無法擋過他三百招猛攻。」

慕容雲笙道：「如若有人能夠支持過三百招，待他藥力消失之後，殺他是易如反掌了。」

慕容長青道：「能撐三百招，那就不用殺他了，他自己會耗盡體能而死。」

慕容雲笙道：「好惡毒的手段。」

慕容長青急急說道：「快些解開我的穴道。」

慕容雲笙道：「楊鳳吟還未回信，恕在下難以從命，但我不會殺害你。」

猛聞腳步聲響，抬頭望去，只見那黑衣人大步向室中行來。

那黑衣人原本蒼白的臉色，這時竟然泛出一片紅潤，雙目間殺氣逼人。

慕容長青大聲喝道：「孩子！快解我的穴道，再要耽誤時間，不但我們都要死於他手，而且，這石城之密，你也永遠無法知曉了。」

慕容雲笙一面運氣戒備，一面冷冷說道：「你究竟是什麼人？爲什麼要冒充慕容長青。」

這時，那黑衣人已然逼到慕容雲笙身前五尺左右處，舉起了手中長劍。

慕容雲笙心中暗暗忖道：「那慕容長青，告訴我很多事情，對他可算得一大隱密，不知何故他竟然聽而不聞，既不發怒，也不出言斥責，如若說他神智迷亂，但他分明又能聽懂那慕容長青之言，其中確然是有些奇怪。」

心中念轉，口中卻冷冷問道：「閣下可是很想和在下動手嗎？」

那黑衣人臉上毫無表情，叫人無法猜測出他是否聽懂了問話。

他的神情、態度，給人一種陰森、空洞的感覺，唯一和活人一樣的是那一雙眼睛，閃動著一種冷酷的神光。

慕容雲笙雖然瞧過那黑衣人幾眼，覺得面色蒼白，舉動僵硬，有如一具殭屍，但此刻仔細看來，又有著一種不同的感受，這黑衣人除了舉動不夠靈活之外，神態間的冷酷，眼神中的凶殘，都不是人所應有。

只聽慕容長青叫道：「孩子！快解開我的穴道，不能等他發動，大約你已經瞧出他和常人有很多不同了。」

慕容雲笙轉目望去，只見那黑衣人，臉色愈來愈紅，雙目中的凶光，也更見旺盛，心頭亦不禁為之駭然，但又有著一種很強烈的好奇，回顧了慕容長青一眼，問道：「他如殺了我之後，也可能殺你，是嗎？」

慕容長青點點頭，道：「不錯。」

慕容雲笙心中一動，突然向後退了兩步，閃到了慕容長青的身後。

慕容長青道大感意外，道：「你幹什麼？」

慕容雲笙道：「你自己承認是慕容長青，卻又不認我為子，不管你是真是假，但你決非好人，似已為不爭之論。我不忍親手殺死你，正好借這黑衣人之手，替我殺了你……」

慕容長青接道：「如若老夫是你生身之父，你也不管嗎？」

慕容雲笙道：「他殺你之後，我再殺了他替你報仇，如若我們之間，真有私情，那也算報你之情了。」

這時，那黑衣人已然緩緩移動腳步，向兩人逼了過來。

慕容雲笙長長嘆息一聲，道：「孩子！解開我右臂穴道，給我一支劍，讓我抗拒他幾招如何？」

慕容雲笙略一沉吟，道：「在下想不明白，你自稱這黑衣人是你心腹屬下，怎麼竟然無法支使他，讓他反口相噬？」

慕容長青道：「你不明白的事情，老夫已然準備告訴你，如若我被他殺死，江湖上這段秘辛，將永成武林中一段疑案。」

慕容雲笙果然被勾起了強烈的好奇之心，伸手拍活了慕容長青右半身兩處穴道，同時把手中的長劍，也交到了慕容長青的手中。

慕容長青掙扎而起，緩緩向後退了五步，背靠在牆壁之上，右手長劍連連揮動。

那黑衣人每當慕容長青長劍揮動一次，就延緩了一下向前行進的速度，停留在原地。但不過片刻工夫，立時又向前行了過來。

慕容雲笙留心觀察，發覺那慕容長青手中的長劍，似是在畫出一種圖案，聯想到和那黑衣人有關，所以，才能使那黑衣人前進之勢，受到了阻延，當下說道：「他似已經不聽你的指揮了。」

慕容長青道：「不錯，他已如脫疆野馬，天下再也無人能控制他了。」

漸漸地，那黑衣人逼近慕容長青的身前，緩緩舉起了手中的長劍。

黑衣人的一切舉動，都緩慢得很，使人覺著他力難從心。

慕容雲笙退到八尺外，藏在一張錦墩之後，心中暗暗奇怪，忖道：「慕容長青似乎是很怕那黑衣人，不知何故，他竟然不肯搶先出手，那黑衣人動作緩慢，也許能一劍把他殺死，至少可把他重傷劍下，一個人身受劇創之後，不論他服有什麼藥物，也難發揮出力量了。」

只見那黑衣人長劍高高舉起，緩緩落下，劈向慕容長青。

那劍勢之慢，就算是一個全然不會武功的人，也可以輕易地閃避開去。

奇怪的是，慕容長青竟然也用著極慢的動作，緩慢地向一側閃動。

慕容雲笙一皺眉頭，暗道：「是了，他老奸巨猾，想誘使那黑衣人和我動手。」

黑衣人一劍落空，第二劍隨著劈了過去，這第二劍似是比第一劍快了很多。

慕容長青半身穴道被點，閃避劍勢，十分困難。

第二劍雖然也被他避開，但卻不由自主地摔了一跤。

黑衣人手中長劍，突然碰在牆壁之上，一聲砰的輕震，傳入耳際。

慕容長青突然間臉上大變，呼的一聲，刺向那黑衣人襠下。

慕容雲笙暗忖道：「那黑衣人下半身門戶大開，不知他爲何不刺小腹。」

只見那黑衣人一收長劍，身子隨著微微一轉。

慕容長青刺的一劍，正好落在那黑衣人左大腿之上，人卻藉勢而起。

但聞噹的一聲，長劍似是擊在了一塊金鐵之上。

慕容雲笙心中一動，恍然而悟，原來這黑衣人身上穿著特製的鐵甲，外面瞧不出來。

就這念頭一轉之間，那黑衣人的劍招，突然間由緩轉疾，攻了過去。

慕容長青仍然靠在牆壁之上拒敵，因他半身兩處穴道未解，運轉不靈，必需藉那牆壁倚靠幫助。

很快地，慕容雲笙又發現了一件奇怪的事，那黑衣人劍勢愈攻愈快，身子也越來越見靈便，慕容長青已然無法還手，只有揮劍封架之力。

這也使慕容雲笙想到了慕容長青不願搶先下手的原因，似是這黑衣人劍上受到反彈之力後，才能激發出他的武功。

突然間，雙劍交擊，響起了一聲大震，慕容長青吃那強力一劍，震得跌出了四、五尺外。

黑衣人動作迅速，唰的一劍，刺了過去。
慕容長青著地一個翻滾，黑衣人一劍劃破衣衫而過。
慕容雲笙吃了一驚，暗道：「這黑衣人劍法之快，他倒是不像騙我了。」
但見那黑衣人長劍連連點出，寒芒閃閃，快得目不暇接。
慕容長青應該早傷在那黑衣人劍下，但他藉著地上一張矮桌和錦墩掩護身子，翻滾其中。
黑衣人閃電似的劍招，不但快速，而且劍上還有著渾厚的內勁，矮桌錦墩，片刻間都毀在了利劍之下。
慕容雲笙眼看情形危險，慕容長青很可能在十招內傷在黑衣人的劍下，心中突然一動，暗道：「此刻那楊鳳吟安危未知，如若他真死於那黑衣人的劍下，我豈不是全無仗恃了麼。」
心念一轉，拔出雌雄短劍，握於手中，著地一滾，已到了慕容長青的身前，低聲說道：「我解開你另外兩處穴道。」
右手短劍連揮，擋住了那黑衣人的劍勢，左手連揮，拍活了慕容長青背後兩處穴道。
慕容長青穴道解開，頓感靈活，一躍而起，長劍一連反擊三招。
三招劍勢，都是硬碰硬的力拚，響起了一串金鐵交鳴之聲。
慕容雲笙解開了慕容長青身上的穴道之後，立時退向一側，躲開了這場惡鬥。
他留心觀察的結果，覺著那黑衣人似是沒有辨識敵人的能力，只要和他動手，他就是以命相搏的招術。
慕容長青武功博雜，奇招綀達，反擊了十幾劍之後，已把那黑衣人的攻勢擋住。
突聞慕容長青大喝一聲，一劍橫斬，把那黑衣人斬成兩段。

慕容雲笙望了那黑衣人屍體一眼，不禁爲之一呆。

原來，那黑衣人的血非常之少，被慕容長青一劍攔腰斬斷，鮮血不過一小碗的樣子。

慕容長青似是很疲倦，長劍支地，背靠在牆壁上，緩緩說道：「你爲什麼又改了心意救我？」

慕容雲笙道：「坦白點說，因爲那楊姑娘還沒有手訊到來，我還不知道她的生死安危。」

慕容長青冷冷說道：「只有這一個原因嗎？」

慕容雲笙道：「我看那黑衣人神情有些奇怪，見他死於你劍下之後，更是疑竇叢生。」

慕容長青接道：「所以，你動了好奇之心，想明白內情，是嗎？」

慕容雲笙道：「我生也晚，極少江湖歷練，但初出茅廬，就讓我碰上了江湖之上最爲詭秘的大事，其中的曲折變化，必將動人無比。」

慕容長青哈哈大笑，道：「好奇之心，人皆有之。愈是卓然不群的人物，這好奇之心，偏就愈是強烈。老夫常想，有些人能夠拋卻功名利祿，美色財氣，但他卻無法拋去好奇之心。這好奇之心，才是英雄豪傑的致命大傷，你年紀輕輕，竟然也有這樣的毛病。」

慕容雲笙怔了一怔，道：「這話倒是不錯，愈是難得了解的隱秘，愈是誘人。你如此自豪，在下亦甘願入你掌握。」

慕容長青大笑接道：「看來，你已經入迷了，不知這石城之秘，頗有死不瞑目之感。」

慕容雲笙道：「不錯，在下確有著渴驟奔泉，難以遏止的念頭。」

慕容長青道：「孩子！那要很大的代價。」

慕容雲笙道：「你要看清楚，我能付得起好多，我最大的本錢就是一條命。」

慕容長青道：「老夫不會強你所難，自然要你做得到的事情。」

慕容雲笙道：「好，那你就開價吧！」

慕容長青道：「把你手中短劍給我。」

慕容雲笙道：「這個……這個……」

他這個幾句之後，還是把短劍納入鞘中，遞了過去。

慕容長青接過短劍，目光流出無限惜愛，道：「這才叫踏破鐵鞋無覓處，得來全不費工夫。」

慕容雲笙怒道：「你又想食言悔約了？」

慕容長青收好短劍，道：「伸出手來，老夫要點了你兩臂的曲池穴。」

慕容雲笙道：「我手中已無兵刃，非你之敵，如何還要點我穴道？」

慕容長青道：「老夫怕你聽到激憤之處，難以自制，舉掌自絕，或是出手向老夫施襲，自取死亡。所以，要點了你雙臂曲池穴道，保你之命。」

慕容雲笙嘆息一聲，伸出雙臂。

慕容長青微微一笑，點了慕容雲笙兩臂上的曲池穴，道：「現在，你心裡縱然有什麼不平之處，也無法出手，可免招殺身之禍。」

慕容雲笙大感不耐地冷冷說道：「閣下誇耀成就和生死威迫的話，在下已聽得太多了，實是用不著再重複了，我要聽真實內情。」

慕容長青道：「好！老夫先告訴你一件最爲關心的事，我是真真正正的慕容長青。」

慕容雲笙道：「好吧！就算你是真的慕容長青，但我施用的怪招，都是慕容長青留在人間的武功，你爲什麼不知道？」

慕容長青道：「不錯，那確實是我留在人間的武功。不過，那都是傾盡我才智之能的結晶，我錄下了劍招、拳譜，但我還未練習過，我知你用出的每一劍招，但一時間，卻無破解之法，所以要點你兩肘穴道，使我有充分的時間，去想出破解你劍招的武功。」

慕容長青道：「再告訴你一件你最關心的事，那就是慕容長青沒有兒子，我不認你爲兒子，說的是字字真實。」

慕容雲笙道：「唉！我不明白，爲什麼別人硬要插手此事？不但把我送入了慕容府，而且還僞造慕容長青的筆跡，留下了一封書信，那時，我還不過是一個嬰兒，似是和任何人都攀不上關係。」

慕容長青道：「不能怪他，他這番安排，也全是爲了我，替我安排下復仇的種子，但他們未料到，堂堂一代大俠的慕容長青，竟然會變成了地下石城的主持、首腦。」

慕容雲笙道：「我非慕容長青之子，卻在不解人事中，捲入了武林恩怨之中。」

慕容長青哈哈一笑，道：「孩子！你如不是被人當做慕容長青的兒子，不論你生長於何等人家，豈能有今日的榮耀，我慕容長青的餘蔭，造成了你絢麗的經歷和驚險的生活。」

慕容雲笙道：「我要找到生我的父母，不管他們是農人、樵夫，不管他們是如何貧苦，我要盡人子之孝，奉養他們。」

慕容長青道：「好吧！老夫告訴你，只不過千頭萬緒，老夫亦覺著不知該從何開口？」

慕容雲笙緩緩說道：「你確是一代大俠，一生中做過無數的慈善事情，幫助了無數的人，那你又爲什麼不惜自毀成就，躲入這地下石城之中，爲非作歹？」

慕容長青道：「但我付出了無比的代價。」

慕容雲笙道：「什麼代價？」

慕容長青道：「我有著很多的朋友，但他們和我交往了一段時間之後，竟然都要離我而去，甚至連我的妻子，也要棄我而去。」

慕容雲笙心中大奇，道：「這就很奇怪，你是武林中最受敬仰的人，為什麼他們要離你而去呢？」

慕容長青神色一怔，冷冷說道：「人性中除了好奇之外，還有最大一個缺點。」

慕容雲笙道：「什麼缺點？」

慕容長青道：「貪！貪財、貪色、貪名、貪得無厭。他們都覺得我該對他們更好一些。」

長長吁一口氣，接道：「我的妻子，感覺我重視他人，對她太過冷淡了，我的朋友，感覺到我對他不夠道義。唉！慕容長青只是一個人啊！我不能化身千萬，使每一個人，都感覺到滿意。我愈想求全，愈是不全。因為世間根本就沒有十全十美的事，十全十美的人。」

慕容雲笙道：「所以，你變了？」

慕容長青不理那慕容雲笙的問話，接道：「孩子！你知道，我為什麼會受武林如此敬仰嗎？正是因為，他們認為慕容長青死了，才想到他諸般好處，才感覺著天下再難找出第二個慕容長青。」

慕容雲笙道：「可惜你沒有真的死去，你如是真的死了，你將是武林中最受敬重的人，留名千秋，但你為什麼不死呢？」

慕容長青道：「老夫不肯死，有兩個原因：因為一個人只能死一次，不可輕易嘗試，另一個原因是，老夫想看看，我死去之後，武林道上對我的看法如何？」

慕容雲笙道：「那是說，慕容長青全家被殺一事，是出於你自己的安排了。」

慕容長青道：「不錯，是我自己的安排。而且我還故意地留下了很多破綻，使得人們對慕容長青之死，存著一些懷疑。」

慕容雲笙道：「那又爲什麼，會把我一個人事不解的孩子，也捲入這場武林恩怨之中？」

慕容長青道：「我要安排一個孩子，僞冒慕容長青之子，看他們如何對待這孩子。」

慕容雲笙道：「所以，你又留下遺書，而且又把手錄的劍招、拳譜，埋於地中，藏於荷池，留下了一個大隱秘，這一切的安排，只爲了求證一下，武林同道對你死後的觀感。」

慕容長青道：「人活在世上，有誰能看到身後哀榮，但我慕容長青看到了。」

慕容雲笙道：「你可知道，你這玩笑的後果嗎？千百人爲此送了性命。」

慕容長青道：「我救過千百人的性命，如若是一個人有功有過，我也該功過相抵了。」

慕容雲笙道：「慕容長青之死，原本是一件大秘密，但事實不過如此了，在下已經沒有興致聽，我心中還有幾點疑問，閣下見告之後，我就任憑你處置了。」

慕容長青道：「什麼疑問？」

慕容雲笙道：「我的生身父母是誰？他們現在何處？我不願沾你慕容大俠的光，我在了然了自己的身世、姓名之後，恢復本姓，免得又被人認爲我是慕容公子。」

慕容長青雙目盯注在慕容雲笙的臉上，道：「好吧！我告訴你，說起來令尊、令堂，亦非外人，他們都是慕容府中的佣人。可惜的是，他們都已在那場劫變之中死去。」

慕容雲笙怒聲接道：「是你害死了他們？」

慕容長青搖搖頭，接道：「不是我。」

慕容雲笙道：「但那是你的安排。」

慕容長青哈哈一笑，道：「那本是一場假戲，但卻想不到真的做作了起來，如非我辦事小心，才智過人，我也將送命於自己安排的一場遊戲之中，人心的陰險，實叫人防不勝防……

「我原想是讓他們假搏假殺，點到爲止，不要鬧出人命，想不到他們卻心狠手辣，藉機行凶，致使慕容府中男女老幼，僕婢從人，全數被殺。最爲冤枉的，是那晚上留宿在慕容府中的一些武林朋友，全都遭殃慘死。」

慕容雲笙道：「只有你一個人逃出來？」

慕容長青道：「他們主要的目標是我，但他們卻未料到，我早已找好了替身。他們預作布置，在食物茶水之中，全都下了無色無味的毒藥。當時，慕容世家雖有很多高手，但都已無能反擊，等我警覺，再想出手阻止時，才知曉本身也中了暗算，爲勢所迫，我只好讓預先安排的替身代死，我要留下有用的性命，替他們報仇。」

慕容雲笙道：「你既然是慕容長青，爲什麼又要故弄玄虛，另外找一個慕容長青，把他囚在這石城之中？」

慕容長青道：「江州慕容府慘案發生之後，經過我一段暗中查訪，才發覺武林中，正在醞釀著一件極大的陰謀，除非使他們懷疑我並未死去，這陰謀立時就要爆發。」

他自我解嘲地大笑一陣，接道：「如若那陰謀爆發，至少有成千的武林高手死於那大陰謀中，而且還要拖累上很多無辜的生靈。因此，我又不得不透露出，那慕容長青並未遇難的消息，只是這消息很少有人知道，除了他們幾個主腦人物之外，妙的是他們也不敢把這消息洩漏出來，生恐影響了他們的計劃……

「所以，我不得不另外找了一個替身，那人就是你適才見到的藍衣人了。他原是一個中年不第的秀才，只因生得很像我，只好用他假冒慕容長青了。」

慕容雲笙打量了慕容長青一眼，道：「如若那人很像慕容長青，你應該不是慕容長青才對。」

慕容長青道：「對！問得好，這可以說明你為人很細心。十幾年前，我就已經不是慕容長青的面貌了。」

慕容雲笙道：「你塗了易容藥物？」

慕容長青搖搖頭，道：「易容藥物，只能混瞞一時，豈能長久有效。再說，那幾個陰謀的首腦，不但都有著一身驚人的武功，而且心機深沉，敏於觀察，易容藥物，如何能瞞得過他們？老夫迫不得已，只好自行毀容了。」

慕容雲笙嘆息一聲，道：「我已經見過兩個自毀容貌以避人耳目的，只不過，一個為友全義，值得敬佩，一個是想實現其陰謀，以逐更大陰謀。百年之後，一個在武林留名百代，一個卻遺臭萬年。」

慕容長青道：「你說那個留名百代的人，可是申子軒嗎？」

慕容雲笙冷冷說道：「你自己猜吧！」

慕容長青道：「你說的定然是他，我去瞧過他兩次，不過，他自己不知道罷了。」

慕容雲笙搬過話題，道：「以後呢，你就加入了三聖門？」

慕容長青道：「我毀容化名，加入了他們之中，憑仗機智、武功，漸漸進入了他們的首腦群中。」

慕容雲笙道：「這些首腦，都和你相識嗎？」

慕容長青道：「何止相識，過去他們都是我的朋友，也是慕容府中的常客，但他們卻一直在暗中設法算計我，可惜的是未叫他們如願，我仍然好好地活在這裡。」

慕容雲笙道：「那幾個首腦人物，究是何人呢？現在是否還在這裡？」

慕容長青點點頭，道：「大部分在這裡，但其中有一個最重要的人物，卻漏網而去……」

長長嘆息一聲，接道：「唉！自那次事變之後，使我性情有了很大的改變。世界上壞人太多了，我慕容長青一個，無法對付很多人，也使我體會到，聲名狼藉的壞人，並不太可怕，可怕的是那些偽裝和善，笑裡藏刀的人。孩子，你能想到嗎？鼎鼎大名的慕容長青，竟然連他的妻子都保不住。」

慕容雲笙道：「她可是被人殺了？」

慕容長青臉上浮現一股激憤和痛惜混合的神情，緩緩說道：「她背棄婦德，紅杏出牆，和人私奔了。」

這倒是大出了慕容雲笙意料之外，突然間，慕容雲笙由內心之中，泛起了深深的同情，沉聲說道：「大丈夫難保妻不賢子不孝，婦道人家的事，也不用放在心中。」

慕容長青道：「你能夠放開那位楊姑娘？心中永遠不再想念她？」

慕容雲笙呆了一呆，道：「這個……這個……」

慕容長青道：「孩子，你聽過英雄氣短、兒女情長這句話嗎？」

慕容雲笙點點頭，道：「我知道。」

慕容長青道：「我太有名，人人都對我推崇備至，因此，不管我受了多大的委屈，都不能向人報復。虛名誤人，儘管心中痛苦萬分，表面還得裝出若無其事的風度，享受人間稱譽，內心卻是充滿著血淋淋的痛苦。孩子，那就是慕容長青被譽爲一代大俠的人生。」

慕容雲笙略一沉吟，道：「雁過留聲，人死留名，至少你已得到了名聲，如今，你卻又親手把你用痛苦、血汗創造的俠譽毀去，在下想不出你這作法，是聰明還是愚笨？」

慕容長青搖搖頭，道：「孩子，或許我手段和方法有些錯誤、激烈，但我並未存心做壞事，如若不是我慕容長青，此刻武林豈是這等景象？武林道上的惡毒人物，不是被我囚於地下石城，就是被我利用三聖門的名義，收歸所用，三聖門有著森嚴的戒律和殘忍的控制手段，不怕他們做出滔天的壞事……」

慕容雲笙接道：「但你們這三聖門，在江湖上的聲譽很壞。」

慕容長青道：「那是用子之矛攻子之盾的辦法，用三聖門結合起來的力量，對付武林中邪惡之徒。孩子，這三聖門非我所創，他們原有著嚴密無比的計劃，殺我之後，就逐步實現，因爲慕容長青沒有死，才未容他們的陰謀如願……」

慕容雲笙道：「他們現在總該知道，你是慕容長青吧？」

慕容長青搖搖頭，道：「不知道，他們如若早知道我的身分，怎還會容得我活到現在。」

慕容雲笙冷冷說道：「那石城中冒牌的慕容長青，一點也不會武功，難道別人瞧不出？」

慕容長青道：「囚在石城中的人，除了老夫之外，別人不會檢查，甚至也不願來此地。」

慕容雲笙道：「因爲這地方很恐怖？」

慕容長青道：「除了恐怖之外，到處布滿著危險。」

慕容雲笙雖不太了然，但又覺得這些屬於枝節範疇，如若能夠了然主要內情，枝節不難推斷出來，當下口氣一轉，道：「這石城之外，有一座三聖堂，內奉三聖，又是怎麼回事呢？」

慕容長青微微一笑，道：「那就是三聖門。這座地下石城，又叫人間地獄，用來囚禁反對三聖門高人之用，但經我十年努力，卻把它改變成一座地下避難處所。」

慕容雲笙道：「這話怎麼說？」

慕容長青道：「原因很簡單，他們把這些人囚禁於此之後，每日暗中下毒，使他們在一定時間內毒發而死。」

慕容雲笙道：「爲什麼不一刀把他們殺死來得乾脆呢？」

慕容長青道：「因爲要逼他們說出武功，那些人雖然都是武林中第一流的人物，但也無法承受那些夜以繼日的痛苦、折磨，迫不得已，只好交出武功了。」

慕容雲笙道：「迫他們交出武功之後，何故仍然不殺？」

慕容長青道：「苦刑難耐，雖可交出武功，但人人心存激憤，自然不會把奇絕之技說出。但當數年之後，想到自己死後，技藝失傳，心中大爲不忍，於是，就把隱藏於心中的絕技，留傳下來，有的刻成文字，亦有畫成圖形，他們亦知道這方法留下的武功，未必能夠傳諸後人，但卻又寄望發生奇蹟。其實，這些留下的奇技，都落入三聖門中，他們被捕於此之後，既已被迫說出武功，此刻，再研究他留下的絕技，自然有脈絡、經緯可尋，這就是他們被囚於此的真正原因。」

慕容雲笙道：「設計得很周密。」

慕容長青道：「智者千慮，必有一失，他們雖計劃得很周詳，但卻未料到，我從中破壞了他們的計謀。」

慕容雲笙道：「唉！你說了半天，還未說出那真正主謀人物和那聖堂中的三聖身分。」

慕容長青緩緩說道：「我已經說過，除了一個人漏網之外，其餘兩個人，都在地下石城中囚禁著，至於聖堂中三聖身分，那不過是被利用的幾個傀儡而已。」

慕容雲笙道：「只怕你低估了他們的成就，那康無雙的武功，也許已不在你之下。」

慕容長青淡然一笑道：「如是要利用他們，自然應造就他們，使他們的武功愈高愈好。」

慕容雲笙道：「如若他們高到一定的限度，那就非你能控制了。」

慕容長青道：「我不會笨到用武功和他們硬拚。」

慕容雲笙道：「你有另外的方法對付他們？」

慕容長青道：「不錯，這些年來，我博覽天下奇技，學會了很多邪門外道的奇術，有很多導流別枝的怪學。如若能適當運用，倒可以收到十分神奇的效果。」

慕容雲笙道：「我看那康無雙很正常，不似受奇術控制。」

慕容長青哈哈一笑，道：「孩子！你不懂，老夫在未入這地下石城之前，我也一樣不明白，不過，我可告訴你，邪術奇技，並非勝過苦練而成的正宗武功，但在適當運用之下，可收到奇效，但那要時間和環境的配合，這座地下石城中有著絕好的環境和足夠的時間。」

語聲一頓，接道：「孩子，你心中的疑問，已經有了大概的了解，該談談咱們之間的事了。」

# 六一　拜認義父

慕容雲笙聽慕容長青說，要談談他們兩人之間的事，忙問道：「咱們有什麼事呢？不論你告訴過我多少隱密，等一會兒你一劍把我殺死，豈不是一了百了？」

慕容長青道：「我現在又改變了心意，你雖不是我的兒子，但你卻具有和我相同的俠骨，世人都已知曉了有一個慕容公子，不能讓他們太失望。」

慕容雲笙道：「你的意思是？」

慕容長青道：「我要你認在我的膝前，做為義子，變成真正的慕容公子。」

慕容雲笙接道：「認你做我義父，對我並不屈辱，但我要先了解你的用心何在。」

慕容長青緩緩說道：「我要你接管這地下石城。」

慕容雲笙怔了一怔，道：「你呢？」

慕容長青道：「我老邁了。體能和智力，都在衰退。」

長長嘆息一聲，接道：「目下這地下石城中囚禁的有兩種人，但哪一種都不能放。」

慕容雲笙道：「如若是壞人，讓他老死此地，江湖上省去了不少是非；如若是好人，為什麼不可以放了他們？」

慕容長青道：「一則是他們中毒過深，已沒有一種藥物，可以療治好他們身上的積毒。

我閱遍天下的毒經，請教過無數的名醫，都已無療救之法，唯一的法子，就是以毒攻毒，以毒制毒，延長他們的生命。因此，這地下石城中人，不論正邪，一個個滿身毒氣，一個服毒維生的人，大都滿懷著憤世嫉俗的怒火，這怒火一旦燃燒起來，必然是凶殘萬端，好人也變成壞人了。」

苦笑一下，接道：「我研究毒藥，以苟延他們的生命，自己也在不知不覺間，中了奇毒，目下這地下石城成了我一個沉重的負擔，我必需學他們一樣，服用毒物，延長死亡的限期。但總有一天，我會突然死去，一旦這石城解體，流害之大，必然要造成人間空前的災害，我又不放心交給不能信任的人管理，因此，現在要靠你了。」

慕容雲笙道：「這件事太重大了，只怕我擔負不起，你讓我仔細地想想，再決定好嗎？」

慕容長青道：「當然，我不能強迫你，一個人誰願意過著這等不見天日的生活呢？」

慕容雲笙沉吟了一陣，道：「滔滔人世，我沒有一個親人，常住地下石城，自然也不算什麼。」

慕容長青道：「那是答應了？」

慕容雲笙道：「答應是答應了，不過，我有三個條件。」

慕容長青道：「只要不是強人所難的事，老夫都可答應。」

慕容雲笙道：「第一件，我要去查明親生父母屍骨處，把他們重行安葬起來，然後再來……

「第二件，我要帶幾個人來，那些人都是你昔年的金蘭好友，中州一劍申子軒、九如大師、金筆書生雷化方，據說還有一位紫雲宮主，為了追查你的生死下落，混入了三聖門中，迄今生死不明……」

慕容長青道：「你帶他們來此做甚？」

慕容雲笙道：「證實你的身分，在幾位昔年老友面前，你是不是慕容長青，必將現出原形。」

慕容長青略一沉吟，道：「好吧！我多年不見他們，也希望和他們聚會一次，不過，不要在地下石城之中。」

慕容雲笙道：「為什麼？」

慕容長青道：「因為，這地下石城中有甚多秘密，還不能洩露出去。」

慕容雲笙道：「好吧！你說在哪裡見面？」

慕容長青道：「那地方要清靜一些，以便長談，我會隨時和你聯絡。你說說看第三個條件？」

慕容雲笙道：「第三個條件，就是一旦我接管這地下石城之後，我有權修改規程，放手作為。」

慕容長青笑道：「接管之後，你即是這地下石城中唯一的主宰，不論你有何作為，也無人會干涉你。但也正因如此，我必需慎重選擇那接我的人。」

慕容雲笙道：「好！那就此一言為定。我現在要走了。」

慕容長青解開他雙臂穴道，道：「孩子！你可以現在認我做為義父嗎？」

慕容雲笙道：「如果你說的話，都很真實，我就認你做義父。」

慕容長青笑道：「如若你日後查出我有意騙你，可悔此約。」

慕容雲笙道：「我既父死母亡，世人又都稱我慕容公子，我要做，就做一個真正的慕容公子，父親大人受孩兒一拜。」

跪伏於地，大拜三拜。

慕容長青受禮，微微一笑，道：「你準備幾時離開？」

慕容雲笙道：「孩兒心性甚急，我要立刻動身。」

慕容長青道：「多留半日如何？」

慕容雲笙道：「半日自是無妨。但不知義父留我用心何在？」

慕容雲笙道：「我要帶你看看地下石城的大概情形，順便替你選兩個僕從隨侍，也好保護你。」

慕容雲笙笑道：「孩兒自信可以自保，用不著僕從相侍。」

慕容長青道：「你不明白，你生離此地之後，很可能有人想取你之命，個中玄機，一言難盡，你不用推辭了。」

慕容雲笙道：「如此說來，孩兒就恭敬不如從命了。」

慕容長青道：「咱們走吧！」舉步向外行去。

兩人行出室外，只見一個女婢手執白箋，匆匆行了過來。

慕容長青接過白箋，看也未看一眼，交給了慕容雲笙。

慕容長青展開白箋望去，只見上面寫道：「妾已安抵暗室。」下署名鳳吟。

慕容長青微微一笑，道：「楊鳳吟武功自成一家，難得她小小年紀，就練成一身絕技。」

談話之間，已到毒瘴之區。

慕容長青摸出一個玉瓶，倒出一粒丸藥，道：「服下這丹丸，可避毒瘴。」

慕容雲笙服下丹丸，慕容長青又取出了兩副水晶石鏡，道：「戴上這特製的眼鏡，即不畏毒瘴了。」

慕容雲笙道：「爹爹如把這地下石城交我接管之後，是否還要留在此石城中呢？」

慕容長青道：「我要離開一段時間，多則一年，少則六月，就可以重回此地。」

慕容雲笙微微一笑，道：「爹爹可否告訴我離此原因？」

慕容長青道：「出去殺一個人。但我是否能夠如願，那要碰運氣了。」

慕容雲笙接道：「為何不肯交給孩兒去辦？」

慕容長青道：「你不是他的敵手，他除了一身武功之外，還有著用毒之能，我和他動手相搏，勝敗機會各佔一半。」

慕容雲笙道：「那人可是逃離此地的三位首腦之一？」

慕容長青道：「不錯，正是元凶首惡。」

慕容雲笙道：「他是何身分？叫什麼名字？」

慕容長青笑道：「孩子，你不能冒險，我已是快要油盡之燈，平平安安地活下去，也不過是多活一年時光，我一生以俠士自任，在死亡之前，自是應該為武林中，做最後一件有益的事……」

語聲一頓，接道：「再說，我已猜到他是誰，但還要求證兩件事，然後才能去找他；也許他自認易容術十分高明，已把我瞞了過去。」

慕容雲笙道：「名無幸至，爹爹能成為武林中人人敬慕、尊仰的人物，實是付出了無比的代價，忍受了無限的心酸、痛苦。」

慕容長青微微一笑道：「咱們走吧！過了這一片瘴區再談。」

兩人行動迅速，片刻工夫，已然行過瘴區。

瘴區之外，有很多機關布置，慕容長青一面動手開動機關，一面爲慕容雲笙解說。

慕容雲笙人本聰明，聽那慕容長青解說了一遍後，立時一一默記於心。

瘴區之外的機關，計有千餘道，各有著不同的變化，再加上瘴毒和猩猩的守護，雖有絕世武功，也不易通過。

慕容雲笙看完機關布設，低聲問道：「這重重設置，似乎是只爲了保護我們停息過的那間石室。」

慕容長青笑道：「你可是有些奇怪，那室中看來並無可以保護的隱秘和價值，其實，那石室卻藏著武林中世無其匹的寶物，因爲在那石室，有機關控制一座暗門，那暗門內藏著石城中，被囚之人交出的全都武功，其範圍廣博，實非少林寺中僅有七十二種絕技所能比擬了。」

慕容雲笙長長吁一口氣，道：「原來如此，那確是武林中的寶藏。」

慕容長青微微一笑，道：「除了那藏著天下高手交出的武功之外，還是這地下石城最安全的地方。」

慕容雲笙道：「那是說任何人都無法越過那重重機關。」

慕容長青道：「除了那很多的機關布置之外，還有那巨大的猩猩，和使人暈倒及雙目失明的毒瘴，那解藥由我保管，非我同意給予解藥，任何人無法通過那毒瘴之區。」

語聲微微一頓，接道：「但那頭巨大的猩猩，不畏毒瘴，當年設置這毒瘴時，得了牠很多助力，牠服用了永免毒傷的藥物。」

慕容雲笙道：「我和楊姑娘越毒瘴區之時，並未服用藥物。」

慕容長青道：「一則你們很聽話，沒有睜開眼睛偷看，二則，那猩猩全身都有避毒之能，你們在牠懷抱之中，中毒極輕，我又把解藥放入了菜飯之中，使你們在不知不覺之中服了解藥。」

慕容雲笙道：「爹爹設計很精細，如若你不說明，很難使人想通。」

突聞一陣搏鬥之聲，傳了過來，似乎不遠處正展開一場激烈的搏鬥。

慕容長青道：「楊姑娘和康無雙已經發動，咱們出去瞧瞧。」加快腳步，向前奔去。

轉過了兩條甬道，果見楊鳳吟、康無雙，正在和兩個身著黑衣的老者，拳來足往，打得十分激烈。

雙方搏鬥雖凶，但功力悉敵，一時間還無法分出勝敗。

慕容雲笙正待舉步行上去，卻被慕容長青一把拉住，道：「不妨事，讓他們打一陣，兩個穿黑衣的人，是武林中有名的凶徒，追魂雙煞。」

慕容雲笙人雖停了下來，但口中卻忿忿說道：「二虎相鬥，必有一傷，如若讓他們打下去，只怕難免傷亡。」

慕容長青道：「這追魂雙煞，在武林中凶名甚著，如若他們傷在康無雙和楊鳳吟的手中，那是死不足惜。」

慕容雲笙道：「如若傷了楊姑娘呢？」

慕容長青道：「你留心看著，如若楊鳳吟將要失手時，你就出手相助。」

慕容雲笙道：「爹爹的用心何在呢？」

慕容長青道：「我要看看那康無雙的武功成就，也看看追魂雙煞的武功，是進步或是退步？」

慕容雲笙啊了一聲，不再多問，卻留心著楊鳳吟動手的情形。

但聞康無雙冷冷喝道：「躺下去！」

砰然一掌，擊在那黑衣人前胸之上。

那黑衣人倒是聽話得很，身子搖了兩搖，跌倒地上。

康無雙打倒了敵手，縱身一躍，飛近了楊鳳吟，道：「楊姑娘請閃開，讓在下對付他。」

楊鳳吟應了一聲，縱身向後退避。

康無雙身子一側，欺身而上，揮手擊去。

那黑衣人對同伴之死，似是全不放在心上，接下了康無雙的掌勢，展開了一場凶猛惡鬥。

楊鳳吟回顧了慕容雲笙一眼，暗中一提真氣，緩步行了過來，低聲對慕容雲笙道：「你好嗎？」

慕容雲笙道：「我很好啊！」

楊鳳吟一顰柳眉，道：「他沒有給你毒藥吃嗎？」

慕容雲笙微微一笑道：「沒有，他是我爹爹，做父親的豈有不愛惜兒子之理。」

楊鳳吟道：「他真是慕容長青？」

慕容長青在旁道：「不錯，真正的慕容長青。」

楊鳳吟道：「他不像，那慕容長青乃武林中人人敬重的大俠，豈是他這等長相。」

慕容雲笙道：「我父親爲了隱蔽身分，自己毀去了容貌。」

楊鳳吟道：「那麼，你被殺之事，完全是裝出來的？」

慕容雲笙接道：「楊姑娘，個中內情十分曲折，一時之間無法說得明白，以後我再慢慢地告訴妳。」

楊鳳吟道：「慢慢地告訴我，你好像已經完全明白了內情。」

慕容雲笙道：「不錯，爹爹很詳細地告訴我，這地下石城的內情。」

楊鳳吟雙目盯注在慕容雲笙的臉上瞧了一陣，道：「你能確定他是真的慕容長青嗎？」

慕容雲笙點點頭，道：「千真萬確。」

楊鳳吟道：「你呢？是不是真的慕容公子？」

慕容長青道：「不錯，他也是真正的慕容公子。」

楊鳳吟似是不太相信慕容長青的話，目光轉到慕容雲笙的臉上，道：「他說的是真是假？」

慕容雲笙道：「都是真話。」

楊鳳吟微微一笑，道：「恭喜大哥，賀喜大哥，你這尋父心願，總算得償了。」說時笑容消失，兩行清淚順腮滾了下來。

慕容雲笙輕輕嘆息一聲，道：「爲了我償心願，使姑娘吃了不少苦頭，也使妳承受了不少痛苦，這份情意，在下將永銘心上。」

楊鳳吟淒涼一笑道：「不用了。縱然我真的吃了不少苦頭，承受了不少的痛苦，那都是我自己找來的，和你無關。」
楊鳳吟突然舉手，拭去了臉上的淚痕，緩緩說道：「我想走了，你已經找到了父親，以後大約不會再有什麼危險，求求你爹爹，放我們離開這裡。」
慕容雲笙覺著前胸被人突然重重擊中一般，血氣翻湧，眼花頭暈，天旋地轉而幾乎站不住身子，急急舉手，按在雙鬢之上，道：「妳真的要走嗎？」
楊鳳吟點點頭，笑道：「是啊！我只要知道，你心中永遠牽掛著我就行了。」
慕容雲笙道：「那妳要到何處？」
楊鳳吟道：「我已經答應了嫁給康無雙，總不能說了不算，我想找一個清靜的地方停下來，先和他成了親，然後再回家去。」
楊鳳吟長長嘆一口氣道：「我出道江湖不久，但已厭倦了江湖上的險詐、冷酷，實不思再在江湖之上走動了。」
慕容雲笙黯然垂下頭去，道：「咱們以後，還能夠見面嗎？」
楊鳳吟道：「兩情相悅，心有靈犀，再見面我已是羅敷有夫，相見不如不見，又何苦再安排見面的機會呢？」
慕容雲笙道：「妳說得也有道理……」
慕容長青道：「唉！楊姑娘一定要走嗎？」
楊鳳吟道：「不錯，我此刻最關心的事，是你是否肯放我們離開這裡？」
慕容雲笙道：「爹爹，放他們去吧！」
慕容長青點點頭，還未來得及說話，突聞砰然一聲，那黑衣人已被康無雙一掌擊中，跌摔地上。

慕容長青神情一片嚴肅，緩緩說道：「康無雙，你帶著楊姑娘離此之後，準備到何處安身？」

康無雙道：「你是什麼人？」

慕容長青冷冷說道：「老夫乃地下石城主人，其他的，你似是不用多問了。」

康無雙望了楊鳳吟一眼，道：「可要據實回答他的問話？」

楊鳳吟道：「據實說吧！你心裡有什麼就說什麼。」

康無雙點點頭，道：「我離開此地之後，不願再在江湖上混跡，準備找一個人跡罕至之處，從此，不再和武林中人往來。」

慕容雲笙突然向前一步，道：「爹爹，孩兒送他們一程，望爹爹指示一條去路。」

慕容長青道：「老夫帶路。」說罷，放步向前行去。

慕容雲笙道：「兩位放心，如若有什麼危險，在下當死在兩位之前。」緊追慕容長青身後。

楊鳳吟加快腳步，追上慕容雲笙，道：「大哥啊！你當真要留在這裡嗎？」

慕容雲笙道：「不錯，我已決心留在這裡，不過，在常住於此地之前，我還要離開一次。」

楊鳳吟道：「我想不通，他怎會把你說服，使你甘願留居於這不見天日之處。」

慕容雲笙苦笑一下，道：「我不入地獄，誰入地獄呢？何況，這地下石城，未必真是地獄，姑娘，你們已經決定息隱林泉，不再過問武林中事，最好也不要了然這地下石城的內情。」

楊鳳吟道：「聽你口氣，這地方當真的藏有很多秘密了。」

慕容雲笙道：「天下高人大部被囚於斯，難道還不算大秘密嗎？」

康無雙忍不住說道：「慕容公子，在下想問一件事。」

慕容雲笙道：「什麼？」

康無雙道：「令尊可是這地下石城中的主人？」

慕容雲笙道：「不錯，但名義上不是他。」

慕容長青回過頭來微微一笑，道：「迄今為止，除了幾位之外，還無人知曉在下是慕容長青。」

康無雙神情嚴肅，緩緩說道：「你如在這地下石城很久，當知我一身武功，來自何人所授了。」

但聞慕容長青說道：「他用李代桃僵之計，人已逃離此地。」

康無雙微微一怔，道：「你知曉他的真正身分嗎？」

慕容長青道：「知道，他是……」

康無雙似是又怕那慕容長青一口氣真正說出了那人的身分，急急接道：「你既然知道，那就不用說了。」

楊鳳吟突然插口說道：「康無雙，你好像有很多事瞞著我？」

康無雙呆了一呆，搖搖頭道：「沒有。如若勉強算一件出來，這一件應該是了。」

楊鳳吟道：「好！那你就先說說這一件吧！」

她的問話，似乎比任何的壓力，都有效果，康無雙沉吟了片刻，苦笑一下，道：「不論他爲人的好壞，但我卻受了他很深厚的恩德，他傳授了我一身絕世的武功，把我扶上三聖門大聖主的位置，如非他對我幫助，康無雙一個默默無聞的江湖小卒，早已屍骨成灰了。」

楊鳳吟道：「我是你的妻子，如是一個人對你施恩甚重，我也應該感同身受才對，自然應該告訴我……」

目光一掠慕容長青，接道：「他已經知道了，要瞞的只有一個慕容雲笙，對嗎？」

慕容雲笙道：「既然是在下不能聽，我可以迴避一下。」舉步向前行去。

楊鳳吟沉聲叫道：「慕容大哥，等一等！我對他是否是真的慕容長青，心中一直表示懷疑，你留下這三口六證，也許會有別的發現？」

慕容長青微微一笑，道：「姑娘說得也是，在下也希望消去妳心中之疑。」

楊鳳吟目光望著康無雙，道：「現在，你可以說了！希望能把所有的事情，對證得清清楚楚，然後，咱們也可安心結爲夫婦。」

康無雙面現爲難之色，沉吟不語。

楊鳳吟淡淡一笑，道：「如若你真的不說，咱們現在就得吵上一架。」

康無雙泛起一片幽深的痛苦，目光卻像閃電一樣明亮，盯注在楊鳳吟的臉上，道：「鳳吟，妳對我全無情意，但卻答允嫁給我，只是爲了妳對我有過一句承諾……」

楊鳳吟道：「我說的全是肺腑之言，因爲我對你並無情愛，所以，我也不希望你對我太好，日後，你娶上三妻四妾，我也不會氣苦，甚至你現在都可以帶著四花女婢同行，只要她們願意過寧靜淡泊的日子，讓她們和我們住在一起。」

康無雙哈哈一笑，道：「果然是一位賢妻。不過，康無雙還不是人間賤丈夫，我不能不守承諾，你如一定要逼我，倒是有一個辦法。」

楊鳳吟臉色一片冷漠，叫人瞧不出她心中所思。

但兩人之間微妙的關係，卻使得慕容長青和慕容雲笙都不便插口。

良久之後，才聽得楊鳳吟緩緩說道：「什麼辦法？」

康無雙道：「康無雙如不守信約，也無以立足人世。此地有刀有劍，妳可以出手殺了我。」

楊鳳吟道：「天下哪裡有妻子親手殺死丈夫的道理？」

康無雙笑道：「這些事情，雖然是很少有人肯做，但也並非全無人做，妳如不肯動手，我自絕也一樣能死。」

楊鳳吟雙目中神光閃動，緩緩說道：「你如一定要死，也該過了花燭之夜，讓我做一個名副其實的寡婦啊！」

牽起康無雙的右手，大步向前行去。

慕容雲笙低聲說道：「爹爹，別要他們遇上危險。」

慕容長青嘆道：「孩子，你一點也不難過嗎？」

慕容雲笙道：「我很痛苦，但孩兒相信能夠振作起來，我還要接管這地下石城。」

慕容長青道：「他們會很安全，我已經封閉了所有的機關。」

慕容雲笙道：「這地下石城中道路交錯，如無指引，只怕他們很難走得出去。」

慕容長青道：「我已經安排好了，他們會安全地離開此地。」

慕容雲笙突然張口噴出一口鮮血，用手抹了一下，道：「爹爹，帶我看看這地下石城吧！」

慕容長青伸手抓住了慕容雲笙，道：「孩子，你很痛苦，是嗎？」

慕容雲笙微微一笑，道：「孩兒自信還能忍得下去。」

慕容長青黯然嘆息一聲，道：「孩子，這就是俠，一個人活在世上，只要被人稱為俠字，那就要付出痛苦的代價。」

慕容雲笙道：「孩兒明白，爹爹不用替我擔心。」

慕容長青道：「孩子，你坐下來。」

慕容雲笙依言坐在地下，慕容長青盤膝坐在慕容雲笙身後，道：「孩子，運氣調息，我幫你先使氣血平復。」

慕容雲笙道：「孩兒並未受傷。」

慕容長青緩緩說道：「這比受傷還要厲害。」

伸出右手，按在慕容雲笙的背心上，接道：「孩子，運氣和我攻入體內的內力呼應。」

慕容雲笙還未來得及答話，已覺著背心之上，有一股熱流攻入體內，只好運氣迎上那一股攻入體內的熱流。

但覺那攻入體內的熱流，流入四肢百骸，迅快地遍布全身。

半個時辰之後，慕容長青才站起身子，舉手拭去臉上的汗水，道：「孩子，現在感覺如何？」

慕容雲笙伸展一下雙臂，道：「現在孩兒覺著心情很平靜。」

慕容長青道：「唉！孩子，這等內心的創傷，比一個人受了內傷，更難平復。」

慕容雲笙緩緩站起身子，淡然一笑，道：「多謝爹爹！」

慕容長青道：「走！現在我帶你去看看地下石城。」

慕容雲笙道：「爹爹！孩兒想再看看楊姑娘。」

慕容長青道：「好！咱們去看看她。」

慕容雲笙發覺了慕容長青臉上的奇怪笑容，急急接道：「爹爹，孩兒只是要看到她離開地下石城，我就放心了。」

慕容長青道：「我帶你去，咱們隱身在暗處瞧看。」

慕容雲笙道：「那就有勞爹爹帶路。」

慕容長青舉步向前行去。

慕容雲笙心有所思，也未留心到行經之路，迷迷糊糊地跟在慕容長青身後而行。大約走了一刻工夫，在一道石壁前面停下。

慕容長青伸手在壁上一推，石壁間裂開出一道門來。門裡面是一條很長的甬道。

慕容長青搬動機關，掩上石門，道：「這是地下石城中唯一一條沒有機關埋伏的通路，但出口之處，卻在花樹陣中，如是不解五行變化之術的人，縱然知曉了這條密道，也是毫無用處。」

談話之間，到了一段石級之前。

慕容長青舉步登上石級，接道：「上了這石級，就到了花樹陣中。」

慕容雲笙道：「這一條道上，沒有守護之人嗎？」

慕容長青道：「你很細心，在出口處，確有一位守護之人，是位以掌力稱雄武林的高手，名字叫一掌翻天單宏。地下石城中被囚之人，雖然很多，但卻以這單宏最爲寂寞。也正因爲此，才使他內力、掌勁，更上了一層樓，練成絕世無匹的劈空掌力。」

慕容雲笙道：「有一件事，我始終想不明白。」

慕容長青道：「什麼事啊？」

慕容雲笙道：「地下石城中被囚之人，個個都是武林中第一流的高手，他們心智未失，不知何以不肯逃走？」

慕容長青道：「等一會兒咱們就可以看到那一掌翻天單宏，你可以問問他，爲什麼不肯離開這地下石城？」

談話之間突聞一個冰冷的聲音，傳了過來，道：「什麼人？」

慕容長青道：「是單兄麼，在下是王大夫。」

慕容雲笙聽得大爲奇怪，道：「你怎麼會是大夫？」

慕容長青低聲道：「暫時別揭穿我的身分，王大夫在地下石城中一向是最具權威的人。」

只聽那冷冰冰的聲音，說道：「你是王大夫，咱們好久不見了。」

語聲一頓，接道：「還有一個是誰？」

慕容長青道：「那是我請的幫手，地下石城中的病人越來越多，我一個人忙不過來。」

只聽一陣使人心悸的淒涼笑聲，接道：「請問王大夫，我還能活多久？」

慕容長青道：「單兄，縱然你能夠控制奇毒，讓你晚一些死，只怕也難見天日。」

單宏沉默了一陣，道：「那東西帶來了麼？」

慕容長青道：「帶來了，不過數量不多，只怕無法多留給你了。」

單宏道：「老夫不能白白受你的好處，這幾日我想到了掌法中一招奇學，你能給老夫多留一些，我就傳你這一招掌法。」

慕容長青道：「到時間看看吧！如是能夠多留，我就多留些給你。」

單宏道：「我那掌法，敢稱是一招獨步武林之學，你如不學，那實在可惜得很。」

交談之間，已到了單宏的停身之處。

慕容長青和慕容雲笙行經之處，已然接近花樹林，天光透入，比別處稍覺明亮，慕容雲笙凝神望去，只見一個蓬髮長鬚，身著黑衣的老人，緊靠在石壁之上，閉著雙目而坐，一副無精打采的樣子。

慕容長青輕輕咳了一聲，道：「單兄，你很疲倦嗎？」

單宏道：「老夫這幾日來，一直精神不佳。快把那東西給我，老夫當真快支持不住了。」

慕容長青探手從懷中摸出一個玉瓶，倒出一粒藥丸，交到慕容雲笙的手中，道：「孩子，把這粒藥物給他服下。」

慕容雲笙接過藥物，道：「這是毒物？」

慕容長青輕輕嘆息一聲，道：「是的，但在單宏的眼中，這是金丹玉液，只要他有的東西，你什麼都可以換得到。」

慕容雲笙默然一嘆，把手中丹丸，交給單宏，道：「老前輩，丸藥在此。」

單宏取過丹丸，迫不及待地吞入了腹中，閉目坐息。

片刻之後醒來，有如另外換了一個人似的，精神飽滿，雙目中神光湛湛逼人。

只見他目光轉注到慕容長青的臉上，道：「大夫，你答應要多給我一些，是嗎？」

慕容長青道：「不錯啊！但這藥物，已經不歸我管了，從明天起，我就要交給徒弟。」

單宏目光轉注慕容雲笙的臉上，道：「孩子，大夫的話不錯吧？」

慕容雲笙點點頭道：「是的，有一天，我將接管這全部地下石城。」

單宏道：「好啊！如若有不肯聽從你的人，老夫第一個出手宰他。」

慕容雲笙道：「那是以後的事了。」

單宏接道：「你現在想要什麼呢？快說出來，只要老夫能夠辦到的，決不推托。」

慕容雲笙道：「我想問你幾件事情，希望你能夠據實回答我。」

單宏道：「好！老夫知無不言，言無不盡。」

他說話時，雙目一直盯注在慕容雲笙的臉，似乎早已把慕容長青拋擲於九霄雲外。

慕容雲笙道：「你被囚此地有多長時間了？」

單宏道：「這個，這個老夫也記不清楚了，我只記得時間很長就是。」

慕容雲笙緩緩說道：「你難道要永遠被囚於此嗎？」

單宏道：「說也奇怪，老夫怎會從未想起過逃走的事，今日如不是你提起，老夫從未想到過逃走之事。」

慕容雲笙回頭看了慕容長青一眼，慕容長青已知他心中之疑，點頭低聲道：「制心術！」

單宏輕輕咳了一聲，接道：「今日你雖然提醒了我，但我仍無逃走的念頭。」

慕容雲笙心中大是駭然，暗道：「看他神情，似是言出由衷，世間如果真有制心術，那將是武功中另一種境界。」

心中念轉，口中卻說道：「如若我告訴你，吃的藥物，是一種毒藥呢？」

單宏哈哈一笑，道：「毒藥，就算它真是一種毒藥吧！老夫也無法離得開它。」

慕容雲笙道：「如若我帶你離開此地，你是否願意逃走？」

單宏道：「老夫不會逃走。」

慕容雲笙道：「哀莫大於心死，大約是你的心已經死了。」

單宏嘆息一聲道：「這些年來，老夫已經習慣了這等生活。」

慕容雲笙低聲對慕容長青道：「咱們走吧！」

慕容長青道：「單宏，我徒弟爲人如何？」

單宏道：「很精明，只是太愛管閒事了。」

慕容雲笙回過頭來緩緩說道：「在下對老前輩說的話，都是肺腑之言。」

單宏道：「你這年輕娃兒，當真是囉嗦得很。」

慕容長青卻微微一笑，道：「單兄，我們想出去一下，一個時辰之內，就可以回來，不知單兄可否放我師徒一馬？」

單宏沉吟了一陣，道；「好！老夫放你們一馬。」

伸手在背後用手一摸，立時響起了一陣軋軋之聲，天光透入，幽暗的石洞中，立時明亮起來。

慕容長青加快腳步，向前奔去。

慕容雲笙眼看慕容長青幾乎是放步奔走，也跟著跑了出去。

## 六二　情有獨鍾

只覺一陣花香撲鼻，人已置身在一片花樹叢中。

慕容雲笙長長吁了口氣，低聲說道：「爹爹，你剛才跑什麼？」

慕容長青道：「那康無雙和楊鳳吟，立時就要到了，咱們先去瞧瞧他們，再談別的事情。」

語聲一頓，道：「你學過五行奇術嗎？」

慕容雲笙道：「沒有學過。」

慕容長青伸手牽著慕容雲笙的左手，道：「孩子，你如想走得快些，最好閉上眼睛。」

慕容雲笙依言閉上雙眼，任那慕容長青牽著左手奔走。

不知道過去了多少時間，慕容長青突然停了下來，道：「孩子，你可以睜開眼睛了。」

慕容雲笙睜眼望去，只見自己和慕容長青，正停身在一株大樹之下。

慕容長青微微一笑，道：「你上樹去，大概就可以看到他們了。」

慕容雲笙一提氣，飛上樹身，隱於枝葉密茂之處。

這棵樹並不高大，但枝葉十分茂密，足可隱住身子。大樹距離那必經之路，大約有四丈左右，青天白日之下，看得十分清晰。

慕容雲笙低頭望去，只見那慕容長青閉目盤坐在樹下，運氣調息。

片刻之後，只見兩條人影，大步行了過來，正是那康無雙和楊鳳吟。康無雙走在前面，楊鳳吟緊隨在康無雙的身後，兩個人走得很慢，慕容雲笙可以清楚地看到那兩人的眉目。

楊鳳吟突然加快腳步，追到了康無雙的身前，緩緩說道：「如不是那慕容雲笙幫助咱們，咱們只怕無法離開那地下石城。」

康無雙道：「嗯！那石城隱藏著無數的隱秘，對人有著無比吸引力，如若不是為了妳……」

楊鳳吟道：「怎麼樣？」

康無雙道：「我就要留在那地下石城之中。」

楊鳳吟嘆息一聲，道：「你忍氣吞聲，屈辱自己，只為了一個原因。」

康無雙淡然一笑，道：「因為我不願失去妳，更要討妳的歡心。」

楊鳳吟搖搖頭，道：「因為我生得太美了，如若我稍微醜一些，你也不會棄去四花女婢，放棄那三聖門大聖主之位，不惜和二聖主、三聖主翻臉，隨我進入地下石城，是嗎？」

康無雙輕輕地咳了一聲，道：「鳳吟，我不明白妳這番話的意思？」

楊鳳吟道：「唉！你如是真不明白，那就別再問了。」

康無雙突然停下了腳步，伸手抓住了楊鳳吟的左腕，冷冷說道：「但我明白，妳還一直在懷念著慕容雲笙。」

楊鳳吟臉上泛現出美麗的笑意，道：「不錯，我很希望你能好好地打我一頓。唉！我既然決定嫁給你了，但卻無法揮抹去心中留下的影子。」

黯然嘆息了一聲，溫柔地說道：「但我會盡力做一個好妻子，但要你幫助我。」

康無雙突然間臉紅氣喘，全身抖動，似乎是忽然間得了急病一般，楊鳳吟怔了一怔，道：「你怎麼啦？」

康無雙放開了楊鳳吟的左腕，左手一掌拍在自己前胸之上，一張嘴吐出了一口鮮血。

楊鳳吟眨動了一下圓圓的大眼睛，滾落下兩顆晶瑩的淚珠，黯然說：「你心裡很恨那慕容雲笙，是嗎？」

康無雙道：「如若我說不恨他，妳心中一定不信，但我真的是不太恨他。」

楊鳳吟伸手掏出絹帕，拭去了康無雙嘴角的血跡，道：「你真的不應該恨他，如若不是慕容雲笙，我也不會嫁給你。」

康無雙點點頭，道：「不錯，所以，我心中一點也不恨他。」

楊鳳吟道：「你這樣明白事理，咱們以後也許會好處一些。」

康無雙苦笑一下，道：「我現在想了一想，自己也不應該。」

楊鳳吟道：「什麼事啊？」

康無雙道：「妳和慕容雲笙本來是很好的一對情侶，郎才女貌，佳偶天成。我卻是中途殺出的程咬金，橫刀奪愛，活活地拆散了一對恩愛情侶。」

楊鳳吟道：「你有這樣的想法，我心裡很感激，不過，應該痛苦的是我，你不用爲此事傷心，我已經數度暗示給他，他早應該明白了我的心意，但他並沒有重視我，雖然我知曉他一心想見父親之面，爲了盡孝，本也無可厚非，不過，我一向喜歡別人把我排在第一位……」

康無雙緩緩說道：「只是如此嗎？」

楊鳳吟道：「還有一件事，那就是我爲了成全他一片孝心。」

康無雙道：「妳爲了他不惜委屈自己，嫁一個毫無感情的人，慕容雲笙如若有一份人心，他應該對妳感激不盡。」

楊鳳吟道：「我不要他感激，最好他根本就不知道。這樣，他才能生活得很快樂，我也才能做一個好的妻子。」

康無雙道：「唉！妳用心良苦……」

楊鳳吟接道：「現在，只有我們兩人，我想在我們還沒有成親前，我要把心中的話，全都說完，以後大家都不要後悔。」

康無雙道：「好！妳說吧！我本來早想問妳了，只是不敢出口。現在大錯未鑄，時尚未晚，還來得及改變。」

楊鳳吟道：「你爲了娶我付出無比的代價，我報答你的是一具美麗的身體……」

康無雙苦笑一下，道：「我不懂妳的意思，妳再三的說明這件事，想來是有些後悔了。」

楊鳳吟道：「這件事講不上什麼後悔不後悔，我對你有了一個承諾，我要履踐此約，你只是喜歡我的美麗，你得到手了，說起來，咱們也算是個皆大歡喜之局。」

康無雙道：「大丈夫難保妻賢子孝，妳不願身爲賢妻，那也是沒有法子的事。」

長長吁一口氣接道：「咱們談的都是大事，現在，似是該談一談細微末節。」

楊鳳吟道：「我也這樣想，事先能說清楚一些，事後也可以少去很多麻煩。」

康無雙道：「妳說吧！我洗耳恭聽。」

楊鳳吟道：「第一件，你心中知道我嫁給你，只是爲了履行承諾，對你自然是不會很好。」

康無雙道：「這個我早知道了，妳說第二件吧！」

楊鳳吟道：「我有潔癖，不喜和人同榻而眠，所以，第二件事，你不能在我房中住宿。」

康無雙微微一笑，道：「好苛刻的條件，還有第三件事？」

楊鳳吟道：「第三件嗎？我如給你生了一個孩子，咱們的夫妻情份，就算盡了，我要離開你。」

康無雙道：「孩子呢？」

楊鳳吟道：「自然是要留給你，你要好好待他。」

康無雙沉吟了一陣，道：「還有第四件麼？」

楊鳳吟道：「有，如是我不能生兒育女，咱們至多做十年夫妻。」

康無雙道：「十年之後呢？」

楊鳳吟道：「我要走，離開你。」

康無雙道：「妳要到哪裡去？」

楊鳳吟道：「我要斬斷塵緣，不再在武林中走動，但咱們仍有夫妻之名。」

康無雙道：「好吧！我都答應，我如不能忍受那相思之苦，自有法子斬斷。」

楊鳳吟道：「我知道這條件有些苛刻，所以我要替你選四位美妾，常年陪伴你的身側。」

康無雙道：「不用了，四花女婢一個個對我情意深厚……」

楊鳳吟和康無雙相處一起時，一直是滿臉憂鬱，皺著眉頭，臉上從沒有現過笑容，此刻卻突然微微一笑，接道：「那四花女婢，雖然一個個都很美艷，但她們和你相處的時間太久了。

喜新厭舊，人之常情，我這個做妻子的，有百般缺點，但卻有一樣長處，那就是我不妒忌。人家做妻子的，恨不得用一條線把丈夫拴起來，我卻希望你有無數的美妾相伴。」

康無雙冷冷說道：「妳把我看錯了！」

楊鳳吟看他臉上是一片激憤和悲傷混合的神色，輕輕嘆息一聲，道：「你生氣了嗎？」

康無雙搖搖頭，道：「我不敢生氣，但也不希望妳把我看做個好色之徒。」

語聲一頓，道：「關於那四花女婢，也是別人替我安排，我心中明白，他們希望我貪愛美色，以消去雄心大志，安於那有名無實的大聖主之位。」

楊鳳吟道：「說到你那有名無實的大聖主之位，我倒想到了一件事。這件事，我已經想了很久，卻一直想不明白。」

康無雙道：「什麼事？」

楊鳳吟道：「那人只不過希望借你做一個三聖門的傀儡而已，為什麼要把你造成一身絕世的武功？」

康無雙道：「因為他別有用心，借助我在一場決戰之中，制服一個強敵，所以他不但傾囊授我武功，而且要把我造成強他很多。」

楊鳳吟啊了一聲，道：「你心中還藏有很多秘密沒說出來，是嗎？」

康無雙道：「妳說的不完全對。」

楊鳳吟道：「咱們是夫妻，不要用對付敵人的方法和我交談。」

康無雙道：「我說的是真的，我確實沒有盡吐胸中所知，但這些事都是我暗中觀察體會，可能是真的，也可能是假的，我心中既無把握，自然說不上隱秘。」

楊鳳吟道：「原來如此。」

語聲一頓，道：「現在除了我之外，再無其他的人，你可否把這心中之秘告訴我？」

康無雙道：「自然可以，夫妻本是同命鳥，告訴妳自屬應該。」

長長吁一口氣，道：「咱們一面走，一面談吧。」舉步向前行去。

楊鳳吟急行兩步，和康無雙並肩而行。

兩人萬萬沒有想到，慕容雲笙竟然會隱藏在樹上偷聽，因為兩人談話的聲音很大，慕容雲笙聽得十分清楚，他用盡最大忍耐力，忍下了胸中的激動，目睹兩人去遠之後，才下了大樹。

慕容長青不知何時已經坐息醒來，面帶微笑，望著慕容雲笙道：「孩子，你都聽到了。」

慕容雲笙點點頭道：「爹爹呢？」

慕容長青道：「我聽了一大半，不過，內情我已全都了然了。」

慕容雲笙輕輕嘆息一聲，道：「爹爹，孩兒應該怎麼辦？」

慕容長青道：「你也可以追出去。」

慕容雲笙怔了一怔，道：「追出去？」

慕容長青道：「不錯啊！你不是還有很多事要辦嗎？」

慕容雲笙道：「可是我一人之力……」

慕容長青道：「我派人助你，連玉笙還有那郭姑娘等，都會盡快安全離此，三聖門中眼線眾多，我能隨時知道你的停身之地。」

慕容雲笙道：「離開此地，要經過重重險關，孩兒只怕無能越渡。」

慕容長青笑道：「康無雙有這份能耐，你只要追隨在他們身後，可保平安而渡。」

慕容雲笙有些茫然不解地問道：「爹爹似是要孩兒和他們走在一起？」

慕容長青道：「你們會自然遇上，因爲只有一條出路。」

慕容雲笙道：「孩兒還是不明白爹爹的用心何在？」

慕容長青搖搖頭，道：「我無法具體的說出來，但我已覺出楊姑娘正處在一個很危險的境遇之上。」

慕容雲笙道：「你是說那康無雙會傷害她？」

慕容長青神情嚴肅地說道：「康無雙武功之強，大出我意料之外。他的權力一直沒有全力施展過。他不會放棄大聖主的職位，只不過，他想由一個聽命於人的傀儡，變成真正的主宰罷了。」

慕容雲笙只聽得心頭震動，但他卻想不出這和那楊鳳吟有何關連。

慕容長青似是已瞧出了慕容雲笙心中之疑，接道：「楊鳳吟雖然很聰明，但她不夠陰沉，決然鬥不過康無雙。康無雙此刻忍氣吞聲，實因他心中別懷鬼胎，他要制服楊鳳吟，爲他所用。」

慕容雲笙道：「楊鳳吟和他的武林霸業何關？」

慕容長青道：「孩子，爲父的只是從觀察所得，有此感覺，我也無法具體說出內情。但憑我數十年的經驗，此事決錯不了，快些去吧！」

慕容雲笙對那楊鳳吟心中實有著一份很深的掛念，聽得那慕容長青說得如此嚴重，也就不再多問，放腿向前奔去。

慕容長青急急說道：「孩子，慢一點。」

慕容雲笙回頭轉身，道：「爹爹，還有什麼吩咐嗎？」

慕容長青探手從懷中取出一個玉盒，道：「孩子，收好這玉盒。」

慕容雲笙道：「玉盒中放的何物？」

慕容長青道：「玉盒中有兩種丹丸，一種白色，一種血色，白色的是一種療傷的聖品，服用之後，可使傷勢立癒，且可增進體能，極快的恢復再戰之力；至於那紅色的藥丸，卻是至毒之物，但也有一種激發身體潛能的力量，可使身體中的餘力，完全發揮出來。在搏鬥中，可發揮很大的作用，但當餘力用盡，也就是性命結束的時間。」

慕容雲笙道：「爹爹給我這一盒藥物的用心何在？」

慕容長青道：「留作不時之需，因爲那康無雙的武功，強你甚多，只怕機智也比你高明，所以，有時候，你必須借重外力，以求自保。」

慕容雲笙道：「孩兒還是不太明白，有毒藥丸，要如何應用？」

慕容長青道：「給三聖門的弟子服用。」

慕容雲笙若有所悟地嗯了聲。

慕容長青接道：「我派出助你之人，如身上佩戴一朵紅花，必要時，你就給他們紅色藥丸服用，如是佩戴著白花……」

慕容雲笙道：「那我就給他們白色的藥丸。」

慕容長青道：「不錯！我擔心你和楊鳳吟，兩個人合起來，也不是那康無雙的敵手。」

慕容雲笙一欠身，道：「多謝爹爹。」

慕容長青又探手從懷中取出一把形似短劍之物，道：「孩子，這個你也帶上吧，不過，不到生死關頭，千萬不可輕易的使用。」

慕容雲笙接在手中，道：「這又是什麼東西啊？」

慕容長青道：「這是劍令，別看它只是短劍，它卻是地下石城和三聖門最權威之物。」

慕容雲笙半信半疑，但又恐楊鳳吟去遠，忍下未再多問，放腿向前奔去。

慕容長青望著慕容雲笙去勢急促，搖搖頭嘆息一聲，卻又忍不住微微一笑。

慕容雲笙知曉那花樹之中暗藏玄機，不解五行變化的人，陷入花樹林中之後，就很難再走出來，是以行動之間，十分小心，沿著小徑奔行。

片刻之後，已可看到那康無雙和楊鳳吟的背影。

兩人並肩而行，走得很慢，似是一面交談，一面行走。

突然間，楊鳳吟停了下來，慕容雲笙怕被兩人瞧見，急急閃到路邊，果然康無雙也停了下來，低聲下氣說了幾句，又並肩向前行去。

慕容雲笙和兩人相距甚遠，兩人說話的聲音又很微小，無法聽到兩人說些什麼，但可從康無雙表情之中，瞧出兩人是爭論一件事情。

直待兩人行出數丈，慕容雲笙才站起身子，舉步向前追去。

又行十餘丈，楊鳳吟又停了下來，康無雙一個人向前行去。

楊鳳吟緩緩坐了下來，望著天際出神。

慕容雲笙心中暗道：「就算此刻我能避開他們，但等一會兒也難免和他們碰頭、見面，既是無法避開，不如早些會面了。」

在他內心之中，極想早些見到楊鳳吟，自己想了一個理由出來，自覺理直氣壯一些，大步向前行去。

楊鳳吟不知在想的什麼，直到那慕容雲笙行到了身前，才瞧到了慕容雲笙，啊了一聲，站起身子，道：「你……」

慕容雲笙突然覺著臉一紅，道：「在下也要離開這裡。」

楊鳳吟臉上的驚奇之色，逐漸地平復下來，緩緩說道：「你不是來追我的。」

慕容雲笙沉吟了一陣，道：「不管我是不是追妳而來，但咱們見面了。」

楊鳳吟又緩緩坐了下去，道：「見了面將如何？我現在的身分已不同了。」

慕容雲笙苦笑一下，道：「我知道，妳已是康夫人。」

楊鳳吟道：「告訴我實話，那地下城的慕容長青，是不是真的？」

慕容雲笙道：「真的。」

楊鳳吟道：「是不是你父親？」

慕容雲笙道：「好吧！我告訴妳真實經過，但希望妳答應替我保密。」

楊鳳吟道：「你說吧！我答應不洩露出去就是。」

慕容雲笙道：「他是確確實實的慕容長青，但我並非慕容長青之子……」

慕容雲笙長長吁一口氣，道：「我是慕容府中一個僕人的兒子，不過……」

不過了半天，還不過出個所以然來。

楊鳳吟看他一臉黯然，心中大感不忍，柔聲說道：「大哥，你心裡有些難過，是嗎？」

慕容雲笙抬起頭，望著天際，淒涼一笑，道：「其實，一個人活在世上幸與不幸的際遇，全在一個人的看法和感受上。」

楊鳳吟道：「這話一點也不錯，譬如咱們相遇一起，你說是幸呢，還是不幸？」
慕容雲笙道：「這個，這個……在下對姑娘很感激。」
楊鳳吟微微一笑，道：「不用感激我，一切事情都是我自願而為。」
慕容雲笙道：「但妳是為了我。」
楊鳳吟道：「我希望你能快樂，希望你心願得償。」
慕容雲笙接道：「但妳卻為我付出了無比的痛苦。」
楊鳳吟道：「所以，你要珍惜你的快樂，我知道你快樂了，我才能安心的過日子。」
只聽一聲輕咳，打斷了楊鳳吟未完之言。
轉頭望去，只見康無雙背負雙手，站在一丈開外之處。
慕容雲笙突然有著不安之感，只覺臉上一熱，緩緩向後退了兩步。
楊鳳吟抬頭看了康無雙一眼，道：「你辦好了沒有？」
康無雙點頭一笑，道：「辦好了。」
目光轉到慕容雲笙的臉上，笑道：「慕容兄也離開了地下石城？」
慕容雲笙道：「兄弟有一點事……」
康無雙接道：「咱們一起走吧！在下對慕容兄，一直存著份很感激的心情。」
慕容雲笙道：「你很感激我？」
康無雙道：「不錯啊！如若不是你慕容兄，在下這一生中，也無法遇到楊姑娘，只憑此一點，我就要感激你一輩子。」
慕容雲笙只覺他字字如刀如劍，刺入心中，但表面上卻又不得不裝出微笑，道：「原來如此。」

康無雙聳聳肩頭，笑道：「兄弟雖然是一個傀儡的聖主，但我仍然有些傀儡的威名。」

楊鳳吟道：「這話是何用意？」

康無雙笑道：「用意很簡明，我這傀儡聖主的身分，除了極少數的人外，大都不知，在他們心目中，我這個大聖主仍有著無比的威嚴。」

楊鳳吟道：「你終日戴著面紗，縱然他們不知你背後還有主持人物，也認不得你。」

康無雙微微一笑道：「三聖門內極複雜，如若是不用一些心機，很難生存下去。因此，我在大聖主位置上時，也培養了一點力量，不過我著手太晚，力量不大，那些人中，有很多見過我本來面目的。」

楊鳳吟沉思了片刻，道：「守候這出口的人，也是你培養的屬下之一。」

康無雙道：「不錯。他們之中首腦，見過我。」

緩緩取出一塊黑紗，蒙在臉上後，道：「慕容兄，恕小弟暫時要戴上蒙面黑紗，暫時還要裝出大聖主的身分，聽說這一條出入之路上，布置了很多險惡的機關和防守的高手，如若是在下以大聖主的身分，能夠輕易過關，似乎是用不著和他們力拚了。」

慕容雲笙和楊鳳吟相互望了一眼，同時欲言又止。

原來兩人同時都已覺出這位康無雙，是一位心機深沉的人物，深沉得出了兩人的意料之外，而在那互望的一眼中，卻都忍了下去，未說出來。

康無雙果然仍有著大聖主的尊嚴，把守孔道的人，個個垂手肅立，大禮拜見。

滑車早已備好，一個似是頭目，身著黑袍的老者，恭恭敬敬地把三人送上滑車。

那老者雖然對慕容雲笙和楊鳳吟有些懷疑，但因心中畏懼聖主的尊嚴，竟然不敢多問。

這一段險阻重重的行程，竟然是出人意外的順利，沿途未遇上任何阻礙。

不過片刻工夫，幽暗的甬道中，驟然間一片明亮，康無雙當先而行，大步出了石門。

楊鳳吟、慕容雲笙，魚貫相隨，快步行出了石門。

這一道石門，避在一座懸崖之間，抬頭看壁立千尋，門外卻是一片草坪。

只見一個身披黃色袈裟的和尚，站在五、六尺外，面色肅然，垂首而立。

慕容雲笙抬頭瞧了那僧侶一眼，認出正是萬佛院的方丈普渡。

普渡身後，站著四個身著紅色袈裟的和尚。

康無雙緩緩向前行了兩步，望了普渡一眼，道：「你是……」

普渡大師道：「貧僧萬佛院的住持，守護三聖門的門戶，已有十餘年了。」

康無雙微微點頭，道：「你守得很好，本座回到聖堂之後，將傳諭調升你的職務。」

普渡大師道：「多謝聖主隆恩。不過，貧僧已習安這萬佛院方丈之位。」

康無雙一面舉步而行，一面接道：「你既喜愛此職，本座將傳聖諭，讓你終身擔任此位！」

普渡大師道：「多謝聖主。」

搶先兩步，走在康無雙的前面，接道：「屬下已在方丈室中設下茶點、酒飯，請聖主移駕進過酒飯之後，再上路不遲。」

康無雙略一沉吟，道：「好！你帶路吧！」

四個紅色袈裟的和尚，一個個合掌當胸，走在前面帶路。
普渡卻落後一步，緊隨在康無雙的後面。
慕容雲笙、楊鳳吟並排走在普渡大師的身後。
楊鳳吟瞧了普渡大師一眼，道：「大師還認得我麼？」
普渡大師道：「楊姑娘能追隨聖主同行，想來已加入我們三聖門了。」
楊鳳吟笑道：「此後，咱們應該是同門了。」
普渡大師笑道：「還要楊姑娘多多照顧。」
慕容雲笙道：「大師不知是否還能記得在下？」
普渡大師道：「慕容公子，貧僧怎會忘記？」
普渡大師幾人行過兩重庭院，到了方丈室內。
這是一座布設高雅的房間，一色的黃綾壁幔、黃緞子桌布、黃色椅墊。
兩張鋪著黃緞布面的方桌上，分擺著酒菜、細點。
四個身著紅色架裝的和尚，留在大門外，普渡大師卻帶三人行入室中，欠身說道：「聖主可要先進用一點細點？」
康無雙未理普渡大師的問話，卻自行坐在了席位之上。
楊鳳吟和慕容雲笙對望了一眼，分坐兩側。
普渡大獻殷勤，拿起酒壺，斟滿了三人面前的酒杯。
康無雙臉上仍然戴著蒙面的黑紗，緩緩說道：「非我近身侍衛，都不能見我真正面目。要他們離開這座跨院。」

普渡大師一合掌，道：「屬下告退，候駕室外。聖主如有使喚，但請呼叫就是。」
楊鳳吟目睹普渡大師去遠之後，低聲說道：「你這大聖主的架子很大啊！」
康無雙右手突然一揮，向後摔去。
一道寒芒，破窗而去。
但聞一聲慘叫，續接著砰然一聲大震。
楊鳳吟微微一怔，正想衝出室外瞧個明白，卻被康無雙搖手阻止，示意她坐下。
只聽普渡大師怒聲喝道：「膽大孽徒！」唿然一聲輕響，如擊敗革。
片刻之後，只見那普渡大師抱著一具屍體，大步行了進來。
康無雙端坐椅上，身未移動，頭未轉顧。
慕容雲笙凝目望去，只見那死去的是一個身著灰袍的中年僧侶，前胸之上，插著一柄金色的短劍，鮮血汩汩而出。
康無雙並未瞧那屍體一眼，只冷冷地說道：「哪一個如再敢暗中窺視，這人就是榜樣。」
普渡大師面色蒼白，頂門上不停滾著汗珠，道：「屬下該死，聖主開恩。」
康無雙道：「寺中人多，難免良莠不齊，此事和你無關，把這屍體拋去吧！」
普渡大師連連躬身，千恩萬謝而去。
康無雙臉上戴著蒙面的黑紗，別人無法瞧出他的表情。
良久之後，康無雙才緩緩說道：「現在不要緊了，兩位有什麼話，可以說了。」
楊鳳吟道：「我很奇怪，那明明是普渡大師派遣的人，暗中監視你的舉動，你為什麼要放過他？」

康無雙道：「不放過他，又該如何？需知他把守萬佛院時日甚久，寺中的僧侶，都已對他信服。」

他頓了頓，接道：「此刻他只要說出我不是三聖門的大聖主，寺中的僧侶，人人都信他之言，咱們縱有百口，也無法使寺中僧侶信服。」

楊鳳吟道：「他心中既然對你懷疑了，你為什麼不藉此故，把他殺死。」

康無雙道：「殺死他不過是舉手之勞，但萬佛院即將立時陷入了群龍無首之狀，那對咱們有百害而無一利。」

輕輕咳了一聲，接道：「兩位腹中如若饑餓，可以進些酒食，咱們早些上路。」

楊鳳吟舉起筷子，夾了一口菜，正待吞下時，突然又放了下來，搖搖頭道：「我是有些饑餓，但我不敢吃，你們三聖門的酒飯之中，都已下過藥物，食用之後，慢慢中毒，那就永遠無法脫離你們三聖門的控制了。」

康無雙道：「那藥物很珍貴，不會輕易施用，再說這地方，也不會配有那種珍貴的藥物。」

探手從懷中取出一個象牙的簪子，伸入了酒菜之中。

他試過了所有的酒菜，但牙簪上顏色未變，顯然酒菜之中，並未下毒。

康無雙收了牙簪，緩緩取下蒙面黑紗，低聲說道：「如若他們由聖堂上傳下聖諭，咱們難免要遇上連番的截擊、惡鬥，因此，在下覺著咱們此刻進一些酒食，一旦發生些事，只怕咱們很難找到食用之物。」

一面說話，一面舉起筷子，大吃起來。

慕容雲笙、楊鳳吟也同時進食。

三個人放懷食用，直到酒足飯飽後，康無雙才戴上蒙面黑紗，道：「咱們不用在此停留了。」轉身向外行去。

慕容雲笙皺皺眉頭，暗道：「這康無雙蒙上面紗後，似乎是自覺著真的恢復了大聖主的身分一般，有著一股獨斷專行的氣勢。」

他心中雖有此感，但想到了楊鳳吟和他是夫妻身分，只好忍下未言。

康無雙當先帶路，大步行出了方丈室。

室外花香淡淡，青松環繞，但卻一片靜寂，不見一個人影。

原來，那康無雙殺了一個僧侶後，果收了殺一儆百之效，無一人敢再在這跨院之中停留。

康無雙回顧了楊鳳吟和慕容雲笙一眼，低聲說道：「從此刻起，兩位要小心戒備。」

楊鳳吟道：「戒備什麼？」

康無雙道：「兩位要注意我的手勢，只要我一揮手，兩位就立刻出手，而且下手要愈辣愈好，一擊之下，取人之命。」

但見普渡大師帶著四個身著紅色袈裟的和尙，行了過來，只好住口不言。

普渡帶四僧行近了康無雙，一欠身，道：「見過大聖主。」

康無雙一揮手，道：「本座要立時離此，去查證一事！」

普渡大師接道：「萬佛院外，已爲聖主備下了送行的儀隊。」

康無雙輕輕咳了一聲，道：「不用了。我這次離開聖堂，知曉之人不多，而且此行要力求隱秘，不宜聲張，你要他們撤回來吧！」

普渡大師應了一聲，回首低言數語，一身著紅色袈裟的和尙，飛奔而去。
談話之間，已到了第二進庭院之中。
院中一片靜寂，但卻隱隱間有一股肅殺之氣。
普渡大師突然搶快兩步，到了康無雙的前面，道：「大聖主！」
康無雙似是也已警覺出不對，停下腳步，接道：「什麼事？」
普渡大師道：「屬下心中有幾句話，不敢出口。還望大聖主能夠先恕屬下不恭之罪。」
康無雙面上黑紗拂動，四顧了一陣，道：「怎麼回事？你說吧！」
普渡大師道：「屬下適才接到一道急鴿聖諭……」
抬頭望了康無雙一眼，接道：「那聖諭之上，要屬下……」
康無雙冰冷地接道：「要你怎樣，說下去！」
普渡大師緩緩說道：「要屬下攔住大聖主。」
康無雙：「什麼人下的聖諭？」
普渡大師道：「聖諭之上，刻有聖堂特製的暗記，令諭來自聖堂，屬下想不致有錯了，至於是哪位聖主所下，屬下就不太清楚了。」
康無雙冷笑一聲道：「那聖諭何在？拿給我瞧瞧！」

## 六三 突來聖令

普渡大師緩緩從身上摸出了一張白箋，雙手遞了過去。

康無雙接過白箋，看過之後，冷笑一聲，又把白箋交還給普渡大師，道：「你現在做何打算？」

普渡大師道：「屬下很爲難，大聖主聖駕在此，聖堂中竟然又有聖諭到此，這就叫屬下有些無所適從了。」

康無雙道：「聖堂中共有三位聖主，除了本座，還有兩位，本座接得密報，二聖主竟敢結黨營私，本座此番離開聖堂，就是查他的惡積，大約他已知曉此事，所以私傳聖諭，要你攔截本座，此人大膽妄爲，叛象已現，只此一樁，已可依律治罪了。現在要你決定了，你是遵從聖諭呢，還是聽從本座？」

普渡大師呆了一呆，道：「聖諭森嚴，屬下不敢有違，但大聖主大駕在此，屬下也不敢冒犯，因此，屬下至感爲難，聖主明察，有以教我。」

康無雙冷笑一聲，道：「你敢對本座如此講話嗎？」

普渡大師道：「這個屬下原本不敢，不過，屬下心中亦有一點懷疑之處，還望聖主見示。」

康無雙道：「你說吧！」

普渡大師道：「屬下覺著這位楊姑娘和慕容公子，原本是咱們三聖門之敵，就算已然投入咱們三聖門下，也不致在數日之內，已成爲聖主的親隨，因此……」

康無雙接道：「因此，你對本座的身分，亦有了懷疑，是嗎？」

康無雙突然伸出手去，扣向普渡大師的右腕。

普渡大師早已有備，縱身閃避開去。

慕容雲笙只看得心中奇怪，暗道：「以康無雙的武功之高，出手之快，這出手一擊，那普渡大師應該很難躲過才是，但那普渡大師竟然能輕而易舉的避開了一擊。」

忽然間，他對康無雙生出了懷疑，他想暗施傳音之術，把事情告訴楊鳳吟，因爲這等微小的事情，如若是不先行留心，仔細觀察，那是很難知曉。

但他轉念想到人家已是夫妻身分，如是沒有很確實的證據，難脫故意挑撥之嫌，當下忍住未言，只是暗中更留心了康無雙的舉動。

但見那普渡大師迅快地退出了一丈多遠，口中發出一聲低嘯。

只見人影閃動，樹後、屋角、四面八方，迅快地閃出十幾個僧侶。

康無雙由蒙面黑紗中射出的目光，掃掠了四周一眼，看那些現身僧侶，已然個個戒刀出鞘，立時冷笑一聲，道：「普渡，如若本座不展露一手絕技，讓你們開開眼界，想來，你們定然是不會相信我的身分了。」

普渡大師道：「聖主請暫息雷霆之怒，屬下這番布置，實是情非得已，聖堂中立時就有高手趕到，以鑒別聖主身分。」

康無雙道：「如若證實了我是三聖門的大聖主，你將如何？」

普渡大師道：「屬下對三聖門一片赤忠，縱然冒犯了聖主，想來聖主也不會怪罪。」

楊鳳吟心中暗道：「這和尙油嘴滑舌，很會說話，不知康無雙何以要和他多作交談。」

她心中明白，不要說合三人之力了，就是康無雙一人，也可把這萬佛院視作無人之境。

但那康無雙卻似是別有所圖，所以一直忍著性子不肯發作。

但聞康無雙輕輕咳了一聲，道：「三聖門唯我獨尊，不論何人，也不能要我等他，不知者不罪，你無法確知我身分是真是假，也是實情，這一點我不怪罪於你就是。但我要離開這裡，聖堂中如若有人趕到，叫他們向前面追我……」

說完話，也不待普渡大師答話，立即向前行去。

他步履悠閒，走得很慢。

慕容雲笙一面暗中分析康無雙言中的含意，一面推想他這番話的用心，人卻隨在康無雙身後行去。

楊鳳吟走在慕容雲笙的身後，她無法知道那康無雙臉上的神情，但卻瞧到那慕容雲笙的神色間若有所思，所以，她一直忍下去，未出言打擾。

普渡大師追在楊鳳吟的身後，但卻保持了三尺以外的距離。

守在四周的群僧，一直都是隨著康無雙的行速，向前移動，未得普渡大師之命，這些僧侶既不敢出手，也不敢撤退。

康無雙行過了一片空廣的庭院，到了二門口處。

環守在四周的僧侶，一部分快步奔出二門，一部分卻閃退到二門兩側，目睹康無雙等三人，行出了二門。

普渡大師一直追在身後而行，苦苦思索，想不出個應付之策。出了二門，又是一座寬敞的前院，穿過此院，就算出了萬佛院。

普渡大師如若想把康無雙等留於萬佛院中，這是最後的機會了。時機稍縱即逝，普渡大師不得不硬起頭皮，說道：「聖主如若身分真實，何懼聖堂中派人證實？」

康無雙仍然是不緊不慢地舉步而行，似是根本未聽到那普渡呼喝之言。

普渡心中大急接道：「如若聖主不肯稍留片刻，以證身分，貧僧只好下令他們出手攔阻了。」

他呼叫聲音很高，前院中人人可聞，康無雙卻是連頭也未回顧一下。

普渡大師突然加快腳步，由楊鳳吟和慕容雲笙身側掠過，越過康無雙，舉手一揮，四個隨著康無雙的行速倒步而退的僧侶，突然停了下來，手中戒刀平舉胸前，攔住康無雙的去路。

康無雙行速不變，緩緩向前行走。

普渡大師道：「聖主留步，弟子……」

只見康無雙右手一揮，一陣連續的悶哼，傳了過來，四個執刀攔路的僧侶，兩個連人帶刀摔出了七、八尺外，兩人卻棄去了長刀，雙手捧著小腹蹲了下去。

慕容雲笙心中一動，暗道：「康無雙舉手一揮，能夠連傷四人，姑不論那四人的武功如何，只是這等快捷的手法、氣勢，都足以震駭人心了。而康無雙之所以不肯停下休息，必是在藉走動的時間，暗中在提聚真氣，施展一種特殊的武功，是以能在一舉手間，就傷了四個人。」

他心中有了這層想法，對那康無雙不停走動的舉動，自是不再覺奇怪了。

普渡大師看那康無雙一揮手間，四個人同時受傷棄去兵刃，心中大驚，急急欠身說道：「大聖主，請聽屬下一言……」

康無雙停下腳步，道：「好，你說吧！」

普渡大師道：「聖主威震八方，三聖門萬雄畢集，承聖主恩典，使小僧掌理萬佛院，數年以來一直兢兢業業，克盡職守，從不敢稍有逾越，此番聖堂有諭到來，小僧如何敢稍存輕藐之心，大聖主只要再多留片刻，就可以見到聖堂特使了。」

康無雙冷笑一聲，道：「三聖門中，有何人能讓本座等待，你代我回諭聖堂，要他們查查看，什麼人這樣大的膽子，竟然敢查詢本座的行蹤。」

只聽一個冷冷的聲音，道：「你已不是三聖門中人，爲何不敢？」

慕容雲笙心中暗道：「來得好快，如若我們不吃這一頓飯，想來，此刻已經離開這萬佛院了。」

但聞康無雙道：「什麼人？敢對本座如此無禮。」

只聽砰然一聲，關閉的寺門，突然大開，兩個身著黑衣的人，一先一後地行了進來。

當先一人身材細長，面目一片冰冷，毫無半點表情，右手執著一面銅牌。後面一人，長得五短身材，挺著一個大肚子，也執著一面銅牌，不同的是把銅牌握於左手。

那當先的細長大漢，一舉手中銅牌，接道：「咱們奉了聖諭而來，擒你回聖堂聽候發落！」

康無雙道：「對本座如此講話，理應當場問罪，給我拿下。」說話之間，一揮左手。

慕容雲笙略一猶豫，欺身而上，右手「驚濤裂岸」，拍出一掌，擊向那瘦長黑衣人的前胸。

那瘦長的黑衣人嘿嘿一聲冷笑，身子一側，避開了慕容雲笙的掌勢，左手陡然一翻，閃電一般扣向了慕容雲笙的右腕。

慕容雲笙看他五指色呈深紫，心中一動，暗道：「這人練得有黑沙掌力。」右手一縮，避開那黑衣人五指的扣拿，陡然飛起一腳，踢了過去。

這一腿直踢那黑衣人的右膝之上，但那黑衣瘦長人，實有著過人的武功，匆忙之間，腿未屈膝，腳未跨步，硬生生把身子向旁側閃開了五尺，避開了慕容雲笙的一腿。

慕容雲笙暗道：「聖堂中人，個個武功不弱。」

心中念轉，拳掌卻展開了凌厲的攻勢，招招奇幻莫測，攻向那瘦長黑衣人的要害。

慕容雲笙自取得慕容長青的劍譜、拳經之後，本已武功大進，在地下石城和慕容長青一番搏鬥之後，更是獲益非淺，武功之強，已屬江湖中頂尖的高手，一輪急攻之後，那瘦高的黑衣人已呈手忙腳亂之狀。

那矮胖的黑衣人，眼看同伴不支，立時出手攻去。

楊鳳吟看對方以二攻一，正想出手相助，卻被那康無雙低聲喝止。

凝目望去，只見慕容雲笙拳路一變，招術擴展，竟把兩個人一起圈在了拳掌之中。

楊鳳吟雖然聽從了康無雙的吩咐，沒有出手助戰，但心中卻是大感懷疑，縱然慕容雲笙能夠勝得兩人，但他以一敵二，勢必要拖延時光，如若加上自己出手，豈不是很快地可以結果這兩個黑衣人，時間應正是此刻他們搶奪的目標。

楊鳳吟沒有把心中的懷疑說出來，卻睜大著一雙眼睛望著康無雙出神。她想以康無雙的聰慧，應該推想出她心中正充滿著懷疑。

但那康無雙卻沒有理她，似是有意地在拖延時間。

但聞砰砰兩聲輕響，傳了過來，兩個黑衣人各自中了慕容雲笙一掌。掌勢極重，只打得兩個黑衣人各自吐出了一口鮮血，手中銅牌落地，雙手捧腹。顯然兩個人都已經失去了再戰之能。

康無雙望了兩個黑衣人一眼，突然間舉步向前行去。

慕容雲笙、楊鳳吟都覺著他的舉動有些奇突，但在普渡注視之下，不便多問，跟著舉步向前行去。

楊鳳吟加快腳步，超越過康無雙，回身攔住了去路，道：「怎麼回事？」

康無雙道：「妳如想安然脫險，此刻最好不要多問。」

這題目太大，楊鳳吟果然是不敢再問。

康無雙腳步加快，片刻間繞過山角不見。

楊鳳吟卻故意放緩了腳步，等候慕容雲笙行到身側，低聲說道：「慕容大哥，我覺著……」

慕容雲笙輕輕嘆息一聲，道：「妳聰明絕倫，但心地太善良，所以在用謀行略方面，不夠毒辣、陰沉，先天已吃了很大的虧。」

談話之間，兩人已然轉過山角。

只見康無雙當道而立，就站在轉角之處，楊鳳吟幾乎撞入了康無雙懷中。

康無雙面紗已除，臉上不喜不怒，毫無表情，但卻給人一種莫測高深的感覺。

楊鳳吟收住腳步，道：「怎麼站在轉角處，嚇了我一大跳。」

康無雙緩緩戴好了蒙面黑紗，語聲緩和地說道：「咱們還處在極度的危險中，他們心中一直還認我作大聖主，所以，他們不敢施用太惡毒的手段，但你們兩位必需要和我配合。」

楊鳳吟道：「我嫁雞隨雞，跟著你冒險犯難，死了活該，但人家慕容公子用不著如此，你如不把你心中的計劃說出來，要人家盲人騎瞎馬，跟著咱們亂闖，似乎是有些說不過去吧？」

康無雙道：「如是慕容公子不和咱們走在一起，他很少有機會離開此地。」

慕容雲笙似是怕兩人再爭執下去，拱拱手，道：「兩位不用爲在下爭執了，如果很順利，再有一個時辰，咱們就可離開了三聖門的範圍，那時，咱們即分道而行，大家都忍耐一些就是。」

康無雙不再多言，轉身向前行去。

行約十餘丈，瞥見山徑旁側，站著兩個少女，康無雙似是甚感驚訝，陡然停下了腳步。

原來，那站在道旁的二位少女，正是郭雪君和小珍。

郭雪君道：「楊姐姐！多承相救。」

楊鳳吟呆了一呆，道：「是我救了妳們？」

郭雪君道：「雖非妳本人，但他是奉妳之命，有何不同呢？」

楊鳳吟腦際間念頭疾轉，忖道：「大約是別人冒我之名，救了她們兩人，此事只怕一時間也無法說得清楚，索性不用解說了。」

當下口氣一轉，道：「妳們沒有受苦嗎？」

郭雪君道：「沒有，我們很好。」

康無雙突然冷冷接道：「你們怎麼出來的？」

郭雪君道：「有人送我們到此。」

康無雙道：「什麼人？」

郭雪君道：「不認識，我們根本沒有看清楚他的形貌。」

康無雙冷笑一聲，道：「很難叫人相信。」

小珍道：「不信，你問楊姑娘，那人奉她之命行事，楊姑娘自然是知曉了。」

康無雙回顧楊鳳吟一眼，目光又轉到郭雪君的身上，道：「妳們此刻，準備如何？」

郭雪君道：「那人告訴我們在此守候楊姑娘，和她一起離開這裡。」

康無雙沉吟了一陣，道：「好吧！妳們跟著我們走吧！不過，在咱們未分道之前，妳們一定要聽我之命行事。」

郭雪君點點頭，道：「那是當然。」

康無雙輕輕咳了一聲，道：「慕容兄，請走在前面開道。」

慕容雲笙突然下身一躍而起，越過了楊鳳吟，搶先而行。

楊鳳吟嘆息一聲，緩步行到康無雙的身側，沉聲說道：「你不可以對他客氣些嗎？」

康無雙道：「對哪一個客氣一些？」

楊鳳吟突然淡淡一笑，用柔和無比的聲音，道：「好吧！我就說明白一些，無論你心中有什麼憤恨悲怒，儘管找我算帳就是，你不能遷怒到別人身上。」

這時，突聞一聲喝叱之聲，傳了過來。

楊鳳吟抬頭看去，只見四個身著藍衣的武士，攔住了慕容雲笙的去路，當下一提真氣，兩個飛躍，人已越過了康無雙，直逼近慕容雲笙。

四個藍衣武士各執著一把長劍，劍上卻多了一形似月牙之物。

劍本是普通的兵刃，但多了一個月牙之後，變成了一種奇形的外門兵刃，看上去也增加了不少詭異之感。

慕容雲笙目光轉動，掃掠了四個藍衣武士一眼，道：「四位可是三聖門中弟子嗎？」

四個藍衣武士相互望了一眼，道：「不錯。」

慕容雲笙臉色一寒，道：「既是三聖門的弟子，還不快些叩見聖主。」

四個藍衣武士冷冷說道：「咱們奉了聖主之命而來，哪裡還有聖主可拜？」

談話之間，康無雙和楊鳳吟都已趕到了場中。

康無雙冷笑一聲，道：「慕容護法閃開。」

慕容雲笙正在思索用什麼法子，一舉之間先奪下一人手中的兵刃，然後再行設法對付另外三人，聽得康無雙呼叫之言，只好向旁側退開。

康無雙緩步逼到四個藍衣武士身前，道：「你們奉了何人之命而來？」

他面罩黑紗和那一身黑衣，似是具有一種強大的權威，四個藍衣人不自覺地向後退了兩步。

左首那藍衣人先望了三個同伴一眼，然後把目光轉到康無雙的身上，道：「我們奉聖諭到此。」

康無雙嗯了一聲道：「到此作甚？」

左手藍衣人道：「攔截大駕。」

康無雙道：「膽子很大，你們可知曉我是何許人嗎？」

左首藍衣人道：「我等雖未見過聖主，但聽說過聖主這身衣著。」

康無雙道：「那很好，你們既知我爲聖主，還不棄劍領罪？」

左首藍衣武士道：「閣下既是大聖主，聖堂怎會還有聖諭到此，分明是冒牌貨，還要狐假虎威的嚇人。」

喝聲中右手一抬，手中月牙劍，疾向康無雙掃了過去。

寶劍本是以點、刺爲主，但他劍上帶了一個月牙，竟然可做多種兵刃施用。橫掃一擊，用的是單刀中招術。

慕容雲笙看他月牙劍一擊之間，帶著破空之聲，功力竟然極深。

康無雙身軀一閃，避開了一擊，右手一探，疾向那藍衣人的右腕之上扣去。

藍衣武士右腕一挫，陡然間收回了月牙劍。

康無雙一抓落空，身子一側，呼的一掌，劈了過去。

掌風如驚濤裂岸一般，挾帶著一片呼嘯之聲。

那藍衣人武功不弱，橫裡大跨一步，避了開去。

但另外兩個藍衣人卻在同時發動，兩柄月牙劍寒光交錯，分由三個不同的方位，攻向了康無雙。

康無雙縱飛而起，掌力連發，暗勁湧出，逼住了三人的劍勢。

但四個藍衣人，似是有著很好的默契，四柄月牙劍配合得佳妙無比。

康無雙雖然內功深厚，掌勢淩厲，但他在一時之間，也無法制服四人。

轉眼之間，五人已搏鬥了十餘個照面。

這時，慕容雲笙、楊鳳吟、郭雪君等都已圍集在五人搏鬥的周圍。

慕容雲笙目睹四人月牙劍變化奇厲，不禁一皺眉頭，道：「他吃虧在手中沒有兵刃，我去助他一臂之力，早些制服四人，也好上路。」

楊鳳吟搖搖頭，道：「只怕來不及了。你留心瞧瞧四面的情勢，咱們已陷入了重圍之中。」

慕容雲笙留神看去，果然發現四周樹上、石後，隱隱有人影閃動，嘆道：「不錯，咱們被包圍了。」

楊鳳吟道：「慕容大哥，你好像有心要和我疏遠了，是嗎？」

慕容雲笙道：「沒有的事，在下對妳感激還來不及。」

楊鳳吟道：「我口口稱你大哥，你就不能叫我一聲妹子嗎？」

慕容雲笙眨動了一下眼睛，道：「叫妳妹子，行嗎？」

楊鳳吟自覺著已是那康無雙的夫人，心中已然毫無顧慮，接口說道：「那有什麼不行，康無雙還沒有和我拜堂成親，你總不能叫我大嫂子吧？」

話說得很露骨，而且隱隱間有一種激憤之意。

慕容雲笙道：「既然如此，在下就叫妳一聲楊賢妹了。」

但見劍光流轉，康無雙和四個藍衣武士，打得更是激烈。

楊鳳吟回顧了一眼，道：「康無雙大概也瞧出來，咱們已經被圍困住了，所以，他並不急於求勝。」

慕容雲笙道：「如若這般的打下去，打到幾時為止呢？」

楊鳳吟道：「康無雙正在思索拒敵之策。在他未想出拒敵辦法之前，他不會先把四人制服。」

郭雪君道：「事情拖下去，對咱們有百害而無一利。」

楊鳳吟道：「咱們對三聖門中情形，無論如何是不如那康無雙了解，在他未作決定之前，咱們最好是不要自作主意。」

只聽一連串悶哼之聲，傳入耳際。

凝目望去，只見康無雙卓然而立，四個藍衣武士都已摔倒在地上死去。

楊鳳吟緩步行了過去，低聲問道：「此刻咱們應該如何？」

康無雙長長吁了口氣，道：「咱們走脫的機會很少了。」

楊鳳吟道：「你既然無決定之策，咱們似乎是也不用再等待了，現在衝過去吧！」

康無雙搖搖頭道：「前面有一處十分險要的地方，他們如若在那裡設下埋伏，咱們完全沒有生存的機會。此刻咱們唯一的機會，就是在這裡等下去。」

楊鳳吟道：「等什麼？」

康無雙道：「等他們準備好了，大家惡戰一場，制服他們首腦。」

楊鳳吟：「你是說，咱們要等那二聖主、三聖主趕到之後，制服他們再作主意。」

康無雙道：「不錯，這是唯一的可行之路。」

楊鳳吟沉思了一陣，道：「咱們可不可以試試看衝過去，如是真的不能過去，咱們還可以退回來。」

康無雙冷冷地說道：「如若咱們覺得無法再向前走時，那就也無法再退得回來了。」

兩人談話的聲音，雖然不大，但慕容雲笙和郭雪君等都聽得十分清楚。

慕容雲笙恐兩人爲此事吵了起來，急急接道：「賢妹不用和康兄爭執了，康兄堅持留此，必有卓見，小兄亦覺應該留此。」

楊鳳吟道：「大哥也覺著應該留這裡嗎？」

慕容雲笙道：「在下覺著康兄所知，多過我們十倍，他要留此，豈是無因。」

康無雙嗯了一聲，道：「這才是男子漢大丈夫的見識。」

康無雙輕輕嘆息一聲，道：「慕容兄，等一會兒要有一場凶惡慘烈的搏鬥，那時，咱們只怕無法兼顧別人了。郭姑娘和小珍姑娘的安全，在下無法保證。」

郭雪君道：「我們如是無法自保，死了也算是命該如此了。」

談話之間，突聞一個冷森的聲音，傳了過來，道：「康無雙、慕容公子，你們已陷入了重圍之中，只要我一聲令下，你們即將受到毒煙毒火的攻擊。」

慕容雲笙低聲說道：「這說話的人是誰？」

康無雙道：「二聖主，他們早有圖我之心，現在總算被他們找到機會了。」

慕容雲笙道：「他們如若用人來攻，咱們還可以放手和他們一戰，如若施用毒煙、毒火來攻，咱們要如何拒敵？」

康無雙道：「很難有一個有效之策。那毒火還可對付，毒煙卻惡毒無比，中毒之後，那人就立時暈倒過去，如若未得密製的解藥，要暈迷四個時辰以上。」

郭雪君突然接口說道：「三聖門中的毒煙，也許是別走蹊徑，自成一門，賤妾所知，江湖上下五門使用的迷藥、迷煙之類，必須要搶上風，如是風向不對，施用者反而會害了自己。」

康無雙道：「三聖門的火陣，與眾不同，施放毒火、毒煙的人，不但經過了特殊訓練，而且，他們還穿著一種特製的衣服。」

楊鳳吟道：「你曾經身爲三聖門的大聖主，難道就無能掌握那煙火陣？」

康無雙道：「三聖門的奧妙，就在那發號施令的聖堂，受命之人，被一股神秘的力量役使，爲三聖門效忠拚命，他們把聖主看成了超凡，正因如此，三聖門內個人的影響不大，縱然是聖主的身分，只要離開了聖堂，就無法發號施令。」

慕容雲笙啊了一聲，道：「我明白了，那人只是在創造一座聖堂，三座銅鐵鑄成的神像，至於聖主何人並非十分重要的事。」

康無雙道：「話是不錯，但那身爲聖主的人，如是智慧、武功，都不足領導、服眾，也一樣無法身居聖主之位。」

語聲一頓，接道：「唉！在下有李代桃僵之計……若慕容兄願意接掌三聖門，憑你的智慧，也許能夠扭轉三聖門目前發展的逆勢，」

他臉上雖然戴著面紗，也使人隱隱感覺到那冷厲的目光，直逼慕容雲笙的臉上。

楊鳳吟口齒啓動，欲言又止。

慕容雲笙淡淡一笑，道：「康兄李代桃僵之計，定然十分高明，兄弟洗耳恭聽。」

康無雙道：「此計很簡單，不知你慕容兄是否有這個膽量？如若慕容兄同意，兄弟願扮慕容兄……」

慕容雲笙接道：「我扮康兄大聖主的身分？」

康無雙道：「不錯，重回到聖堂之上，設法改變整個的三聖門。」

語聲一頓，接道：「此刻是亡羊補牢，時猶未晚。慕容兄不妨仔細想想，兄弟的辦法如何？」

慕容雲笙道：「好！兄弟用心想想，決定了就告訴康兄。」

康無雙道：「那很好，但兄弟要提醒慕容兄一句，一旦咱們離開此地之後，慕容兄再想回來，只怕是一樁不太容易的事。」

慕容雲笙心中暗道：「爹爹講得不錯，這位康無雙不是一位簡單人物，他突然之間要把大聖主之位讓給我，不知是何用心，倒要設法套他說點內情出來。」

想了一下，道：「如若兄弟能夠身爲三聖門的大聖主，指令三聖門中弟子，那確是一股極大的力量。但兄弟太陌生，縱然願冒充康兄，回到聖堂，也無法處理那聖堂中千頭萬緒的麻煩事務。」

康無雙道：「這個不用你費心，自有人在暗中指示你辦，如若慕容兄有意找出那三聖門真正的幕後人物，冒充兄弟也是一大妙法。至於混入聖堂之後的舉止行動，兄弟可以詳做說明，以慕容兄的聰明，兄弟相信一說就可以應付了。」

慕容雲笙道：「現在就換衣服麼？」

康無雙道：「慕容兄如若同意，兄弟自有辦法，避過四面的耳目。」

慕容雲笙回顧了一眼，暗道：「這法子倒是很難想得出來，倒得見識一下他有何本領，能在眾目所注之下，互換衣服，使人不覺。」

心中念轉，口中說道：「好！在下同意了，如何進行，但請康兄吩咐！」

康無雙道：「楊姑娘是否同意呢？」

楊鳳吟略一沉吟，道：「一個願打，一個願挨，我也懶得管了。」

康無雙面紗飄動，望了郭雪君和小珍一眼，道：「希望兩位能守此秘。」

郭雪君道：「楊姑娘都不願管，我們局外人，更是無法過問了，至於守秘一事，閣下可以放心，決不洩露。」

康無雙目光轉動，回顧了她們一眼，道：「三位站在此地別動，我和慕容兄更衣去。」舉步向前行去。

慕容雲笙不知他用心何在，暗中提氣戒備，隨在身後行去。

康無雙生恐夜長夢多，再有變化，縱身一躍，飛出了兩丈多遠。

慕容雲笙緊隨身後而起，但見兩條人影，幾個起落，已到了林邊。

楊鳳吟望著兩人的去向，搖搖頭道：「笨死了。」

郭雪君低聲說道：「姑娘可是說慕容公子嗎？」

楊鳳吟道：「不是他還有哪個？」

郭雪君道：「照小妹的看法，慕容雲笙早已感受到了妳的愛護之意……因此，小妹覺著他可能別有用心。」

楊鳳吟啊了一聲，道：「別有用心？」

郭雪君道：「是的，我有這個感覺，而且小妹還發覺，慕容公子近日之中，似乎是有了很大的轉變。」

語聲一頓，接道：「他變得很鎮靜，似乎是對應付目前的形勢，早已胸有成竹，兩個男人，正在互相鬥智，只不過咱們無法事先看出勝負罷了。」

楊鳳吟嗯了一聲，道：「我想不明白，慕容雲笙爲什麼會答應和那康無雙互換身分？難道他真的存心要再入龍潭虎穴。」

郭雪君道：「這就是慕容雲笙轉變的地方，在過去，咱們可從他的神色間，看出他的用心，也會得到他暗中示意，但此刻，他卻能不動一點聲色。」

楊鳳吟點點頭，道：「我明白了。」

郭雪君道：「姑娘的才慧、武功，無不勝我十倍，妳如能靜下來冷眼觀察，必可找出個中的關鍵所在！」

語聲微微一頓，接道：「目下江湖變化，決定於三聖門，三聖門中的內情，似乎已到了圖窮匕現的境界，康無雙突然間提出，要慕容公子改扮成大聖主的身分，豈能是毫無作用嗎？」

楊鳳吟道：「小妹想不出，康無雙的作用何在？」

郭雪君道：「我們女兒幫中，有一個武林中各大門戶所未曾有過的一個特點，那就是近百年中，所有武林高手的資料，大都搜集的十分整齊，發生重大事故，也有著很詳細的記載……」

楊鳳吟若有所悟地接道：「可是記有康無雙的事情？」

郭雪君道：「沒有，武林高手如雲，沒有這麼一位高人。」

楊鳳吟道：「但那康無雙活生生的在此，貴幫的資料，實是太過簡略了。」

郭雪君道：「不是簡略，而是近年武林中，根本沒有這麼一個人！」

楊鳳吟道：「沒有這個人？妳不會弄錯罷？」

郭雪君道：「我剛才見了他腕上的暗記，才知曉了他的身分。」

楊鳳吟道：「他是誰？」

郭雪君道：「化身公子王元康。他把最後一個名字做姓，易名康無雙。」

楊鳳吟道：「化身公子王元康，妳怎麼能認出是他？」

郭雪君道：「我們女兒幫的資料中，不但有人有事，重要的人，也記入了他的特徵和形貌，王元康化身千萬，形貌百變，但他卻變不了左腕上一個肉瘤。」

楊鳳吟道：「我和他相處很久，怎麼就沒有見過？」

郭雪君道：「所以，我說姑娘未曾留心……」

談話之間，只見康無雙和慕容雲笙大步行了過來，郭雪君低聲道：「小心一些，看他還有什麼詭計？」

楊鳳吟暗暗吁一口氣，凝神戒備，目光卻盯在兩人身上。

康無雙在前面，慕容雲笙追在身後。

楊鳳吟目光在兩人身上轉了兩轉，道：「兩位改換過裝束了嗎？」

當先行來一黑紗罩面的康無雙，道：「換過了，現在我是慕容雲笙。」

跟在身後的慕容雲笙接道：「沒有換過，他仍然是康無雙。」

楊鳳吟胸有成竹，暗中向兩人的左腕瞧去，但見兩人左袖長垂，竟然是無法瞧到左腕。

楊鳳吟暗暗吁一口氣，忖道：「難道那康無雙已經有了警覺不成。」

楊鳳吟看不到兩人左腕上肉瘤特徵，早已暗中留心，希望從兩人口音之中，分辨兩人的身分，聽那蒙面人的口氣，果然是慕容雲笙。

但聞慕容雲笙說道：「在下想不通，康兄何以要故弄玄虛，欺騙楊姑娘呢？」

楊鳳吟用心一聽之後，心中大吃一驚，暗道：「怎麼這人，也是慕容雲笙的口音？」

一時之間，呆在當地，半晌答不出話。

她雖是聰慧絕倫，但一時之間，也弄得茫然不知所措，回顧郭雪君一眼，道：「姐姐，這是怎麼回事？」

郭雪君心中亦是揣測不透，但表面之上，卻保持著鎮靜神情，緩步走了過去，道：「康無雙，我明白你的用心。」

## 六四　眞假難分

但見那慕容雲笙臉上一片茫然，聳了聳肩頭，卻未答話。

郭雪君望著那蒙面人，道：「你既是慕容雲笙所扮，似乎是用不著再戴上面紗了。」

康無雙右手一抬，取下蒙面黑紗，道：「郭姑娘，妳……」

楊鳳吟吃了一驚，道：「怎麼回事啊？」

原來，那人取下蒙面黑紗之後，竟然也是慕容雲笙。

郭雪君嫣然一笑，「楊姑娘，不用急，我相信可以分辨出來。」

兩個慕容雲笙同時回過臉去，四道目光，一齊投注在郭雪君的身上。

郭雪君輕輕咳了一聲，道：「兩位之中，必然有一位假的。」

兩個慕容雲笙同聲道：「我們哪一個是假的？」

郭雪君道：「目前我還不清楚，但我很快地可以分辨出來，因爲，那假的慕容雲笙，臉上不是用了藥物，就是戴了人皮面具。」

兩個慕容雲笙不自覺地相互望了一眼。

楊鳳吟道：「姐姐，何苦這樣費事……」

郭雪君急急接道：「楊姑娘，暫時把他們交我分辨，如果我的法子不成，再用姑娘的辦法。現在，哪一個如存了反抗之心，那人就是假的慕容雲笙了。」

楊鳳吟心中暗道：「不錯啊！一時之間，竟然會變成了兩個慕容雲笙出來，自然有一個戴著人皮面具了。這法子很普通，但卻是有效得很。」

但見慕容雲笙右手一舉，攔住了郭雪君道：「慢著！在下有話說。」

郭雪君道：「慕容公子有何指教？」

慕容雲笙道：「這地方，這時機，強敵環伺，凶險四伏，如若是咱們先自動手打起來，豈不是要授人以可乘之機？」

郭雪君道：「那麼公子之意呢？」

慕容雲笙道：「區區也不是什麼重要人物，實也犯不著施用這等魚目混珠之法，使兩個人的身分混淆不明。」

郭雪君接道：「公子可是覺得這是一件很平淡的事嗎？」

慕容雲笙道：「那倒不是，這也許是一個不大不小的陰謀，不過，在下覺得，分辨身分一事，並非太難。至少，在下可以全力合作，但此刻，似是不宜爲此事爭執，應付過強敵之後，再分辨身分不遲。」

郭雪君道：「很有道理。」

目光轉到康無雙的身上，道，「兩位身分未清楚之前，你身穿康無雙的衣服，我們還是稱你做大聖主吧！」

康無雙道：「你們相信他的話了。」

郭雪君道：「大聖主的意思呢？」

康無雙道：「這是移花接木之計，如若聖堂中有人追來，他們志在康無雙，如若我能挺身而出，諸位也許多幾分逃命的機會。」

郭雪君道：「你如是慕容雲笙，豈不是稱了你的心願？」

慕容雲笙道：「這中間有點差別。那就是他沒有告訴我混入聖堂之後，如何對付那陌生的人人事事，就算我能混入聖堂，也是死路一條。」

小珍道：「康無雙果然是惡毒得很。」

康無雙嘆息一聲，道：「此時處境，在下實覺得有口難言。」

郭雪君道：「那位慕容雲笙說，咱們離開險地之後，再行分辨兩位的真假，不知你這位慕容雲笙的意下如何？」

康無雙道：「在這場決戰之中，我們這兩個慕容雲笙中，也許有一個傷亡。」

郭雪君道：「那傷亡之人，未必是你啊？」

康無雙苦笑一下，道：「自然是在下的機會最大。」

突然放低聲音，接道：「在下生死，不足爲惜，但我慕容雲笙的俠譽，卻不容敗壞，如是在下身遭不幸，兩位要多多留心一些，不許他借用區區之名，在江湖之上爲非作歹，兩位就算無能除他，至少要把他的僞裝身分揭穿。」

郭雪君點頭一笑，道：「說得是啊！如若真到了那境界，賤妾等自然尊重公子的諾言。」

康無雙一皺眉頭，道：「聽姑娘的口氣，似乎是對我的身分有些懷疑。但姑娘應該明白，我們兩人之中，有一位是康無雙啊！」

郭雪君道：「我知道，但在我們沒有分清楚真僞之前，我對兩位各信一半，所以，你囑咐之言，我也只能承諾一半。」

康無雙嘆息一聲，不再多言。

郭雪君回頭望著慕容雲笙道：「不論你是真是假，你也只好等待一下。」

慕容雲笙道：「在下是主張對付過強敵之後，才分辨真僞不遲。」

突然聽小珍叫道：「他們要動手了。」

郭雪君目光流轉，只見四面閃動，已有二十餘人，分由四面向幾人停身之處逼來，當下說道：「小珍，靠近楊姑娘。」

縱身一躍，落在了楊鳳吟的身側。

小珍緊隨郭雪君的身後，飛落在楊鳳吟身旁。

這時，四周陸續出現敵蹤，已不下四、五十個。

穿著黑衣的康無雙，迅快地戴上面紗，向右側橫跨五步，獨佔一方。

五個人布成了一個三角形，但中間距離都超過了一丈以上，如若是真的動起手來，彼此之間，似都無法相救策應。

楊鳳吟回顧了一眼，道：「哼！康無雙不知道安的什麼心，如若他不要這一次花招，我們合力拒敵，只要那二聖主和三聖主不到，咱們足可應付了。」

她說話的聲音很大，那康無雙和慕容雲笙都聽得十分清楚，但兩個卻無一個接口。

這時，逼近的群寇，因三人站的形勢，不知如何才好，全都停了下來。原來，因爲眾豪的距離擴大，數十人也無法圍成一個圈子，把他們包圍在一起。

但聞群寇之中，一個身著藍布長衫的老者，道：「咱們分開把他們圍起來。」

慕容雲笙冷笑一聲，道：「如若只有你們幾人，就算你們一起出手，也不過是白白送死，如若是還有人來，你們就老實些等一等。」

那藍衫人道：「你是何許人，口氣如此托大？」

慕容雲笙道：「不用問我姓名，先瞧瞧那黑衣蒙面人再說。」

藍衫人回顧了黑衣蒙面人一眼，道：「他是誰？」

慕容雲笙道：「三聖門中人，不認識你們的大聖主，豈不是瞎了狗眼？」

藍衫人怒道：「你滿口胡說八道，如是本門中大聖主到，聖堂豈無迎接的聖諭。」

慕容雲笙仰天打個哈哈，道：「你不信在下之言，等下問問你們的二聖主就是。」

康無雙一直肅立原地，既不承認，也不否認，只是冷肅地站著。

那藍衫人似乎是這群人的首腦，突然舉手一揮，道：「分開把他們圍起來。」

慕容雲笙舌綻春雷地大吼一聲，道：「不許動！那一個不想活了，就移動一下試試。」

這一聲喝叫不但聲音宏亮，而且似有著無比的威力，數十個手執兵刃的大漢，本已開始行動，聽得慕容雲笙吼叫之後，立時又停下來。

楊鳳吟低聲說道：「郭姐姐，慕容公子一向謙和，這人像是康無雙。」

藍衫人舉起手中單刀，道：「有這等事，老夫倒是有些不信。」

口中說話，人卻橫刀向前行了兩步。

就在他第三步剛剛跨出之時，慕容雲笙陡然一揚右手，那藍衫人突然棄去手中單刀，大喝一聲，摔倒在地上。

場中之人，大部份不知他如何傷了那藍衫人，連那身著黑衣面罩黑紗的康無雙，也看得大為愕然，兩道目光透過黑紗，盯注慕容雲笙的身上。

數十個逼近的大漢，真被慕容雲笙這一舉間，擊倒那藍衫人的舉動所震懾，一時間全都怔在當地。

郭雪君暗施傳音之術，道：「楊姑娘，這一次把我攪糊塗了，小妹的看法，兩人未換衣服，而且康無雙是有意的安排這一場搏鬥，大約想藉此機會除去慕容雲笙，但看了慕容雲笙出手一擊，卻又不像是他了。」

楊鳳吟道：「為什麼？」

郭雪君道：「他的武功太詭奇了，不像慕容公子的武功。」

楊鳳吟道：「如若我沒有和他到地下石城一行，我也會這麼想，但此刻，我卻有著不同的想法。慕容公子似乎是有著很強大的潛能，他的武功，似乎是越打越強，招術也是推陳出新，叫人猜測不透。」

語聲微微一頓，接道：「但小妹有一件事，卻想不明白，要請教姐姐。」

郭雪君道：「什麼事？」

楊鳳吟道：「妳已知那康無雙身上的暗記，只要一說明，立可判分兩人真假，但姐姐何以不肯說明呢，而且有意造成混淆之局，不知為了何故？」

郭雪君道：「因為咱們要看明白，這法子叫做將計就計。」

兩人雖然在不停地交談，但目光卻一直注意著四周情勢的變化，只見那些手執兵刃的武士，圍成了一個很大的圈圈，把五人圍在中間，但心中卻是都有著很多的顧慮，無人敢再欺身攻進。

時間在緊張中過去，足足有一盞熱茶工夫之久，仍然是雙方對峙之局。

楊鳳吟首先等得不耐，大聲叫道：「康無雙，你在玩的什麼花招？」

她一連呼叫數聲，卻無一人回答。

原來，兩個人似是都不承認自己是康無雙了，是以無人接言。

楊鳳吟道：「咱們不能永遠守在此地不動啊！我要走了。」長劍護胸，舉步向前行去。

郭雪君看她眉宇間，滿是忿怒之色，倒也不便攔阻，只好跟在她身後行去。

行約一丈左右的距離，已然接近那圍守的人牆。

正面攔住去路的，是一個手執厚背大砍刀的武士，一身黑衣，身軀十分高大。

只見他一橫手中的大砍刀，道：「姑娘止步。」

楊鳳吟長劍一探，一招「寒梅吐蕊」，迫得那黑衣人退後了兩步，道：「閃開去！」

黑衣武士大刀急揮，舞出了一片刀光，道：「我們並無和姑娘動手之意……」

楊鳳吟冷冷接道：「我覺著你們這些舉動，形同兒戲，我已經瞧了半天，實在瞧不出什麼動人之處，不願再瞧下去了。」

黑衣武士爲難地說道：「在下希望姑娘能夠再忍耐片刻，不要逼迫在下動手。」

楊鳳吟道：「如是逼迫你們動手呢？」

話才說完，楊鳳吟長劍一振，寒光一閃，點向那黑衣武士的前胸。

黑衣武士大刀疾揮，猛向楊鳳吟長劍之上迎去，口中大聲說道：「希望姑娘能替在下留步餘地。」

楊鳳吟不願以長劍硬接對方的大刀，一挫腕收回長劍，展開了一輪快攻。

但見寒芒流動，劍快如電，一瞬之間，攻出十餘劍。
那黑衣武士手中空有大刀，但在楊鳳吟快如閃電的劍招攻擊之下，迫得連連後退。
眼看楊鳳吟就要衝出圍困，突聞一陣呼喝，兵刃紛起，分由四面八方攻了上來。
原來，站在那黑衣武士四周的人，眼看楊鳳吟劍勢凌厲，銳不可當，立即紛紛出手，攻了上來。
楊鳳吟長劍流轉，撥開了數件近身兵刃後，劍法一變，怪招突出，但聞兩聲慘叫，兩個近身之人，一個右臂中劍，棄去了手中的兵刃，一個前胸中劍，倒地而逝。
楊鳳吟劍傷兩人之後，急施一招「暴雨梨花」，劍如打閃，幻起了一片護身劍幕，擋住了群攻而至的兵刃，道：「如再不讓路，休要怪我劍下無情了。」
那黑衣武士橫刀前胸，道：「姑娘除非把咱們全都殺死，決無法衝出包圍。」
這時，郭雪君和小珍，全都追了上來，各自拔出兵刃，準備動手。
郭雪君一面行動，一面留心著那慕容雲笙和康無雙的舉動。
她想從兩人的神色和舉動之間，分辨出哪個是慕容雲笙。
但她很失望，兩個人的目光，似是都投注到楊鳳吟的身上，但兩個人都冷冷地站著不動，似是對楊鳳吟的生死，並無十分關心之意。
楊鳳吟似是已經決心不再等待，橫了心，硬幹下去，長劍疾展，硬向外面衝去。
楊鳳吟長劍閃起了凌厲的寒芒，電掣流星一般，分拒四面此起彼落的兵刃。
她長劍輕逸，不宜和人硬打硬接，只好以快速的變化，凌厲的劍招，制敵機先。
但那黑衣武士，這一次也全力施爲，在楊鳳吟招招追魂奪命的劍勢之下，爲求自保，不得不全力反擊。

一眨眼間，楊鳳吟已攻出了四十八劍，但她劍招施爲之間，多爲解救四面八方攻到的兵刃，使凌厲的威勢，減少了很多，仍然被她傷了三人，但四周敵人太多，一個傷亡，立時就有一個自動地補充了上來。

這時，環圍在幾人四周的敵勢，已因攔阻楊鳳吟成了很混亂的形勢。

如若慕容雲笙和康無雙，此刻準備破圍而出，那是輕而易舉的事。

但兩人卻一直肅立在原地不動。

郭雪君低聲對小珍說道：「妳瞧清敵人的合搏形勢沒有？」

小珍道：「瞧清楚了。」

郭雪君道：「好！咱們助那楊姑娘一臂之力，楊姑娘劍勢的奇幻，世所罕見，只要咱們能夠替她擋住一面敵勢，使她劍招突出傷敵，那就成了。」

長劍一伸，一招「孔雀開屏」，封住一柄單刀和一對判官筆。

郭雪君緊隨著欺身而上，長劍化做一道銀虹，以攻代守，逼開了楊鳳吟左首的敵人。

兩人雙劍並舉，攔住兩側攻勢。

楊鳳吟少去後顧之憂，嬌叱一聲，劍招幻化起朵朵銀花，奇突飄忽，莫可預測。

但聞悶哼之聲，不絕於耳，片刻之間，已被楊鳳吟快劍刺傷了十餘人。

環圍四周的武士，不過四、五十人，已有近半數傷在楊鳳吟的劍下。

在楊鳳吟慘厲的殺戮之下，這些武士們雖然剽悍勇武，也不禁有些心寒，一時間全都停了下來。

楊鳳吟回頭望去，只見慕容雲笙和康無雙肅然而立，一副置身事外的味道，不禁心頭大怒，厲聲喝道：「你們兩個都已經死了嗎？」

慕容雲笙、康無雙仍是默不作答。

楊鳳吟驟然感覺到一陣傷心，淚水滾了下來，道：「康無雙，我是你的妻子！現在，你就如此對我，以後的日子，要如何過下去呢？」

兩個人仍是不言不語，恍如未曾聽得楊鳳吟淒泣之言。

楊鳳吟只覺心頭氣湧，一跺腳，道：「康無雙，你如再不回答我的話，咱們相約的婚約，就此作罷。」

她雖然口中發狠，但卻不能確定兩人中，哪一個是康無雙。

因為，她心中覺著，不論是康無雙或慕容雲笙，都應該對她有著一份深深的眷戀和關懷。這意識早已深入心中，只不過不夠顯明。但她看兩個人全然不顧及她的生死之後，似乎是受到了很大的傷害，怒道：「我不相信你們連生死也麻木不知了。」

喝聲中仗劍而起，直向康無雙撲了過去。

這時，郭雪君已然瞧出情形有些不對，急急叫道：「楊姑娘不可造次。」

口中呼叫，人卻疾躍而起，準備擋住楊鳳吟。

楊鳳吟及時收住了腳步，道：「郭姐姐，什麼事？」

郭雪君道：「妳要幹什麼？」

楊鳳吟道：「我不信他們真的已聽不出咱們談話的事，所以，我想試試他們。」

郭雪君低聲道：「聽我說，我瞧他們兩人有些不對了……他們兩人似是都在全力抗拒著一種什麼。」

楊鳳吟凝神看去，果然發覺慕容雲笙肅然而立，臉上微現痛苦之色，似乎是在強自忍耐著什麼，不禁一呆，道：「郭姐姐，妳說得不錯，他定然是受了康無雙的暗算。」

郭雪君道：「他臉上戴著面紗，我們無法瞧見他的神色，但看他站的姿勢，可以想得到，他亦在忍著很大的痛苦。」

郭雪君沉吟了一陣，道：「是不是他們兩人在互相搏鬥，正在互拚內功？」

楊鳳吟呆了呆，道：「我過去瞧瞧看。」舉步向前行去。

郭雪君一伸手攔住了楊鳳吟，道：「不可冒險，如若他們拚鬥正在緊要關頭，妳橫裡插上一手，只怕有害無益。」

楊鳳吟點點頭，道：「我會小心。」

這時，突聞一陣呵呵大笑之聲，劃空而來，眨眼間已近身邊。

轉眼望去，只見兩個身穿葛衣的老者，並肩而立。

楊鳳吟打量了兩人一眼，只覺這兩個人，樣子十分奇怪，兩個人年齡相若，都有五十左右，頭上卻紮了一個沖天辮子，身高不過三尺左右，如非兩人顎下留著花白的山羊鬍子，望去有如一個大孩子般。

郭雪君突然喝道：「兩位可是嶺南二矮？」

左首那葛衣老者淡淡一笑，道：「妳這女娃兒怎的認得老夫？老夫等隱息江湖，已近二十寒暑，那時，妳這女娃兒，只怕還沒有出世呢？」

郭雪君目光一掠兩人，指著左面一人，道：「你叫做勾魂判官田志。」

目光轉到右面一人身上，接著：「你叫做催命鬼陳彪。」

兩個葛衣老者，相互望了一眼，道：「不錯，妳這小丫頭，還真不簡單。」

郭雪君冷笑一聲，道：「嶺南派的武功很特殊，個子高的人不能練習，所以，貴門中的人，都是身材奇矮的小個子，而且天下各門派的武功，都以拳掌為主，只有你們嶺南的武功，卻是以抓為主。」

這兩個葛衣人本來是來勢洶洶，但被郭雪君一口氣揭穿了兩人的門派武功，氣焰頓消。

催命鬼道：「我們只想使諸位多在此地留些時間。」

郭雪君道：「留此作甚？」

勾魂判官道：「等我聖主的大駕，幾位大約都非普通人物，敝聖主要親自和諸位一晤。」

這時，突聞幾聲尖厲哨聲傳來。

陳彪臉色一變，道：「巡行總護法，帶人趕來了。」

郭雪君不再理會嶺南二矮，疾快地向後退了四步，站在楊鳳吟的身側。

楊鳳吟道：「郭姐姐，我一直在留心著他們二人，似乎是兩人都已經恢復了平靜。」

郭雪君轉目望去，果見慕容雲笙的臉色，已恢復了平靜，當下點頭說道：「不錯，他們已經停下不打了。」

但聞慕容雲笙長長吁了一口氣，突然舉步對楊鳳吟行了過來。

詭異的沉悶，已使那楊鳳吟失去了耐心，她期待著變化，不論變得是好是壞，甚至立刻有一場生死之戰，濺血當場，也是在所不惜。

但她的神情間，仍是一片冷漠，暗中運氣戒備，道：「你要幹什麼？」

慕容雲笙張嘴吐出一口鮮血，道：「鳳妹妹，咱們走吧！」
自兩人相認以來，慕容雲笙從來沒有這麼親熱地叫過她，一聲鳳妹妹，叫得她心中頓生甜意。
但很快被另一個念頭淹沒，鎮靜一下心神，道：「你是不是真的慕容大哥？」
慕容雲笙道：「是真的，妳應該從聲音、舉動中分辨出來了。」
楊鳳吟道：「我真笨得很，我們相處這樣久了，竟然無法分辨出你的真偽。」
只聽康無雙說道：「他是妳的丈夫，妳跟他去吧！」
楊鳳吟怔了一怔，道：「你是……」
康無雙接著道：「至少，我穿著康無雙的衣服，不論我是誰，似乎是無關緊要了。」
但見楊鳳吟上前兩步，扶著慕容雲笙，道：「妳受了傷。」
慕容雲笙道：「不要緊，胸口處一些淤血，吐出來好過一些。」
楊鳳吟道：「要不要我助你運功療傷，看情形，咱們一時間走不了啦，如若能把所有的恩怨情仇在這裡一併了斷也好。」
就這講話的工夫，場中形勢又有了變化，十餘高矮不同的大漢，護擁著兩個身著黃袍老者行來。
楊鳳吟回顧了兩個身著黃袍的老人一眼，道：「慕容大哥，這兩個身著黃袍的是何身分？」
但見站在兩個黃袍老者前面一個手執金牌的大漢，沉聲喝道：「聖主駕到。」
田志、陳彪齊齊拜伏於地，道：「屬下恭迎聖駕。」

但聞那手執金牌的大漢喝道：「聖諭，要你們站在一側待命。」

田志、陳彪和數十個拜伏於地上的大漢，齊齊站起了身子，退到一側。

這時，楊鳳吟和慕容雲笙等，在強大的壓迫之下，不自覺地並肩而立，站成了聯手拒敵之勢。

護擁那兩個黃袍老者的大漢，在接近慕容雲笙時，紛紛向後退去，兩個身著黃袍的老者，卻緩步向前逼進。

四道目光一掠慕容雲笙和楊鳳吟，轉注到康無雙的身上，又向前行了幾步，停下身子。

十數個隨行的大漢，迅快地散布開去，布成了合圍之勢。

但見兩個黃袍老人，齊齊從袖中取出一柄一尺八寸的短劍，握在手中。

面垂黑紗的康無雙，也拔出長劍，橫平前胸。

楊鳳吟低聲說道：「慕容大哥，他們似是志在康無雙。」

慕容雲笙道：「康無雙如是被殺了，他們一樣不會放過咱們。」

楊鳳吟道：「你要幫助他？」

慕容雲笙道：「不是幫他，而是自保，他不死，咱們的實力強大了很多。」

楊鳳吟道：「你受傷不久，不宜再和人動手，我幫助他就是。」

慕容雲笙道：「你……」

楊鳳吟道：「我知道你在地下石城中，有著一番難得的遇合，但我自信還可接下他們幾招，再說，他還是我的丈夫啊！」

兩人都是用著極低微的聲音交談，雖咫尺之距，亦難聽到。

場中形勢，仍是康無雙和兩個身著黃袍人的對峙局面。

只見兩個黃袍人手中的短劍，突然開始微微顫動，日光下寒芒暴長，兩股冷森的劍氣，使得周圍一丈之內的人，都有著劍氣砭膚的感覺。

慕容雲笙低聲說道：「這是馭劍術，他們存心要在一擊之下，殺死康無雙。」

楊鳳吟道：「這是一擊見血的打法，如若這兩個黃袍人真是兩個聖主，他們不會用此搏命的打法。」

突見兩個黃袍人同時大喝一聲，飛躍而起，兩柄短劍挾著無比的威勢，直向康無雙飛了過去。

康無雙黑衣閃動，飛起一片繞身的劍光。

寒芒相觸，響起了一片金鐵交鳴之聲。

楊鳳吟嬌叱一聲，飛身一躍，直向那流動的劍氣中衝去。

但見幾道密光交錯閃了幾閃，頓然消失。

耳際間，響起了一陣噗噗之聲，場中形勢又是一番景象。

原來康無雙和兩個身著黃袍的老人，先後倒摔在地上，楊鳳吟身子搖動了一陣，也隨著倒摔了下去。

小珍尖叫一聲：「楊姑娘。」縱身撲了過去。

慕容雲笙卻拔劍擋住了護擁兩個黃袍老者的大漢，冷肅地說道：「哪一個向前再進一步，我立刻取他之命。」

他氣勢懾人，十餘人完全被他鎮住，都停了下來。

慕容雲笙目光環掃了四周的群豪一眼，接道：「那身著黑衣之人，乃是三聖門中的大聖主，三位聖主爭權，終不免同歸於盡，目下的三聖門，已無主事的人。」

郭雪君卻已轉身向楊鳳吟行了過去。

此時，楊鳳吟已被小珍扶坐起來，倚在小珍的身上。

只見她前胸處衣衫破裂，有道八寸長短的口子，鮮血從破裂的衣服中滲了出來。

郭雪君蹲下身子，低聲問道：「小珍，她傷得如何？」

小珍道：「似乎是傷得很重。」

郭雪君凝目望去，只見楊鳳吟臉色慘白，似乎除了身上的傷之外，內腑中也受了極為強烈的震盪。

伸手摸去，還有一縷氣息，行若游絲。

暗暗嘆息一聲，探手入懷，摸出了一顆丹丸，道：「小珍，輕輕的捏開她的牙關，這藥物對她未必有效。」

小珍黯然淚垂，依言捏開了楊鳳吟的牙關，低聲問道：「她還有救嗎？」

郭雪君道：「我不知道，除非現在能有一粒保心護命的靈丹，暫時保住她最後一點元氣不散，然後再行慢慢的設法療治。」

只聽慕容雲笙的聲音，傳了過來，道：「楊鳳吟的傷勢如何？」

原來，他橫劍攔阻群豪，無暇查看那楊鳳吟的傷勢。

郭雪君道：「傷得很重，氣若游絲，隨時可斷。」

慕容雲笙：「希望姑娘能夠盡其所能，維持她一口氣。」

郭雪君道：「你如若身有靈丹，最好能先拿一粒來。」
慕容雲笙左手探入懷中，摸出一粒丹藥，道：「姑娘接著。」
左手一揮，擲過來一粒丹丸。
就在他投擲丹丸之時，寒光連閃，兩柄單刀，直劈過來。
慕容雲笙長劍一起，畫出一道銀虹，擋開了兩柄單刀，劍勢突然一轉，幻起一片劍花，反擊過去。
但聞兩聲慘叫，傳入耳際，兩個大漢同時跌倒。
他一招之下，連傷了兩人，其餘的全都楞在當場，不敢妄動。
慕容雲笙冷笑一聲，道：「諸位如若是不想死，最好是站在原地，不要妄動。」
慕容雲笙鎮住群豪之後，緩緩回過身子，行到了郭雪君的身側，低聲問道：「她怎麼樣了？」
郭雪君道：「內腑受震，外有劍傷，目下神智還未復元，你那一粒丹藥，已給她服下，是否有效，目下還看不出來。」
慕容雲笙看楊鳳吟前胸衣衫，盡爲鮮血濕透，不禁爲之黯然，輕輕嘆息一聲，道：「她本可不受此傷……」
郭雪君低聲接道：「不論這場同歸於盡的一擊，是有人故意設計，還是偶然發生，此刻都該到了結束的時候啦。」
慕容雲笙沉吟了片刻，道：「姑娘的意思是……」
郭雪君道：「我的意思很簡單，你似是不用再掩飾了，你究竟是慕容公子，還是康無雙呢？」

慕容雲笙道：「那麼姑娘的看法，覺著在下是誰呢？」

郭雪君道：「原先，我認爲你是慕容雲笙，但現在，我發覺自己錯了。至少，我不該那樣武斷。」

慕容雲笙沉吟了一陣，道：「妳說證明了什麼事？」

郭雪君道：「證明了楊鳳吟對你的情意，雖然她心中也被你維妙維肖的動作、聲音所迷惑，但她和我一樣，認爲你們並未交換身分，但當康無雙遇上危險時，她仍是不計生死的撲身相救，因爲，她心中有一個無法打開的枷鎖，她自覺已經是康無雙的妻子了。」

慕容雲笙道：「那姑娘似是已肯定在下是康無雙了？」

郭雪君道：「不錯，我是這麼想，至少你是康無雙成份大些。」

語聲一頓，接道：「說你是康無雙，也不過是個……其實，你是化身公子。」

# 六五　生死一線

慕容雲笙道：「我不是康無雙。」
郭雪君道：「那麼你是慕容公子了？」
慕容雲笙道：「姑娘可是不肯相信。」
郭雪君搖搖頭，道：「我想你是誰，似乎是已經無關緊要了。」
慕容雲笙道：「什麼事最重要？」
郭雪君道：「我要知曉你如何處理這件事。」
慕容雲笙轉望著小珍，說道：「楊姑娘的傷勢如何了？」
小珍反口問道：「你給她服用的是什麼藥物？她未服用你的藥物之前，還有一縷氣在，服過你藥物之後，似乎是氣息就要斷絕了。」
慕容雲笙緩緩伸出手去，按在楊鳳吟的鼻間，只覺她氣息微弱，果然是已然將要斷去一般。
郭雪君嘆息一聲，道：「你看她是否還能撐得下去？」
慕容雲笙道：「那粒丹藥，是世間最好的藥物，如若還無法使她在一盞熱茶工夫之內恢復，恐怕是沒救了。」

郭雪君道：「此時大局已定，你可告訴我，你究竟是誰了。」

慕容雲笙道：「再等一會兒，看看她死活再說。」

郭雪君略一沉吟，道：「我們可以走嗎？」

慕容雲笙搖搖頭，道：「最好妳們等一等，確知了楊姑娘的生死之後，諸位再走不遲。」

郭雪君淡然一笑，道：「小珍，把楊姑娘交給慕容公子。」

小珍道：「爲什麼？她此刻傷勢奄奄，如何能夠移動？」

郭雪君道：「不錯，楊姑娘復生的希望不大，她死也該死在慕容公子的懷中，妳這樣抱著她，豈不是叫她死不瞑目。」

小珍怔了怔，道：「說得是。」

慕容雲笙搖搖頭，冷笑一聲，道：「郭姑娘想要在下抱著楊姑娘，無法再執劍追蹤，兩人可以破圍而出，這法子不錯啊！」

小珍突然接道：「你不是慕容公子，那慕容公子，乃有情有義的人，看到楊姑娘這等情形，你卻毫無傷感的樣子。」

慕容雲笙道：「楊鳳吟如若死去，我就算哭斷肝腸，她也是不知道，她如果能夠恢復過來，我也用不著悲傷。」

小珍道：「你這人果然陰沉、惡毒得很。」

慕容雲笙道：「小珍姑娘，好好的照顧楊鳳吟，妳們最好能祈求她復生過來……」

郭雪君接道：「如若她不能復生呢？」

慕容雲笙道：「妳們是她生前好友，想必不忍她一個人孤苦伶仃的獨居於青塚之內……」

郭雪君接道：「是了，你要我們殉葬。」

慕容雲笙道：「似楊鳳吟這等絕色玉人，豈可無人相伴，妳們陪她同居於一穴之內，那也是一大幸事了……」

慕容雲笙冷笑一聲，長劍突然遞出，但見寒光一閃，掠著小珍的頭頂而過，削落了一片青絲，道：「小珍姑娘，如若那楊姑娘斷去了最後一口氣，姑娘就死定了。」

郭雪君道：「她年紀幼小，武功又差，無足輕重，你不要唬她，有什麼事，何不和我商談？」

慕容雲笙正待答話，突聞一陣低沉的古怪樂聲，傳了過來。

郭雪君還未想出那樂聲的目的何在，突見環布在四周的群寇個個口發狂嘯，直向那樂聲傳來之處奔去。眨眼間，走得一個不剩。

那古怪的樂聲，就在群寇走完之後，也忽然停了下來。

郭雪君茫然說道：「這是怎麼回事，那些古怪的樂聲，怎麼對這些人有著這麼大的影響？」

慕容雲笙道：「三聖門的古怪事很多，這一點點的詭異事情，何足爲奇。」

郭雪君道：「這些變化，可都在你的計劃之中嗎？」

慕容雲笙淡然一笑，道：「姑娘把在下看得太高了，這些事，在下事先亦未料到，只不過當它發生時，在下並不覺得太過奇怪罷了！」

郭雪君淡然一笑，道：「現在，以你的武功，如想殺我們兩人，直如反掌折枝一般，現在，你似乎是用不著再對自己的身分保密了。」

慕容雲笙搖搖頭，道：「一個人處事的最高境界，那就是叫人不能測透他的用心，最好也叫人無法摸透他的身分。」

郭雪君心知再問無益，索性也就不再多問，退到一側，靜坐沉思。

目下的情勢離奇詭異，郭雪君已無法預測它的變化，她必要靜靜地想一想，做最壞的打算。

不知道過去了多少時間，突聞小珍叫道：「楊姑娘醒過來了！」

郭雪君睜眼望去，只見楊鳳吟眼皮輕輕閃動，當下探過頭去，低聲叫道：「楊姑娘。」

楊鳳吟微微一啓雙目，頷首一笑，重又閉上眼睛。

慕容雲笙道：「楊姑娘醒過來了？」

郭雪君道：「醒過來片刻，笑了笑，又睡了過去。」

慕容雲笙望望躺在地上的康無雙和兩個黃袍人，笑道：「郭姑娘，妳是否願意替在下辦一件事？」

郭雪君道：「什麼事？」

慕容雲笙道：「躺在地下的三個人，都還未死，妳把他們全都殺死。」

郭雪君道：「要我做一個殺人的兇手？」

慕容雲笙道：「妳不想做一個殺人的兇手也行，那只有一個辦法，就是妳們死於此地，日後這番恩怨，在江湖上無人能夠指出。」

語聲一頓，又道：「不然的話，在下給妳一個機會，我赤手空拳，對妳兵刃，你如能夠殺了我，亦算自救。」

郭雪君搖搖頭，道：「我們自知不是敵手，不願做無益的抗拒，但我們並不畏死。」

慕容雲笙淡淡一笑，道：「不論妳說什麼話，也無法使我改變心意。」

右手一振，竟把長劍投擲在郭雪君的身前，但見劍身搖顫，深入了地下半尺，冷冷接道：「我數到十，妳如是仍然不肯下手，那只好取妳之命了。」

說完，逕自一、二、三、四地數了起來。

驀地，楊鳳吟突然睜開雙目，似要說話，但卻被郭雪君伸手攔阻道：「楊姑娘，不要講話，不為我們，妳也要活下去。」

慕容雲笙道：「現在好了！楊姑娘功力深厚，只要她想活下去，傷勢再重一些，也不會死……」

楊鳳吟微弱地喘一口氣，道：「告訴我，你是何人，康無雙或是慕容公子？」

慕容雲笙道：「此時此情之下，談我的身分，未免有些傷情，妳安心的等一會兒吧！」

楊鳳吟似是極為睏乏，無力多言，立時又閉上雙目。

慕容雲笙回顧了郭雪君一眼，道：「郭姑娘，咱們現在似是還不宜行動，只有再多候片刻了。」

郭雪君道：「咱們守在此地，閣下可是覺著很安全嗎？」

慕容雲笙道：「在下覺著很安全。」

郭雪君道：「咳！一切事，你似是都已經胸有成竹。」

慕容雲笙道：「兩位不妨安靜的坐息一下，待楊姑娘傷勢好轉一些，咱們立刻動身。」

郭雪君道：「到哪裡去？」

慕容雲笙道：「到時候再說吧！」

緩步行到楊鳳吟的身側，慢慢坐了下去，雙目凝注楊鳳吟的臉上。

大約過了一盞熱茶工夫，楊鳳吟的臉上突然泛現出了一片豔紅之色。

慕容雲笙長長吁一口氣，道：「現在好了，咱們可以看看她的創傷了。」

伏下身去，用手拉開了楊鳳吟身上的衣服。

凝目望去，只見楊鳳吟前胸上一道劍傷，由右胸直到左胸，傷勢十分嚴重。

郭雪君探頭望了一眼，不禁一呆，道：「傷到了內腑沒有？」

慕容雲笙搖搖頭，道：「不知道，但她傷得很重，重得出乎人意料之外。」

郭雪君道：「她傷得這樣重，你會不會棄她而去？」

慕容雲笙搖搖頭，道：「這世間只有一個楊鳳吟，再沒有人能夠代替她。」

郭雪君道：「那我就放心了，像她這樣舉世無匹的美女，如若死了，實在是可惜得很。」

目光轉到康無雙身上，接道：「你準備如何對付他？」

慕容雲笙道：「殺了他如何？留下他終是後患。」

忽見楊鳳吟臉色由紅轉紫，顏色漸深。

小珍和郭雪君看得大爲震駭，認爲楊鳳吟的傷勢，有了什麼變化。

慕容雲笙卻突然伸手，抱起了楊鳳吟，道：「郭姑娘，妳若不願下手，那麼要小珍姑娘動手吧。」

小珍道：「要我做什麼？」

慕容雲笙道：「事情很簡單，把兩個黃袍人和康無雙，每人在致命地方補他一劍，那就行了。」

小珍搖搖頭，道：「你自己動手吧，那只不過是舉手之勞。」

慕容雲笙目光轉到郭雪君的臉上，道：「這小丫頭不知好歹，把她宰了算啦！」

郭雪君道：「你要我殺了小珍。」

慕容雲笙道：「妳只有兩條路走，一個殺了小珍，一個自刎而死。」

郭雪君似乎是已覺出事情有些不對，知他已動了殺人滅口之心，一面運氣戒備，一面緩緩說道：「如若我兩條路都不願選擇呢？」

慕容雲笙道：「那麼，只有我自己動手了。」

哈哈一笑，道：「現在，藥力發作，楊鳳吟已失去了知覺，我殺了妳們，她也是全然不知。」

郭雪君道：「你一直在等這個時刻，是嗎？」

慕容雲笙臉色突然一寒，道：「郭姑娘，時間不多，我無暇和妳鬥口，妳如要自刎，既可選擇死法，亦可落下一個全屍，如是要在下動手，那就有得妳的苦頭吃了。」

只見郭雪君冷笑不語。

慕容雲笙左手托著楊鳳吟，右手舉起了長劍，道：「姑娘小心，這一劍我要斬下你的右臂。」

但聞小珍叫道：「接住兵刃。」一柄長劍，拋了過來。

郭雪君伸手接過長劍，平橫胸前，蓄勢戒備。

小珍手中執著一柄單刀，站在慕容雲笙身後。

慕容雲笙冷笑一聲，目光前後轉動，望了小珍和郭雪君一眼，道：「給妳們一個機會，妳們兩個人，一齊出手吧！」

郭雪君突然棄去了手中長劍，向前行了幾步，一閃雙目道：「你已經存下了殺我們的用心，所以不用假慈悲，也不用找藉口，快些出手吧！」

慕容雲笙回顧了一眼，道：「好！我成全妳們！」

慕容雲笙長劍一揮，迎頭劈下。

但聞砰的一聲金鐵大震，傳入了耳際。

郭雪君覺著有異，正待轉臉瞧看，突覺腦後「玉枕」穴上一麻，知覺頓失。

暈迷中，不知過去了多少時間。

醒來時，只見自己仰臥在一堆乾草之上。

這是一座天然的石洞，盤膝坐著三個服色、身分都不相同的老人。

郭雪君緩緩坐起身子，道：「多謝諸位老前輩相救。」

三個人端坐如故，竟無一人回答。

郭雪君鎮靜了一下心神，目光轉動，四顧了一眼，只見這石洞之中，除了三個端坐的老人之外，再無其他陳設。

既不見慕容雲笙和楊鳳吟，也不見小珍姑娘何在！

郭雪君長長吁一口氣，仔細打量了三個老人一眼。

只見那居中之人，頭有戒疤，顯然是一個和尚，左首之人，身著道袍，木簪椎髮，是一位道長。

右道一人，五綹長髯，身著青衫，五官端正，頭戴方巾，看相貌，頗似傳言中的慕容長青大俠。

郭雪君心頭突然泛起了一陣劇烈的震動，出了一身大汗，尚有些昏迷的神智，頓然清醒。她定定神，開始思索適才經歷的一番凶險景象，她自知無法想出來是被何人救到此地，只好暫時拋開，目下最重要的是，先得確定那慕容雲笙的真偽。

那短暫的時刻，就算有世間最好的易容之法，也無法把兩個人的形貌，化裝成一般模樣，而且互換過全身的衣履。

但康無雙面上一直戴著黑紗，只要他稍經改扮，即可蒙混過去，問題是康無雙如何肯同意讓自己的面容稍經改扮，而又自願去模仿慕容雲笙的聲音，這其間包含了極高的一種智謀，彼此相鬥，只是一方失敗而已。

經過一番推索之後，郭雪君已確定兩人並未換過衣服，慕容雲笙和康無雙還是保持真實身分。

郭雪君長長吁一口氣，舉起雙手，揉一揉鬢角，又開始思索慕容雲笙這個人。

她和慕容雲笙有著一段不算短的相處時間，照觀察所得，慕容雲笙實不像險詐之人，但那番決鬥後的表現，慕容雲笙卻有著無比的陰沉，也正因他的陰沉，使得自己和楊鳳吟都覺著他們兩個人已經改換了身分。

一番深長的思索之後，郭雪君確定了兩件事。

一是慕容雲笙和康無雙一番鬥智之後，康無雙失敗，全軍盡沒，落得身受重傷，而且牽連到了楊鳳吟。

二是慕容雲笙仍然是慕容雲笙，只是有了很大的改變，這改變，是在三聖門內短短數日而成。

剩下的問題是：一、慕容雲笙這番設計，必有後援，他的後援是誰？

二、自己爲何人所救？

三、那人救了自己之後，是否同時救了康無雙、楊鳳吟和小珍姑娘？如是救了他們，他們現在何處？

四、在幾人之中，自己應該是一個無足輕重的人物，至少自己並非是太重要的人，那人爲何相救？

五、那人如是擊敗了慕容雲笙，救了自己，自然會同時救了楊鳳吟和小珍，但爲什麼卻把自己單獨的放置在這個地方？如是只救了自己一人，那又爲了什麼？

六、那慕容雲笙忽然間性情大變，由一個開朗明快的俠士，變得陰沉險惡，又是爲了什麼？

想下去只覺仍有著無數的問題，但她心中明白，這些問題雖然複雜，但並非全無脈絡可循，但必需先要想通第一個問題，然後，依序推研，或可找出一條路來。

於是，她開始推想慕容雲笙如若真有奧援，也是在這三聖門。

身入聖堂後的諸般變化，大部分是自己親目所見，縱然有些沒有見到的地方，也都聽楊鳳吟說過，慕容雲笙唯一能夠結爲奧援的，只有在地下石城了。

就目下情形面言，只有姑作判定，慕容雲笙在地下石城中結了奧援。

一切事情和變化，都早已在他們設計之中，康無雙出言相激，想使慕容雲笙自上圈套，卻不料反爲慕容雲笙所用。

確定了第一件事之後，開始推想第二個問題，自己爲何人所救。

她轉過臉，望望並排而坐的三個人，心中泛起了一陣輕微的迷惑。

這三個人自然是最可能救自己到此的人，何以三人竟然不肯說話。

郭雪君輕輕咳了一聲，對著三人恭恭敬敬地拜了下去，道：「晚輩郭雪君，多承老前輩等相救，心中感激不盡，我這裡大禮拜見了。」

郭雪君行過了三拜大禮，站起身子，凝目向三人望去。

只見三人除了臉色稍顯蒼白之外，其他全無異樣，心中大覺奇怪，忍不住說道：「三位老輩可聽到晚輩說話嗎？」

她一連問了數聲，卻不見一點反應。

郭雪君感覺事情有些不對，緩緩伸手出去。

只見那位老禪師面相慈和，手指緩緩觸及那老和尚的僧袍，指尖觸及之處，僧袍突然落下了一片。

郭雪君吃了一驚，急急縮回了右手，沉吟了片刻，才伸手去撿起地上一塊落下的袍布，手指觸處，化做了片片碎末。

敢情那老僧身上的衣服，經過時間過久，早已風化，只是這石洞中沒有山風，未曾散落。

一道靈光，閃過郭雪君的腦際，暗道：「他們身上的衣服，既已風化，自然人也西歸道山，餘下的只是三具盤坐的屍體了。」

郭雪君盡量保持著表面的平靜，又仔細地瞧了那三具屍體一眼，心中暗道：「單就外表觀察，實叫人無法確定三個人是死是活，一具屍體經過了數年不壞，定然需要一種特殊的處理。」

忖思之間，耳際間突然響起清朗的聲音，道：「在下晚來了一步，姑娘醒來多久了？」

郭雪君抬頭看去，只見那說話的人，是一位年約五旬，面貌清瞿的長袍老者，當下點頭應道：「晚輩醒來不久，老前輩可是此地主人？」

長袍老者笑道：「那三位並排三個，才算是此地主人。」

郭雪君微微一怔，道：「他們三個，難道還活著？」

長袍人微微一笑，接道：「這本來是存放他們屍體的地方啊。」

郭雪君道：「那是老前輩救了我們？」

長袍人接道：「救妳的人，現不在此地，在下只是奉命留此，保護姑娘。」

郭雪君道：「你奉何人之命？」

長袍人沉吟了一陣，道：「救妳的人，他原想和姑娘談談，但他現在太忙，無暇和妳會晤。」

郭雪君道：「老前輩可否告訴我他是誰？是何身分？」

長袍人沉吟了一陣，道：「這個，他和妳見面時，自然會告訴妳。」

郭雪君打蛇順棍上，急急接道：「你呢，可以告訴晚輩了？」

長袍人道：「我是他的僕人，但我們相處日久，中間有了一層近似朋友的情誼。」

郭雪君心中暗道：「他不肯坦然說出姓名，也許有其苦衷，我這般追問不休，實是難為他了。」

心中念轉，話題一變，道：「老前輩，那盤膝而坐的三個屍體，是何身分？爲什麼死後不葬，卻擺在這小洞中？」

長袍人沉吟了片刻，道：「好！我先告訴妳一些秘密……」

仰天吁一口氣，道：「他們三人，就是真正手創三聖門的三位聖人，他們創設之初，原本有著一種很崇高的理想，但他們忽略了人性的貪婪，不但使原意大變，而且他們都身受了暗算。」

郭雪君啊了一聲，道：「這三人之中，可有一位是慕容長青？」

長袍人道：「不錯，就是那青衫人，他在江湖名望最重，也被他們利用最多。」

郭雪君道：「老前輩既知曉此等內情，在三聖門中的身分，想也不低了？」

長袍老者笑道：「目下身擁權勢的人，未必知曉三聖門中的隱秘，知曉內情的人……」

突然住口不言，凝神聽去，顯然，室外有著動靜。

突然間，那長袍人站了起來，牽起了郭雪君，輕步行向那三具屍體之後，用極低微的聲音，道：「不要發出一點聲息。」

郭雪君不敢答話，點點頭，表示領會。

長袍人神態十分緊張，不住地探首向外面瞧看。

郭雪君看他緊張神情，立時暗中凝神運氣，準備必要時捨死一拚，也不願再被人生擒制服。

只聽一陣步履之聲，傳入耳際，兩個身著黑衣的人，緩步行入洞中。

郭雪君目光一瞄來人，立時藏到那盤坐的和尙身後。

但聞一個沙啞的聲音，說道：「大哥也多心了，這地方知曉之人極少，怎會有人藏在此處呢？」

另一個尖細的口音接道：「大哥叫咱們來，決非捕風捉影，自然會有過一點消息。咱們既然來了，就應該仔細的搜查一下。」

那沙啞的聲音應道：「這地方一目瞭然，看得清清楚楚，只有那三具屍體之後，可以藏身。」

尖細的聲音道：「那麼咱們就過去瞧瞧吧！」

郭雪君心中暗道：「菩薩有靈，千萬別叫那兩人過來。」

但聞那沙啞的聲音叫道：「慕容大俠，慕容大俠……」

尖細的聲音奇道：「慕容大俠怎麼樣？」

那聲音沙啞的人，似是遇上了極爲驚怖之事，連聲音也抖了起來，道：「他的眼睛，眼睛……」

那聲音尖細的人，似是也瞧到了什麼，尖叫了一聲。

緊接著響起了一陣急促的步履之聲，顯然，兩人已轉身而去。

長袍人緩緩吁一口氣，道：「咱們不能再在此地停留了，快些走吧！」

郭雪君道：「怎麼回事？」

舉步向前行去。

郭雪君隨後跑了出來，想到那兩人狼狽而逃的情形，忍不住回頭一看。

這一看，也瞧得郭雪君「啊喲」一聲大叫。

原來，那慕容長青緊閉的雙目，此時卻突然睜開，滿臉怒容。

長袍人一伸手，抓住了郭雪君的衣服，低聲道：「姑娘不能叫。」

其實郭雪君失聲出口，已然警覺而住，但她心中餘悸猶存，忍不住道：「慕容大俠，睜開了眼睛。」

長袍人淡淡地說道：「如若他不睜眼睛，咱們很難避過他們的搜尋。」

一面說話，一面舉步行出山洞，郭雪君緊追在身後，道：「屍體還能睜開眼睛，死人豈不是也會打架了？」

長袍人笑道：「姑娘可是覺著奇怪？」

郭雪君若有所悟地嗯了一聲，道：「是閣下動的手腳？」

長袍人道：「在下豈會有這份才智。」

郭雪君道：「那是何人的設計？」

長袍人道：「除了在下的主人之外，還有何人能有此等智慧？」

兩人一面說話，一面舉步而行，不知不覺之間，人已走出了石洞，到了一片樹林之中。

郭雪君跟著他左彎右轉，又跟了半個時辰，那人才停下了來。

長袍人奔行的速度，由慢而快，快而加快，後面一段行程，快得郭雪君連看一下四周形勢的時間也沒有。

原來，他穿行於密林深草叢中，只要稍不留心，就難再看到他的行蹤了。

直待那長袍人停下了奔行之勢，郭雪君才喘了一口氣，流目四顧，打量了四周的形勢一眼，只見古木參天，遮天蔽日，地下長滿及膝青草。

郭雪君忍了忍，仍是忍不住心中之疑，道：「還有多遠？」

長袍人道：「到了，就在此地。」

郭雪君道：「四周不見一個可資容身的茅棚，你們主僕，宿居何地？」

長袍人道：「如若這地方有一個容身之處，如何能逃過三聖門的耳目。」

郭雪君道：「那你們主僕如何生活？」

長袍人道：「幕天席地，何處不可容身。」

郭雪君道：「我明白了，這些年來，你們就生活在這古林叢草之中，一住數年，當真是有心人了。」

語聲微微一頓，接道：「此地林深草密，要如何才能見到你那主人？」

那長袍人突然轉過身子，望著郭雪君道：「郭姑娘，妳可是希望很快見到我家主人？」

郭雪君道：「不錯，我要越快越好。」

長袍人道：「那麼要委屈姑娘一下了？」

郭雪君道：「要我如何？你吩咐吧！」

長袍人從懷中取出一條黑布帶子，道：「並非是我家主人故作神秘，他實有不得已的苦衷，姑娘在見他之時，請把眼睛蒙起，如若他想讓姑娘見面，自會替妳解開。」

郭雪君道：「就憑你們主僕的這份神秘，我已屈服，閣下請動手吧！」

長袍人蒙起了郭雪君的眼睛，道：「姑娘，我還要在妳身上綁一條繩索。」

郭雪君道：「綁綑繩索，任憑處置。」感覺到腰間被一道繩索綑起。

片刻之後，身子突然離地升起，郭雪君雖然目難見物，但判斷已有人在樹上垂下一條繩索，把自己拖上大樹。

果然又過了片刻，只覺四周枝葉拂身，上升的身子，突然停了下來。

耳際間響起一個威重的聲音，道：「姑娘很安全，不用擔心跌下去。」

郭雪君心知如若擅自解開蒙眼的布帶查看，必將把事情鬧砸，只能用心記下他的聲音，希望再聽到這聲音時，辨別出他的身分。

心中暗作主意，口中說道：「晚輩已是數度死裡逃生的人，早已把生死置之度外了。」

那威重聲音嘆息一聲，道：「世道崎嶇，人心不古，但世間總還有些不爲名利所誘，不爲威武所屈的愚人，武林中就憑這一股愚正之氣，得以使正氣長存。」

這一番感慨之言，卻聽得郭雪君暗自心折，忍不住道：「老前輩救了晚輩，恩同再造，如有差遣，萬死不辭。」

那威重的聲音笑道：「妳有此心，那就成了，但此刻時機未至。」

郭雪君道：「這三聖門中充滿著詭異、神秘，晚輩雖然身臨其境，但看過了也是白看，回想起來，竟未能留下一點回憶。」

那威重的聲音，道：「三聖門中事，曲折萬端，一言難盡，豈是妳走馬看花般能夠了然，妳如真有救世之心，替我辦幾件事。」

郭雪君道：「但得晚輩力所能及，無不答應。」

那人道：「那很好，我這裡有三封密函，妳必須把它送交他們本人。」

郭雪君道：「我們女兒幫中人手眾多，最擅通訊之法，只要我能離此，必可完成老前輩交付之事。」

那威重的聲音接道：「此事關係很大，如若這一舉仍不能瓦解三聖門，從此之後，江湖上再無正義可言，我武林中人，也將永遠淪入魔掌之中，難再有翻身之日。聽起來，送幾封信的事，十分簡單，實在事關重大，我等了數年之久，才找著妳這麼一個人來。但妳必須要絕對機密，所以妳不能假手他人，只要這消息外洩，這一番心血就算白費了。」

郭雪君道：「送幾封信，也這麼重要嗎？」

郭雪君突然感覺到肩上責任沉重，不覺間嘆息一聲，道：「晚輩傾盡所能，如是不能送到此信，唯死而已。」

語聲微微一頓，接道：「老前輩可否先行指示一些機宜，以開晚輩茅塞。」

那人沉吟了一陣，道：「我居此已數年之久，江湖上被三聖門鬧成了什麼樣子，我卻全然不知，但我相信，三位受信人，都仍會居住原地，至於如何送到此信，要憑藉妳的才智了。不過，有一點，我要事先說明，就是送妳離開此地時，將有一個人代妳死亡，才能瞞過三聖門的耳目。」

郭雪君道：「誰要代我死呢？」

那人應道：「這妳不用管了。時間寶貴，老夫為救你們，已暴露了行蹤，三聖門中人，即將盡出高手，搜我行蹤，妳也該動身了。」

郭雪君道：「晚輩是否還可問幾件事？」

那人道：「好！但要簡明一些。」

郭雪君道：「楊鳳吟和小珍，是否也爲老前輩救出？」

那人道：「救出來了。但我無法保護她們的安全，能否活下去，要靠她們的運氣了。」

郭雪君道：「那一身黑衣的康無雙呢？」

威重的聲音道：「也救了他。」

郭雪君道：「那位慕容雲笙呢？」

威重聲音應道：「他進入過地下石城，任何進入石城的人，都會性情大變，只有兩條路走：一條是永留在三聖門中，一條是爲他所用。」

郭雪君道：「那是爲何？」

那人道：「姑娘，我無暇和妳解說，妳可以走了。」

語聲一頓，接道：「妳如有好奇之心，把三封信全都送到，自然會了然內情。」

郭雪君感覺到有三封信函遞入了自己的手中，接過藏入懷中道：「老前輩可否把名號告訴晚輩？」

那人道：「這樁隱秘未揭穿之前，我不願見人，也不願把姓名告訴人，妳稱我無名老人就是。」

郭雪君道：「晚輩這就動身。」

但覺懸在空中的身體，緩緩向下沉落，片刻間落著實地。

## 六六　九指魔翁

郭雪君並未立刻解去臉上的黑色帶子，卻站在原地未動。

片刻之後，眼睛一亮，那青袍人替郭雪君解開了臉上的黑色帶子。

郭雪君眨動了一下圓圓的眼睛，不自覺地抬頭向樹上瞧了一眼。

青袍人笑道：「敝主人已去遠了，姑娘不會瞧到他。」

郭雪君微微一笑道：「我雖然沒有瞧到他的人，但我聽到他的聲音。」

青袍人道：「他可曾提過要我送妳離開此地？」

郭雪君心中暗道：「那人告訴我要絕對的嚴守機密，身懷信件之事，連他也不能說了。」心中念轉，口中應道：「他說過要一個人送我出去，但我不知那人是誰？」

青袍人道：「自然是我了。除我之外，他已無再可遣用之人。」

郭雪君心中忽然想到，那位送自己離開之人，可能也是自己代死的人，不禁爲之一呆，雙目盯注在那青袍人臉上瞧著。

青袍人道：「我又老又醜，有什麼好瞧的？」

郭雪君道：「你是他身側唯一的人，如果你不幸死去，豈不是無人照顧他了。」

那青袍人微微一笑，道：「姑娘，不用轉彎抹角的說話，妳是說送妳出山之後，我就難再活，是嗎？」

郭雪君道：「這話不是我說的，是他說要找一個人替我死。」

青袍人神情嚴肅地說道：「這個我早知道了，希望姑娘能改扮一個不引人注意的身分，否則，就算我替妳死了，別人也是一樣懷疑。」

郭雪君雙目盯注在那青袍人的臉上，只見他神色平靜，似乎是早已把死亡之事，置之度外，心中暗自敬佩，問道：「你早已知道是你了。」

青袍人道：「我們主僕，只有兩人，如若不是我那主人去死，只有我一個人了。」

郭雪君道：「你好像全不把生死之事放在心上？」

青袍人道：「姑娘，一個人死亡時，只有片刻的痛苦，這幾年來，我們的日子，那是比死亡還要苦了。」

郭雪君輕輕嘆息一聲，道：「但你卻甘之如飴，這等崇高的情操，賤妾十分敬佩。」

青袍人微微一笑，道：「不用談這些了，妳可以換衣服啦！」

言罷，閉目盤膝而坐。

郭雪君緩緩脫下衣服，翻轉穿著，打亂長髮，盤在頭上，臉上塗了污泥。

郭雪君改裝完成，才輕輕嘆息一聲，說道：「老前輩，我改扮好了。」

青袍人睜開眼來打量了郭雪君一眼，站起身子，道：「走吧！」舉步向前行去。

只覺那青袍人奔行的速度，愈來愈快，迫得郭雪君不得不全力奔行。

那青袍人奔行之路，不是高山，就是深谷，絕壁斷澗，跑得郭雪君滿身大汗。

不知翻越過多少山嶺，越渡過多少斷澗，那青袍人才突然在一座山壁間停了下來。

郭雪君長長吁一口氣，道：「怎麼不走了？」

青袍人道：「現在咱們已面對第一道埋伏，我去引他們現身動手，希望能在二十招內搏殺了他們，如是二十招內我還無法得手，他們就可能有援手趕到，妳必須設法過去。」

郭雪君回顧了一眼，道：「要我如何一個逃法？」

青袍人道：「那是妳的智慧了，在下無能助妳。」

郭雪君點點頭，道：「好！你去吧！我自己設法逃過去。」

青袍人應了一聲，突然縱身而起，飛起了兩丈多高，斜斜落到三丈開外。

那是一片較為平坦之地，但也生滿著很多岩石。

青袍人腳落實地，立時，一個騰身而起，又向前躍出了兩丈多遠。

就在二度躍落的當兒，瞥見寒光連閃，四柄單刀，分由岩石後面飛起，閃閃刀光，一齊刺到。

青袍人冷哼一聲，側身一閃，由北面方位攻來的刀勢下面鑽了過去，右手一抬，扣住了執刀人的手腕。

郭雪君瞧得心中一動，暗道：「這人的武功不弱。」

但見青袍人右手加力一轉，那執刀大漢悶哼一聲，一條右臂，被青袍人由肘間扭成兩截，單刀脫手而出。

青袍人手中多了一柄單刀，立時如虎添翼，單刀展動，一陣叮叮噹噹，三柄單刀，盡被他封擋開去。

青袍人展開了刀法，但見一片刀光，三個施刀大漢，先後死於他快刀之下。

青袍人搏殺了三個執刀人，舉手一招。

郭雪君應手飛奔過去，道：「老前輩有何吩咐？」

青袍人道：「跟在我身後三、四丈處，如若妳能不現身，那就不用現身了。咱們逃走之法，事先無法預定，全憑臨時應變的機智應付了。」

郭雪君道：「我明白了。」

青袍人縱身一躍，人已到兩丈開外。

郭雪君遠遠地追在那青袍人的身後，跟蹤而去。

青袍人不但地形熟悉，而且對三聖門設計下的各路埋伏，也十分熟悉。

郭雪君一直遠遠地跟在那青袍人的身後，看著他過關斬將，連闖過六道埋伏，每一次埋伏動手，都不過十招左右。

就一般武林中高手而言，這青袍人已算得絕頂高手了。

郭雪君每當他動手之時，都隱身在一座岩石之後，暗中觀察。

直待那青袍人搏殺了所有的埋伏人手之後，郭雪君就以極快的速度，追上前去。

兩人在途中的順利，大出了那青袍人的意料之外。

片刻之後，兩個人到了一座懸崖之上。

郭雪君抬頭看去，只見兩峰之間，一道深澗，低頭望去，深不見底。

青袍人道：「姑娘能夠跳過去嗎？」

郭雪君搖搖頭，道：「這道深谷，寬有四丈以上，晚輩不能飛渡。」

青袍人道：「妳必須跳過去。我會助妳一臂之力，但妳先要有這份勇氣，整個的武林命運，都在妳這一躍之中了。」

青袍人右手伸出，按在郭雪君的背心之上，道：「姑娘，不用猶豫了，在下全力助妳。」

郭雪君暗提真力，一閃雙目，奮身而起。

就在她躍起身子的當兒，突然覺著一股強大無比的力道，推向了自己的後背，直向前面衝去。

但覺砰然一聲，落著實地。

睜眼看去，只見自己正摔在深澗邊緣，數寸之差，就要落在深谷之中。

郭雪君向前爬了兩步，站起身子，回頭看去。

只見那青袍人舉手一揮，飛起的身子，直摔入深澗之中。

澗中一片黝黑，深不見底，縱有絕世功力的人跌進去，也要粉身碎骨。

郭雪君望著深谷，心中忖道：「他自求殘廢，用心只在使三聖門中人覺著無人漏網，我如不能把身懷書信傳到收信人的手上，他的死亡就全無價值了。」

心中凜然於自己的責任重大，不再多做回顧，振起精神，向前奔行。

由於這道深澗攔路，非輕功所可越渡，三聖門中人，並未在此設有埋伏。

那青袍人對三聖門中事，又十分熟悉，這時間，這地方，正是無人巡視的時刻。

郭雪君放腿而奔，一口氣跑出了十餘里路，才停了下來。

自那人交給她書信之後，她一直無暇取出瞧看。

四顧無人，閃身躲入了草叢之中，取出懷中書信。

三封書信，都用白紙密封，上面分編著號碼。

第一號信封之上，寫著：依序拆閱，不得提前拆看。因爲，這是一場最艱難的工作，任何人看完了三封信後，都沒有勇氣承擔起這份工作。

郭雪君看完了信封上書寫之言，沉思了片刻，將第二、三號書信放入袋中，拆開了第一封書信。

只見白箋上，寫道：「趕到泰山雲封澗，求見九指魔翁，他是位正邪之間的人物，性喜女色，但他又是位極重身分的人。」

信寫得很短，但個中含意卻是十分深長，郭雪君輕輕嘆息一聲，收起了書信，起身向東行去。

一路之上，郭雪君不停地改變自己的身分，以瞞人耳目。

曉行夜宿，一路無事。

這日天近午時光景，進入了泰山千壑萬峰之中。

郭雪君一路探問，費了兩日工夫，才找到了雲封澗。

那是一處形勢奇怪的深谷，四周都是寸草不生的黑岩，圈住了一道深谷。

谷中雲氣濛濛，難見景物，郭雪君借身帶索繩之助，下入深谷。

放眼看去，但見綠草如茵，山花雜生，谷中的景物，竟然十分美麗。

郭雪君找了一處山泉匯集的小池旁邊，坐了下來，洗去臉上的塵土，打開隨身的包裹，取出了早已備好的鮮艷衣服，四顧無人，索性跳入水中，洗了一個澡。

當她浴罷登岸，換著彩衣時，突見一條人影，身著黑衣，手執木杖，站在池邊七尺以外。
郭雪君急急拉過一件衣服掩住身體，道：「什麼人？」
那黑衣人輕輕咳了一聲，道：「妳是什麼人，竟敢混入老夫的住處？」
郭雪君匆匆穿上衣服，道：「你是九指魔翁？」
黑衣人似是大感意外，回顧了郭雪君一眼，道：「老夫已數十年未出此谷一步，武林中人，早已把老夫忘去，妳這女娃兒，怎會知曉老夫的名號？」
郭雪君嫣然一笑，道：「那有什麼稀奇，我來此找你，自然知曉你的名號了。」
九指魔翁道：「妳來此為了找我？」
郭雪君道：「不為找你，怎麼會跑到這荒無人跡的深谷之中。」
九指魔翁打量了郭雪君兩眼，冷笑一聲道：「你和老夫相差一甲子的年齡，如是無人告訴妳，妳決不會知曉世界上還有老夫這麼一個人。」
郭雪君沉吟了一陣，道：「我如巧言花語，只怕也欺騙不了你老前輩。」
九指魔翁接道：「老夫眼睛中揉不進一顆沙子，妳還是實話實說的好。」
郭雪君道：「雁過留聲，人死留名，老前輩是否願在死去之前，留給武林一點懷念。」
九指魔翁道：「老夫數十年前，已經名滿天下，名利二字，對老夫已然毫無誘惑之力。」
郭雪君嫣然一笑，道：「老前輩勘破了名利之關，但還未到四大皆空之境，心目中總還有所愛之物。」
九指魔翁雙目盯注在郭雪君的臉上，道：「老夫唯一的嗜好，就是喜愛美女。」
郭雪君道：「晚輩夠美麼？」

九指魔翁道：「妳該算是一位很美的小姑娘，不過，老夫爲人，雖然談不上正人君子，但也不是很壞的人，我如是不擇手段，此刻我這雲封澗中，早已經美女成群。」

郭雪君道：「這個麼，晚輩早已聽過了，如若老前輩真是色中餓鬼，晚輩也不敢孤身來此了。」

九指魔翁道：「老夫早已息隱，在江湖上，早已被人淡忘，年過古稀，形貌醜怪，妳以處子之身，挾秀絕容色而來，甘願投懷送抱，想來定非無因了。」

郭雪君道：「晚輩身上有一封書信。」

九指魔翁道：「快拿給老夫瞧瞧！」

郭雪君取出第一號書函，原來第一封密函之中，除了一封致郭雪君的書函之外，另有一個致雲封澗主的封函。

九指魔翁接過書函，立時拆開瞧看。

九指魔翁瞧過之後，緩緩收起函箋道：「妳瞧過這封信嗎？」

郭雪君道：「沒有瞧過，那封套上面寫明由你親拆，晚輩怎敢拆看？」

九指魔翁道：「可惜啊，可惜，妳應該先瞧瞧這封信。」

郭雪君道：「爲什麼？」

九指魔翁道：「妳瞧到這封信，才能決定是否應該來此。」

郭雪君暗暗嘆息一聲，道：「他可是約請老前輩出山拯救武林同道？」

九指魔翁道：「正是如此。」

郭雪君道：「老前輩是否答允呢？」

九指魔翁道：「老夫答允，但這中間有一個條件……老夫喜愛女色，偏又生了一副不討人歡心的面孔，老夫又不願強人之難，他知曉我的毛病，所以，派了妳這樣一位美貌的信使，送信到此。」

郭雪君黯然垂下頭去，道：「如若老前輩答允出山救人，晚輩甘願獻身。」

九指魔翁道：「妳心中可是很難過、委屈？」

郭雪君心頭一凜，道：「晚輩很快樂，如若以我之身，能挽救武林千百條命，這快樂，豈是常人所能夠享到！」

九指魔翁道：「如若老夫猜得不錯，這世間只有三個人可以助他，老夫只是其中之一，而且三個人缺一不可，但願他們都還好好的活在世上。」

郭雪君道：「那是說，必要你們三人聚齊，才有望拯救武林。」

九指魔翁道：「三人聚齊，還要會合修書人，才有希望。」

郭雪君道：「老前輩認識這修書人嗎？他是何許人？」

九指魔翁怔了一怔，道，「妳沒有見過他？」

郭雪君道：「見過，不過，我見他之時，眼睛被黑布蒙住，沒有瞧到過他的人。」

九指魔翁道：「那是他有意不讓妳瞧到他的身分了。不過，既是他不願讓妳知曉他的真正身分，老夫倒也不便洩漏了。」

郭雪君沉吟了一陣，道：「我不能留此陪你很久……」

九指魔翁聞聽此言，大步而行，把郭雪君抱入了一座石洞之中，洞中一張木榻上，鋪放著幾張虎皮。

郭雪君身上衣服還未穿好，卻從九指魔翁懷中一躍而起，隨手抓了一件衣服，人落虎皮榻上，用衣服掩住身子，嬌聲笑道：「那書寫此信之人見我的時候，雖然要我蒙著眼睛，但我想也許是別有原因，至少，他對我很信任，才會把三封書信，交我帶來。」

九指魔翁道：「妳想問他的身分？」

郭雪君道：「如若你不願洩漏他的身分，可以不說他的姓名，但我想知道三聖門是怎麼回事，目下爲止，就我所見，三聖門中的情形，似乎是愈來愈見錯綜複雜，叫人想不明白，以慕容長青而言，那三聖門中，就有三個……」

九指魔翁接道：「告訴我，妳所見過的慕容長青，是什麼樣子？」

郭雪君道：「第一個被囚於地下石城。」

目光轉到九指魔翁的臉上，道：「你知不知道地下石城？」

九指魔翁道：「知道一點，可惜不多。」

郭雪君道：「三聖門中，除了發號施令的三聖堂外，還有一座地下石城，囚禁的都是武林中第一流的高人，慕容長青也被囚禁在那裡，不過，我們以後知道了，他是假的，是被人用來做爲替身。」

九指魔翁點點頭，道：「那第二個慕容長青呢？」

郭雪君道：「就是地下石城的主事之人，奇怪的是，那三聖門和地下石城，似乎是兩個派別，但又像合二爲一，實叫人無法了解，是何人統領著三聖門。」

九指魔翁嗯了一聲，道：「咱們先談慕容長青，他是關鍵，告訴我，還有第三個慕容長青，是何身分？」

郭雪君眨動了一下圓圓的眼睛，道：「第三個慕容長青，是一具死去了甚久的屍體，除他之外，還有一僧一道。」

語聲一頓，接道：「這就是我耳聞、目睹的三個慕容長青。」

九指魔翁輕輕嘆息一聲，道：「這的確叫人眼花撩亂，不過，你們已確定了那被囚之人是假的，目下只餘下了兩個慕容長青。」

郭雪君接道：「如若他是死了，那也就一了百了。」

九指魔翁嘆一口氣，道：「慕容長青死去了二十年，說他是死，不如說他是失蹤。這二十年不算它，再向前推二十年，江湖上，所有發生的重大事故，都牽連上了那慕容長青。」

郭雪君心中一動，道：「老前輩退隱於此，難道也和那慕容長青有關嗎？」

九指魔翁哈哈一笑，道：「不錯，不錯。老夫如非被一種不得已的力量逼迫，怎麼甘願在這山谷之中，一住數十年。」

郭雪君心靈上似乎是受到了一種很大的啓發，但卻又無法捕捉那問題的重點，肘支雙膝，手托香腮，凝目沉思。

突聞砰然一聲，九指魔翁身軀跌落在虎皮榻上。

郭雪君睜眼看去，只見九指魔翁閉目盤膝而坐，似乎是老僧入定一般，他臉上的欲念，已經消退。

只聽九指魔翁長長吁一口氣，目光轉到郭雪君的臉上，道：「女娃兒，妳可去了。」

郭雪君眨動了一下圓圓的大眼睛，道：「老前輩，你……」

九指魔翁道：「老夫爲人，一生自私，偶爾爲人一次，難道不對嗎？」

郭雪君站起身子，道：「咱們哪裡見面？」

九指魔翁道：「老夫會如約趕到聚會之處，妳儘管放心。」

郭雪君心中既是奇怪，又有著逃脫虎口的僥倖之感，舉步下榻道：「老前輩保重，晚輩去了。」

九指魔翁點點頭，道：「另外兩人，比我還難應付，妳要多小心。」

言罷，閉上雙目，不再望郭雪君一眼。

郭雪君拆開第二道書封，又取出一只封簡，只見上面寫道：「轉往黃山松月觀，找瘋啞道人，把此書交付於他。那瘋啞道人，最喜看人忍受疼苦之狀，但他心智並未完全喪失。」

短短兩行字，把那瘋啞道人刻畫出一個很清晰的輪廓。那是個很殘忍的人，一個又瘋又啞又冷酷的人。

郭雪君收起書簡，長長吁一口氣，奔向黃山而去。

一路上曉行夜宿，這日天亮時分來到了黃山地面，那松月觀乃黃山中有名的道觀，而且就在入山口處，郭雪君很容易的找到了松月觀。

那是一座規模很大的道觀，共分四進殿院，全觀近百道長。

郭雪君日夜兼程，一身青衣、臉上都落滿了灰塵，自然地掩去了她本來的面目。

她一身灰土，形同乞丐，直行入殿，也無人問她一聲。

郭雪君暗中觀察，發覺觀中道人，都不似練過武功的人，心中感慨叢生，暗道：「如若這觀中道人，個個都是練過武功的人，只怕也已捲入這場武林紛爭之中，難有這一股寧靜之氣。」

心中念轉，人已行到第三層大殿之上。

只見一個年約半百的道人，正站在殿門前面，攔住了郭雪君的去路，道：「施主，這第三重大殿，尚未開放，姑娘來得早了一些。」

郭雪君道：「我正是來找人的，我要找瘋啞道人。」

中年道長怔了一怔，道：「瘋啞道人，他是姑娘的什麼人？」

郭雪君道：「他是我一個遠房親戚。我是受祖母之托來此瞧瞧他。唉！可憐我那祖母年紀老邁，不能同來，還望道長指示我一條明路。」

中年道長拂髯沉吟了一聲，道：「姑娘千里迢迢，冒著風霜到此，貧道理該帶姑娘去見他一面，不過，貧道想奉勸姑娘一句話，姑娘不用看他也罷。」

郭雪君道：「這是什麼話？」

中年道長道：「他數十年來，都被鎖於那座密室之中，吃喝便溺，都在那裡，脾氣又暴躁無比。有一次，一個為他送飯多年的道人，不知何故觸怒了他，被他一掌活生生劈死。」

郭雪君柔聲道：「那麼還是拜託請道長帶我去瞧瞧他吧！如若他真是瘋癲得一點不解人事，我見他一面，也好對我那老奶奶有個交代。」

中年道長道：「好吧！妳如一定要去，貧道就帶妳去瞧瞧。」

郭雪君道：「多謝道長。」

郭雪君隨在那中年道人身後，又行過兩重殿院，到了後院之中。

後院裡十分荒涼，雖然草木也都經過修整，但卻有著一股蕭索的寂靜。

那道人伸手指指不遠處一座濃密的松林，道：「就在那裡了。」

郭雪君道：「多謝指點。」急步行入松林之中。

只見數十棵松樹叢生在一處，葛藤繞樹而生，密密嚴嚴，形成了一道天然的圍牆，郭雪君順著一條小徑，行入藤籬之中。

凝目望去，只見一座青石砌成的石屋，矗立在群樹葛藤環繞之中。

一道鐵柵門，早已鏽成了紅色，石屋兩面小牆上有兩個小窗，也都用鐵柵橫阻。

郭雪君看鐵條粗逾手臂，顯然，修建這座石屋，用心就在做囚人之用。

仔細看過了這座奇特的石屋，郭雪君不覺地倒抽了一口冷氣，心中忖道：「就是一個好好的人，被關在這石室之中，與世隔絕了數十年，也難免要變成瘋癲之人，和一個瘋人相見，實非口舌能夠應付。」

但這是唯一能揭開三聖門內幕的機會，一種重大的責任感，激起了郭雪君的勇氣，緩步行近室門。

探首望去，只見屋角處盤坐著一個皓髮垂地的老者。

在郭雪君想像之中，這石室之內，定然是便溺滿地，室中人定然是髮鬍蓬亂的老人。

但一切都出了郭雪君的意料之外，石室中並無便溺，那人雖然髮鬍很長，但卻似經過梳整，有條不紊地垂在地上。

郭雪君在門外站了一陣，不見那老人有所反應，立時輕輕咳了一聲，道：「晚輩郭雪君，有事求見老前輩！」

白鬍老人抬頭望了郭雪君一眼，點點頭，伸手在地上寫道：「什麼事？」

郭雪君伸手從懷中取出書信，暗運內力，把書信投向那老人面前。
白衣老人伸手取過書信，拆閱之後，又在地上寫道：「妳可要進入石室，和貧道詳做筆談。」
他指力強大，寫在地上的字跡十分明顯。
郭雪君點點頭，道：「晚輩極思入室，和老前輩仔細一談，但我無法開此鐵門。」
白髯老人沉思了良久，才在地上寫道：「由進來的地方向左數，在第七棵樹上，可以找到開啓這石室鐵鎖的鑰匙，貧道只知在第七棵樹上，卻不知他放在何處。」
郭雪君依照那老人吩咐，果然在第七棵樹上，找到了一個石盒，盒中放著一個鑰匙。
郭雪君很容易地打開了柵上鐵鎖。
郭雪君心中雖然覺著這位瘋啞道人，不似傳言那般不講情理，但心中仍然有著極大的恐懼，暗中提氣戒備，緩步向前行去。
郭雪君緩緩行到那老人身前，欠身一禮，道：「我叫郭雪君。」
白髯老人點點頭，又伸手在地上寫道：「我無法離開這座石室。」
郭雪君吃了一驚，道：「爲什麼？」
白髯老人突然用手掀開了已然腐爛的衣衫，郭雪君凝目望去，只見四條細如線香的白色繩子，分別穿在瘋啞道人兩個肩胛骨和琵琶骨上。
但那繩索很長，足可使得瘋啞道長在這間石室中活動。
郭雪君緩緩伸出右手，抓著一條索繩，暗道：「此人一身武功，這四條細細的索繩，怎能把他困於此地數十年？」

瘋啞道人伸手在地上寫道：「這是天蠶絲索，此物把我留在此地數十年。」突然左手一揮，砰的一聲，拍在石壁之上。

郭雪君回顧看去，只見石壁上掌痕宛然，不禁心中一驚，暗道：「青石壁間，堅硬無比，縱然是鐵錘擊打，也只能使它碎裂，這人能把掌痕印在堅石之上，這份內功，的確是叫人驚奇了。可惜，他雙肩雙腿，都被天蠶絲索鎖起，我縱有蘇秦之才，舌燦蓮花，說動他出山助我，他也無法解去絲索離開此地。」

心中念轉，口中卻問道：「什麼人把老前輩囚鎖此地？」

瘋啞道人突然微微一笑，伸手在地上寫道：「慕容長青。」

瘋啞道人又在地上寫道：「貧道甚願助妳一臂之力，但妳得助我解開身上的索繩。」

瘋啞道人繼續在地上寫道：「妳照著這四條白色的索繩，找出它們繫在何物上，解開索繩，貧道就可以離開此室了。」

郭雪君站起身子，道：「晚輩先到外面瞧瞧，這四條索繩通向何處。」起身向外行去。

郭雪君行出室外，繞到石室後面，她心中早已算計好，那白線應該通往石室後的方位，仔細地瞧過之後，竟然不見一點痕跡，心中恍然大悟，忖道：「這座石室在建築之初，早已有了設計，也是專為囚禁這瘋啞道人才建築這座石屋，此等隱秘，天下極少有人知曉，那修書人怎麼知曉此事。」

心中念轉，右手卻暗運功力，在石壁上推了一把，只覺那石壁堅硬無比，如若要找出那索繩繫在何處，非得大費一番工夫，順著繩索挖掘下去才成。

看完了室外形勢，郭雪君緩步行回室內，道：「這索繩繫在地下，除了挖掘開這片石壁之外，追根尋源，別無良策。」

瘋啞道人點頭一笑，突然出手一指，點中了郭雪君的右腿穴道。

郭雪君微微一笑，道：「老前輩可是怕我逃走嗎？」

瘋啞道人點點頭，伸手在地上寫道：「不錯，妳如無法救我離開此室，妳也不用走了。」

郭雪君點點頭，道：「我會在室外再仔細的尋找解繩之法，但你必得先解開我的穴道。」

瘋啞道人又在地上寫道：「我如何能夠信得過妳？」

郭雪君道：「你必需賭這一次，我是有爲而來，如若無法救你離此，此行就算失敗。」

瘋啞道人沉吟了一陣，又伸手在地上寫道：「貧道要點妳左右『神藏』和『紫宮』二穴，十二個時辰之內，如若不做解救，必然會嘔血而死，不知妳意下如何？」

郭雪君道：「晚輩來此之時，已抱捨身成仁之心，老前輩但請出手。」言罷，閉上雙目。

瘋啞道人出手點了郭雪君二處穴道之後，又解了郭雪君腿上穴道，伸手在地上寫道：「老夫這獨門手法，天下無人能夠解得，妳如不願冒死亡之險，就不要存逃亡之心。」

郭雪君微微一笑，道：「晚輩明白。」站起身子，接道：「我到室外再仔細瞧瞧，咱們要盡早離此。」

瘋啞道人點點頭。

郭雪君行出室外，繞著石室走動，雙目神凝，四面查看，雖一草一木之微，亦不放過。她全神集中，心無二用，不知不覺已繞過石室走了五圈之多。

突然目光落在屋後丈餘外一塊高出地面黑岩石上，不禁心中一動，緩步走了過去。

仔細查看之下，發覺那塊黑岩和當地石質，顏色略有不同，顯然，這一塊黑岩，是從別的地方移置此處。

一念動疑，伸手向下挖去，果然，挖了尺許左右，但見兩根鐵樁，深埋土中，四條天蠶絲索分拴在兩根鐵樁之上。

那索繩雖然綑得甚緊，但卻是挽的活結，郭雪君很輕易地就解開了絲索。

又挖土掩去洞穴，郭雪君才緩緩行回室中。

只見瘋啞道人兩目閃動冷峻的光芒，盯注自己身上，臉上卻是一片期待之情。

郭雪君盡量使自己保持平靜，不動聲色地行近瘋啞道人，道：「我已經找出解除天蠶絲索之法，不過……」

但見瘋啞道人目中殺機連閃，立時住口不言。

足足過了有一刻工夫之後，瘋啞道人目光中殺機才緩緩消失，他伸手在地上寫道：「那妳爲何不解除貧道身上絲索？」

郭雪君道：「數十年幽室囚禁，並未使你嗜殺之性化除，反使你心懷怨毒，殺機更重，和你相處，隨時有被殺之慮。」

緩緩從懷中取出一粒丹丸，緊握手中，道：「你張開口，吞下這顆藥丹。」

瘋啞道人臉色一變，在地上寫道：「什麼藥丸？」

郭雪君道：「毒藥，不過它發作很慢，你離開此地之後，如能夠慎守信約，不輕易傷人，又一切按照信上所示而行，我自然按時奉上解藥，如若你仍然暴行如故，只好讓你毒發而死了。」

瘋啞道人雙目中又閃起殺機，但卻很快消失，略一凝思，張開了嘴巴。
郭雪君目光一轉，只見他口中只有半個舌頭，顯是那一半舌頭是被人割去。
她無暇多問，揚手把一粒丹丸，投入了瘋啞道人的口中。
瘋啞道人一口吞下藥丸，同時閉上雙目。
郭雪君凝目望去，只見他臉上神色一片冷漠，不禁心中一動，冷冷說道：「我已把解藥放在別處，你就是一舉把我殺死，也無法取得解藥。不過，此刻是我正要借重閣下之時，決不會讓你毒發死去，只要你能照吩咐去做，自會及時得到解藥。」
伸手一拉，索繩透牆而過。
瘋啞道人突然睜開雙目，目中神光如電，逼注在郭雪君的臉上。
只見他緩緩收起了身上四條索繩，突然舉手劈出一掌，掌勢之快，有如迅雷閃電一般，郭雪君明明看到掌勢落下，但卻無法避開，只覺頸間一痲，人便暈了過去。
醒來時，室中已空，那瘋啞道人早已離去了多時。
郭雪君揉揉脖子，低頭看去，只見地上寫道：「貧道當照信中約言助妳，但妳如不能按時送上解藥，貧道將搏殺千條人命，以作妳失約之懲。」
郭雪君緩緩站起身子，向前行了兩步，突然心中一震，暗道：「糟啦，我要在何處和他會晤，要他如何助我，都在給他的信件之上，我既未曾閱讀，全然不知，如何能和他會晤？」
心中念轉，伸手從懷中取出第三封書信，拆開封套。
凝目望去，只見上面寫道：「設法制服玉蜂娘子，借重玉蜂之力，對抗三聖門中高手。此函之中，記述一招擒拿法，爲天下擒拿手法最爲奇奧之學，玉蜂娘子除了馭蜂術外，武功並不太高，只要妳能設法接近她，施展出這一招擒拿法，必可一舉把她制服。但玉蜂娘子機警過人，萬一被她心中覺出可疑，妳必將先受玉蜂針螫之苦，慎重行之。」

郭雪君沉吟了片刻，又打開第二個封套，果然，在那封套之中，記述著一招很深奧的擒拿法。

那修書人十分細心，不但在那信箋上記述的十分詳細，而且還給有圖形。

郭雪君仔細地看完了圖形文字之後，感覺之中，那確是一招十分深奧的擒拿手法，心中暗道：「不管如何，先把這一招『縛虎降龍』的武功練會再說，這石室之中十分清靜，正是習武的好地方。」

心念一轉，立時依照圖形說明，開始習練起來，這雖然只是一招，但它蘊藏的變化，卻是千頭萬緒，極難領會。

初習之時，郭雪君感覺到攻出的一招，含有三個變化，但練了一陣，感覺到這一招中蘊含有七個變化，再練下去，變化含蘊愈多，幾乎不論對方如何來封擋這一招，都無法封擋得住。

郭雪君意志集中，愈練愈覺博大精深，練得滿身是汗，猶自不覺，心中暗暗想到，世間竟有這等博大的武功手法，當真是能叫人陶醉其中，如痴如狂，無怪有很多嗜武之人終生爲武所迷，不作別想。

不知道過去了多少時間，覺著這一招「縛虎降龍」的手法、脈絡已熟記心中，郭雪君才停下手來。

她先整理了一下散亂的頭髮、衣著，之後又四下查看了形勢，趁著夜色昏暗，縱身而出，飛離石室，加快腳步，奔出觀外。

# 六七　蛇王復出

郭雪君出了道觀之後，頓感到前途茫茫，不知該去何處？

尤其那玉蜂娘子和女兒幫結仇極深，接近她談何容易，必需設法扮裝成一個使她不生疑心的人才成。

腦際間靈光一閃，忖道：「日前曾見那玉蜂娘子離開了她的巢穴，現在不知是否已經回山。目下三個人我已找到了兩個，何不先趕回三聖門附近瞧瞧，一面設法召集女兒幫中弟子，查那玉蜂娘子的下落。」心中念轉，放步而奔。

沿途之中，經過岔道、要隘，就留下了召集女兒幫弟子的暗號。原來，她囚於三聖門中甚久，和女兒幫中的活動早已斷了訊息。

這日，行到一處大鎮之上，覺著腹內饑餓，找了鎮上最大的一處飯莊，並在店門口處，留下暗記。

郭雪君叫了菜飯，慢慢食用，等待著女兒幫中弟子出現。不料一頓飯吃完，又等了良久，仍然不見有何動靜，只得會了飯帳，起身向店外行去。

只見店門口處，站著一個小叫化子，迎著郭雪君擦身而過，道：「向北走，五里路雙柏樹下，幫主敬候副幫主。」柔音細細，竟是女子聲音。

女兒幫中人一向很少扮做叫化子，此刻必然處在十分險惡的境遇之中，才有這等破例情事。

郭雪君立時更爲謹慎起來，暗中留神四周，舉步向南面行去。

直到了荒野之地，確定了無人追蹤時，才折向正北而行。

雙柏樹，顧名思義，是兩棵並在一起的柏樹，但這兩棵樹年代甚久，枝葉茂盛，蔭地甚大，郭雪君看身後無人，直行樹下，只見人影一閃，由樹上躍落一個村女裝扮的姑娘，道：「見過副幫主。」

郭雪君認得她是幫主近身的護法黃鳳，急道：「幫主何在?咱們女兒幫可是發生了什麼變故?」

黃鳳道：「一言難盡，月來，女兒幫遭到空前慘變，五花舵主盡遭毒手，各地分舵也被人踏平，連總舵也被人攻入，燒得片瓦不存。幫主苦戰傷臂，逃出總舵，爲了不願幫中姐妹們再遭無辜傷亡，下令女兒幫中人，就地潛伏，不得再有活動，幫主帶著小妹等八人流浪江湖，暗中訪查突襲我幫的兇手，徐圖再起。」

郭雪君黯然一嘆，道：「幫主的傷勢如何?現在何處?可否帶我去見她一面。」

黃鳳道：「幫主傷得不輕，雖經過了甚久養息，仍未能恢復，原想和副幫主晤面一談，但因發覺了追蹤敵騎，特遣小妹送來了幫中的印璽，萬一她身遭不幸，這重振旗鼓的大任，就交托副幫主了。」

伸手從懷中摸出玉璽，交給郭雪君，道：「幫主說，我幫中兩處隱秘分舵，還未被敵人發覺，副幫主有此璽令，日後不難恢復女兒幫的盛譽。」

郭雪君接過玉璽，嘆道：「妳呢，準備如何？」

黃鳳道：「幫主命弟子暗中隨護副幫主，聽候調遣，不過，爲了副幫主的安全，咱們不能走在一起。」

郭雪君道：「只有妳一個人嗎？」

黃鳳道：「月來都是弟子代幫主下令指揮，對女兒幫劫餘的形勢，弟子十分了然，只要弟子代幫主傳令，能在極短時間中召集附近幫中弟子。」

郭雪君藏好玉璽，道：「妳傳下令諭，查查看那玉蜂娘子現在何處？」

黃鳳道：「弟子告退，玉蜂娘子的消息，弟子探到之後，即刻送上。」欠身一禮，轉身而去。

郭雪君站起身子，緩步向前行去，心中更是一片茫然。往常，她自負才華過人，但此刻，卻有著不足以擔當大任的感覺。

目下，只有希望能早日找到玉蜂娘子，從她身上或能問出內情。

但有一點，郭雪君突然想到，那修書人不能早把書信傳出，定然是自己不能離開那片區域，除非九指魔翁和瘋啞道人，不肯赴約，赴約亦必在三聖門所在之地。

有此一念，郭雪君決定重回三聖門去，好在她自信已熟記了道路，三聖門雖然僻處於群峰千谷環繞之中，但方向形勢，已然深印她的腦際。

沿途之上，她留下了女兒幫中的秘密暗記。

郭雪君兼程趕路，不數日已重返武夷山中。

但見群峰羅列，澗谷縱橫，頗有雲深不知處的感覺。

原來，這武夷山中群峰萬壑，多有相似之處，不得有一步之錯。

郭雪君只好耐心尋找，在群山之中，行了兩日。

這日天晚時分，行到一山神廟前，甚覺睏倦，緩步行入廟中。

依壁而坐，想休息片刻，再尋找些食用之物充饑。

哪知她兩日來翻山越澗，體力消耗過多，倦意甚濃，不覺之間，竟然沉沉睡了過去。

矇矓之中，突覺身上似是被綑了起來，心中一驚而醒。

睜眼看去，只見全身被一條紅色大蛇，緊緊地纏住，腥氣陣陣，撲入了鼻中。

抬頭看去，只見一個白鬚垂胸的老人，站在廟門口處，除了纏在自己身上的一條紅色赤練蛇外，還有全身紅鱗閃閃的巨蛇盤在身前。

郭雪君雖然是經過大風大浪的人，但此刻也不禁爲之心頭大震。

但聞那白鬚老者說道：「女娃兒，老夫只要稍作手勢，纏在妳身上的赤練蛇，就會咬妳一口，或者老夫令牠收縮蛇身，把妳生生勒死。」

郭雪君定定神，道：「你是蛇神湯霖？」

蛇神湯霖微微一怔，但並未立時反問郭雪君的姓名，緩緩說道：「妳如是不想死，那就老老實實的回答老夫的問話，如有一句虛言，被老夫瞧出破綻，立時將死於毒蛇口中。」

郭雪君道：「你問吧？」

湯霖道：「女娃兒很有豪氣，妳由何處來？來此作甚？」

郭雪君道：「由黃山來！來找三聖門總壇所在之地。」

湯霖道：「妳是三聖門中人？」

郭雪君道：「不是！我是女兒幫的副幫主郭雪君。」

湯霖道：「老夫沒有問妳的姓名身分啊！」

郭雪君道：「你不問，我也得說出來啊！」

湯霖微微一笑，道：「妳很聰明。」

郭雪君伸展一下雙臂，口發低嘯，舉手一揮，纏住郭雪君身上的赤練蛇，突然間鬆開來，遊回湯霖身側。

湯霖道：「此刻咱們的時間寶貴，寸陰如金，咱們應該談些重要的事。」

郭雪君道：「湯老前輩很久未在江湖上走動了。」

郭雪君道：「好！老前輩到此為何？」

湯霖道：「和妳一樣找三聖門的總壇。」

郭雪君道：「是訪友或是尋敵？」

湯霖道：「姑娘呢？」

郭雪君察顏觀色，已知那湯霖不似來此訪友，當下說道：「我來此地救人。」

湯霖先是一怔，繼而冷笑一聲，道：「就憑姑娘妳那點能耐嗎？」

郭雪君道：「決勝千里，未必要憑仗武功，何況我還有後援。」

湯霖道：「姑娘的後援是誰？」

郭雪君沉吟了一陣，道：「九指魔翁、瘋啞道人，不知湯老前輩是否認得？」

湯霖怔了一怔，道：「這兩個人還沒有死嗎？」

郭雪君道：「不錯，他們沒有死，而且，都已答允了助我一臂之力。」

湯霖道：「想那九指魔翁和瘋啞道人，都已在武林中消失了數十年，貴幫出現武林，不過十數年而已，老夫不相信妳能找到他們，又得他們相助？」

郭雪君道：「晚輩是受人指示。」

湯霖道：「什麼人？」

郭雪君略一沉吟，道：「老前輩質問晚輩的話，晚輩都已經據實而言，這最後一點，晚輩是否應該暫時保留一下？」

湯霖淡淡一笑道：「老夫一生之中，最喜歡聰明的人，妳可是想問問老夫嗎？」

郭雪君道：「不錯。」

湯霖道：「好！妳問吧？」

郭雪君道：「老前輩找三聖門的總壇作甚？」

湯霖道：「眼看整個江湖，都已落入了三聖門控制中，老身也不能獨善其身，想找他們的首腦談談，而且，三聖門中，老夫有很多故友，順便來此探望他們一下。」

郭雪君沉吟了一陣，道：「三聖門中事，晚輩知曉了很多，老前輩如想知曉一點內情，晚輩可以奉告。」

湯霖道：「越說越玄了，姑娘進入過三聖門嗎？」

郭雪君接道：「晚輩不但進去過三聖門，而且還去過『地下石城』，那裡才是囚禁天下英雄的所在。」

郭雪君咳了兩聲，接道：「不知老前輩，認不認識慕容長青？」

湯霖道：「認識。」

郭雪君道：「老前輩和慕容長青有淵源嗎？」
湯霖道：「姑娘，這件事說來話長，刪繁從簡，一言包括，他對我有恩，也有怨。」
郭雪君道：「老前輩這次重出江湖，是否是報他之恩而來？」
湯霖道：「說來十分可笑，申子軒、雷化方費盡口舌，都未把老夫說動，但老夫卻被一個小女孩說動，答允重出江湖。所以，老夫對你們晚一輩的人，都心存戒懼。」
郭雪君道：「老前輩，晚輩倒想知道，那人是何許人物？」
湯霖道：「一個天真無邪的女孩子，說不上有何心機，她對老夫說，我早晚要死，爲什麼不留給人一點懷念？」
郭雪君道：「常常是最真誠的話，也是最動人的說詞。」
話聲一頓，接道：「老前輩是否要和晚輩合作？」
湯霖沉吟了一陣，道：「老夫來此之時，本未存有生還之望，但此刻，老夫似是已被妳啓發一線生機。」
郭雪君道：「老前輩既願合作，那我們必得要彼此坦然相處，言無不盡。」
湯霖道：「那是自然。」
郭雪君站起身子，道：「那麼，咱們走吧！」
湯霖怔了一怔，道：「到哪裡？」
郭雪君道：「去見申子軒和雷化方，晚輩當仔細的告訴你三聖門中內情。」
湯霖回顧了一眼，道：「他們居留之處，距此不遠，老夫自然會帶妳去見他們；不過，老夫覺著妳應該先帶老夫見見九指魔翁和瘋啞道人。」

郭雪君道：「唉！他們一定會來，但晚輩此刻卻不知他們在何處？」

也不待湯霖追問，就把有人賜贈書信，要自己往見九指魔翁和瘋啞道人的事，很仔細地說了一遍。

湯霖聽得十分用心，聽完之後，沉思了良久，才緩緩說道：「他能指使那九指魔翁和瘋啞道人，自然不是一個簡單的人物。」

郭雪君道：「晚輩話已說完了，老前輩如果相信我，就該帶我去見申子軒等人。」

湯霖沉吟了一陣，道：「好吧！老夫帶妳去見他們。」轉身向前行去。

郭雪君追在湯霖身後，轉過兩座山峰，到了一片濃密林木之中。

湯霖正待打出暗記，瞥見人影一閃，一個青衣中年人緩步而出。

他將目光投注到郭雪君的臉上，道：「湯兄，這位是……」

郭雪君接道：「晚輩郭雪君。」

青衣中年人微微一笑，道：「女兒幫的副幫主。」

郭雪君道：「老前輩可是金筆書生雷化方嗎？」

青衣中年道：「正是區區……」

語聲微微一頓，道：「據在下聽得消息，我那位慕容世侄，和郭副幫主走在一起。」

郭雪君道：「不錯，但他此刻已陷入三聖門中。」

雷化方嗯了一聲，道：「他受了傷嗎？」

郭雪君道：「受了傷，而且還傷得很重。」

雷化方道：「他身受重傷，又陷在三聖門中，那豈不是死定了嗎？」

郭雪君道：「據實而言，慕容公子的死活，晚輩也不知曉。」

雷化方重重地咳了一聲，道：「湯兄和郭姑娘請入林中坐吧，在下帶路。」轉身向前行去。

郭雪君追在雷化方的身後，穿過了一片林木，只見一片丈餘方圓的草地上，坐著男女十餘人。

雷化方輕輕咳了一聲，指著一位身著黑衫，面貌奇醜的中年人，道：「二哥，這位是女兒幫的郭副幫主。」

那黑衣老者站起身子，道：「郭姑娘，幸會了，在下申子軒。」

郭雪君道：「中州一劍申老前輩。」

雷化方迫不及待地說道：「小弟已從郭姑娘的口中，得到慕容世侄的消息。他身受重傷，流落在三聖門內。」

申子軒雙目圓睜，道：「他落在三聖門什麼人的手裡？」

郭雪君道：「晚輩不敢確定，因晚輩當時也暈倒地上，但卻被人救了出來。」

申子軒飽經風霜和憂患的臉上，泛現出一抹淒涼的笑意。

郭雪君道：「就當時情形推判，晚輩的看法，慕容公子和楊姑娘，都不致於命喪當場。」

只見另一個五旬老者，霍然站起，道：「在下已然瞧過了四周的形勢，有一條水道，可以潛入三聖門禁地之內，在下之意，先行設法進去瞧瞧。」

申子軒望著那五旬老者，道：「包兄請稍候片刻，咱們要商量一下，如是找不出好的辦法，兄弟也想冒險進去看看。」

那說話的五旬老者，正是神釣包行。

郭雪君搖搖頭，道：「申大俠，三聖門內布置得極爲嚴密，如若是沒有計劃，不可冒險進入。」

申子軒道：「老朽想請教姑娘一些事。」

郭雪君沉吟了一陣，道：「不勞老前輩多問了，晚輩知曉的事情，我先說出來。」

當下把進入三聖門中經過，又很詳盡地說了一遍。

郭雪君目光轉動，四顧了申子軒等一眼，說道：「晚輩還有幾句話，說出來，希望諸位不要見怪。」

申子軒道：「什麼事？」

郭雪君道：「諸位忍受了很多年，希望能再多忍耐幾天，就晚輩所知，憑藉諸位幾人的力量，攻入三聖門，無異是以卵擊石，憑一股血氣之勇，只不過徒招滅亡。」

申子軒道：「這個，我們也知道，但此刻已到最後的時刻，我這位五弟，跑遍了江湖，費時二十年，希望能約請幾位幫手，唉！如今能夠約到的，只有這幾位，除了湯兄、包兄兩位是仗義相助之外，餘下的都是和慕容世家有關的幼童、弱女。」

突然湯霖厲聲喝道：「什麼人？」

雙手一抖，兩條赤練蛇陡然竄了出去。

雷化方一探手拔出金筆，正待挺身而出，突聽嗆的一聲，一面大如滿月的銅鈸，破空而出。

銅鈸過處，枝葉紛飛。

郭雪君轉眼望去，只見那發鈸之人，年約五旬，身著灰衣，跛著左腿，只有一條右臂。正是九如大師。

九如大師第一面銅鈸出手之後，第二面銅鈸又握在手中。

申子軒也翻腕抽出了背上的長劍，幾個坐在草地上的年輕男女，也紛紛亮出了兵刃。

這不過是一瞬間的工夫，叢林中劍拔弩張，布成了迎敵之勢。

郭雪君連經凶險，倒是變得有一種出人意料的鎮靜，流目四顧，只見枝葉浪裂，那飛出的飛鈸，突然又飛了回來。

九如大師右手一抬，手中飛鈸飛出，卻伸出獨手，接住了回旋而來的飛鈸。

郭雪君暗道：「他能利用回轉之力，把發出的飛鈸，重行收回，也算得武林中罕見之學了。」

只聽一個清柔的聲音傳了過來，道：「諸位暫請住手。」

那聲音柔美嬌甜，聽得人舒暢無比。

聲音入耳，郭雪君已聽出那是楊鳳吟的聲音，不禁心頭大震，失聲叫道：「楊姑娘。」

申子軒道：「哪個楊姑娘？」

郭雪君道：「楊鳳吟楊姑娘。」

只見一個黑紗纏身、長髮披垂，赤手空拳的少女，緩步行了過來。

郭雪君急道：「楊姑娘，果然是妳。」急步迎了上去。

楊鳳吟胸前裹著重重的黑紗，左臂軟軟垂著，顯然，她重傷並未痊癒。

楊鳳吟嫣然一笑，目光轉到郭雪君的臉上，道：「姐姐，咱們能再見面，實是不容易啊！」

轉臉望著申子軒，道：「申老前輩，還記得我嗎？」

申子軒道：「楊鳳吟楊姑娘，不論何人只要見妳一次，那就永遠不會忘記。」

楊鳳吟輕輕嘆息一聲，道：「老前輩，我心中有兩個很大的疑問，想請教兩位一下。」

申子軒道：「姑娘請說！」

楊鳳吟道：「那慕容長青大俠，究竟有沒有兒子？」

申子軒怔了怔，道：「自然是有了，姑娘不是和慕容公子很熟嗎？」

楊鳳吟道：「是很熟……」

語聲微微一頓，接道：「我只知道他還活著，但我近來已很少見他。」

申子軒接道：「那麼，他現在還活在世上了。」

楊鳳吟道：「現在，你們應該回答我幾句話了。」

申子軒道：「姑娘要問什麼？」

楊鳳吟道：「自然是關於慕容公子，我有些懷疑他不是慕容公子。」

申子軒道：「這個姑娘不用懷疑，在下等早已經仔細的檢查過了，他確實是慕容公子。」

楊鳳吟美麗的眼睛，盯注在申子軒和雷化方的臉上瞧了一陣，道：「你們和慕容長青相處很久，定然是對他十分熟悉了。」

申子軒道：「那是當然。」

楊鳳吟道：「如若你見到了慕容長青，是否能一眼辨認？」

申子軒道：「就算他經過易容，在下也自信一眼間可以辨認。」
楊鳳吟道：「三聖門內幕很複雜，但最有力量的並非總壇，而是集中在地下石城之中，而那地下石城的主持人，就是慕容長青。」
湯霖怔了一怔，道：「妳說什麼？」
楊鳳吟道：「我說那地下石城中的主持人，自稱慕容長青。」
申子軒道：「這個不可能吧！慕容長青已死去了二十幾年。」
楊鳳吟神情平靜地說道：「不錯，你這麼想，我也這麼想，世人都這麼想，所以，慕容長青活在世上，也就不為人知了。」
申子軒道：「這個，這個，幾乎是有些痴人說夢了。」
楊鳳吟道：「但他確實和慕容雲笙在一起，你們如若想見他，明日就有一個機會。」
申子軒道：「什麼機會？」
楊鳳吟道：「今日午夜，他和人有約，你們如若想見他，今夜三更時分，就可以見到他了。」
雷化方道：「什麼地方？」
楊鳳吟四顧了一眼，道：「我說不出來，但我知道那地方，我應該和你們多談談，可惜，我沒有很多的時間。」
郭雪君道：「姑娘有事情？」
楊鳳吟點點頭，道：「我要吃藥，不能拖延時間。」
仰臉望望天色，接道：「你們要很真誠的跟我合作，太陽快下山的時候，我再來看你們，希望那時候，你們能告訴我最真實的話。」轉身向前行去。

走約十餘步，楊鳳吟重又停了下來，回頭接道：「這地方雖然未進三聖門的禁地，但他們的巡查仍然是極爲嚴密，尤其是中午時分，你們最好能躲一躲。」

楊鳳吟手按前胸，微皺眉頭，似乎是在強自忍耐著一種痛苦，急急轉身而去。

她在痛苦之中，另有著一種動人的風韻，使人一見之下，不忍再多問她。

郭雪君目睹楊鳳吟背影消失，才回目一顧群豪，緩緩說道：「申老前輩你們可以放心了，楊鳳吟沒有死，慕容雲笙決不會死。但楊鳳吟突然提出了慕容雲笙的身世，和慕容長青是否還活在世上一事，你們要仔細的想想看，她既然提出來了，決不會空穴來風。」

申子軒回顧了九如大師一眼，道：「三弟，你幾時離開大哥？」

九如大師道：「救助慕容賢侄的經過，我已經說得很詳細了，是在大哥遇難之後。」

申子軒接道：「我是說大哥有孩子的事，此事在我記憶之中，似是未曾聽過。」

九如大師皺皺眉道：「這個，這個，我也想不起來了。」

雷化方道：「大哥遇難之時，咱們已經離開一年多，生個孩子，自是不足爲奇了。」

郭雪君道：「諸位爭執的很奇怪，那慕容大俠如是有妻子，他就可能生出兒子，如是他沒有妻子……」突然住口不言。

雷化方道：「慕容大俠有過一次情場失意，所以未娶妻子。」

郭雪君道：「他沒有妻子，自然不會有兒子了。」

蛇神湯霖冷冷說道：「妳這小女娃兒，知道什麼；一個人不娶妻子，難道就不能生孩子了？」

申子軒、九如大師、雷化方相互望了一眼，默然不語。
郭雪君若有所悟地望了申子軒一眼，道：「慕容公子是私生子？」
申子軒神色嚴肅地說道：「姑娘，目下事情還未證明，在下無法奉告。」
郭雪君輕輕嘆息一聲，道：「你們慢慢的想吧！楊姑娘到此之前，希望你們三人能夠想出一個結論來，至少，你們能夠提出有關慕容公子身世的詳細情形。」
郭雪君望望天色，道：「楊姑娘說此地有巡視，那是自然不會錯了，咱們最好能早些躲一躲，諸位也可借此時刻養息一下精神。」
說完話，不再理會幾人，直向一處深草叢中鑽去。
大概是在場之人，都很相信那楊鳳吟的警告之言，個個都躲入了草叢之中。
郭雪君連日奔走，精神上一直保持著緊張，這時心神稍鬆，頓覺睏倦襲來，不覺間熟睡了過去。
不知過去了多少時間，一覺醒來，只見紅日銜山，已是傍晚時分。
急急一躍而起，行出草叢。
只見申子軒、蛇神湯霖、九如大師、雷化方、神釣包行，五人圍坐一圈，其他人亦圍坐一圈，分食著乾糧。
雷化方站起身子，道：「姑娘好睡，在下等不敢驚擾。」
郭雪君看望了那分食的乾糧一眼，口中卻問道：「楊姑娘來過沒有？」
雷化方道：「如果楊姑娘能守信約，她就該來了。姑娘先請進點食用之物，保持著體力。

此時此地，咱們隨時可能和敵人雄主惡鬥。」

郭雪君緩緩坐下去，拿起乾糧進食。

幾人剛剛進食完畢，耳際間已響起了楊鳳吟的聲音，道：「諸位吃好了嗎？」

群豪轉頭看去，只見楊鳳吟身著黑衣，站在四、五尺外。

郭雪君站起身子，道：「姑娘來了很久？」

楊鳳吟道：「不久，看幾位正在進食，我不便驚擾。」

目光轉到申子軒的身上，道：「你們想好了沒有？」

申子軒道：「想好了，不過，我們不能給姑娘一個確定的答覆。」

楊鳳吟接道：「你們是終日和慕容長青廝守在一起的金蘭之交，如若是還不能確知，這件事再也無人知曉了。」

雷化方道：「我們願就所知，一字不漏的奉告姑娘，內情如何，要妳推想了。」

楊鳳吟道：「我明白，咱們到這邊談談吧！」轉身向一側行去。

申子軒、九如大師、雷化方魚貫行了過去，四人環立一處，低聲交談。

郭雪君回顧了湯霖一眼，道：「老前輩是否見過慕容長青？」

湯霖道：「五十歲以上的武林中人，如若不識慕容長青，那人定是無名小卒。」

郭雪君道：「老前輩和他熟不熟？」

湯霖道：「我們打過一次架，喝過三次酒。」

郭雪君道：「打架之時，彼此意氣飛揚，不足爲憑，你和他喝酒之時，彼此心平氣和，相對而坐……」

蛇神湯霖大聲叫道：「不對，我和他喝酒之時，彼此之間，相隔著七、八尺的距離。慕容長青說彼此保持一些距離，可免去很多誤會。」

郭雪君啊了一聲，道：「這句話，晚輩有些想不明白。」

湯霖道：「當時我也想不明白，但事後我想了一陣，才想清楚，彼此保持一些距離，可免去心中殺機，因爲我心中對他仍然充滿著仇恨，如是相距過近，我可能動了殺他的念頭，有了距離，我就沒有了下手的機會，心中縱有此念頭，也不敢輕舉妄動了。」

郭雪君沉吟了一陣，道：「這麼說來，那慕容長青是一位思慮縝密的人物了。」

湯霖道：「他是一位百代難見的才慧之士，所謂善戰者無赫赫之功，因爲他大都能防患未然。」

郭雪君沉吟了一陣，道：「湯老前輩，你是否知曉那慕容長青是否有妻子？」

湯霖搖搖頭，道：「沒有聽人說過。」

郭雪君道：「唉！慕容長青一代大俠，娶妻生子，乃人生大事，武林中豈有不知之理，如是湯老前輩沒有聽說，可以斷言八成那慕容長青沒有妻子，既未娶妻，自然也不會有子了。」

湯霖道：「這等家務私事，和武林大局何關？老夫想不明白。」

# 六八 以毒攻毒

郭雪君道：「綜觀武林數十年來的恩怨，都牽扯在慕容長青的身上，他的個人私事，自然會影響到武林大局了。」

湯霖略一沉吟，道：「倒也有道理。」

郭雪君道：「湯老前輩，晚輩想動問一事，希望老前輩不要見怪。」

湯霖道：「什麼事？」

郭雪君道：「你爲何要隱居江州，而且數十年不在江湖走動？」

湯霖道：「唉！說就說吧，反正事情已過去，就算傳揚江湖，老夫也不在乎了，我被人廢了武功，所以不能在江湖上逐鹿爭雄。」

雙目盯注在郭雪君的臉上瞧了一陣，接道：「不過，此刻，老夫武功已復，至於我如何隱居江州，又和慕容長青有關了。」

湯霖沉吟了一陣，道：「我被人廢了武功，困在一艘小舟上，小舟順水漂流，而且他在那舟上鑿了兩個小洞，緩緩向舟中滲水，一旦水滿小舟，老夫就將隨舟沉入江底，那人美其名曰要我品嘗死亡滋味……」

郭雪君接道：「結果是慕容長青救了你？」

湯霖怔了一怔，道：「妳怎麼知道？」

郭雪君道：「想當然爾，下面如何？」

湯霖道：「老夫役蛇之術，天下無雙，慕容長青武功才慧，樣樣勝我，他救我之命，我也無以爲報，只好把役蛇之術，轉授給他了。」

郭雪君嗯了一聲，道：「然後，他要你隱居江州。」

湯霖道：「不錯，而且他還傳了我一種內功，要我慢慢的恢復功力。」

郭雪君道：「一恢復就是數十年。」

湯霖道：「但他沒有騙我，終於使我恢復了功力。」

郭雪君道：「可是這幾十年中，慕容長青就是天下第一役蛇高手？」

湯霖道：「不錯，不錯，老夫傳授的役蛇之法，天下再無人能夠勝他。」

郭雪君道：「好，還有一個問題，就是什麼人廢你的武功？」

湯霖道：「似乎是一個女人。慚愧得很，因我沒有看清楚她，只聞到一陣香粉氣息。」

郭雪君道：「只聞到香粉氣息，那人未必就是女人啊！」

湯霖又是一怔，道：「是啊，這數十年中，老夫就沒有想到這件事。」

語聲一頓，接道：「慕容長青只要在雙手上擦上香粉，就可能使我心生迷惑。」

郭雪君長長吁一口氣，道：「這人未必是慕容長青，但至少和他有關。」

湯霖道：「照郭姑娘的口氣聽來，似乎懷疑到那三聖門和地下石城，都是那慕容長青一手造成的了。」

郭雪君道：「目下有一個最大的不解之處，就是那具屍體……」

但聞一個嬌甜的聲音接道：「那不是太難的事，只要能查明那位慕容長青的過往一切，就可解去這一段武林懸案了。」

兩人轉頭看去，只見楊鳳吟衣袂飄飄地緩步行了過來。

楊鳳吟微微一笑，道：「現在，我們已想好了對付三聖門的法子。」

湯霖接道：「那很好，老夫洗耳恭聽姑娘之言，不知請到些什麼人物？」

楊鳳吟道：「很多武林高手，他們原是三聖門中人，目下卻已為我所用。」

湯霖道：「姑娘是否可以列舉出他們的名字來。」

楊鳳吟望望天色，道：「你在見識過今夜的搏鬥之後，也許會瞧出一些內情出來，到時如若你還有不解之處，咱們再談不遲。」

楊鳳吟目光一掠郭雪君，道：「姐姐也請來吧！」

湯霖和郭雪君緊追在楊鳳吟的身後，行出草叢，只見申子軒、九如大師、神釣包行、雷化方四人圍站一起。

楊鳳吟道：「咱們可以走了。」當先舉步向前行去。

也許是申子軒、九如大師等的神情過於莊嚴，使得郭雪君和湯霖，也變得嚴肅起來。

幾人魚貫隨行，到了一座杉木林中。林內滿是五、六丈高，筆直的杉樹。

楊鳳吟直行入林中一片空曠的草地上，道：「諸位請各自選一棵可以隱身的杉樹，不過，諸位選擇的位置，只要能看到這片草地上的景物即可，不要選得太近，免得為刀風劍氣所傷，諸位要記著一件事，那就是哪一位被人發覺了，必死無疑，我沒有能力救他。」

楊鳳吟目睹幾人藏好了身子之後，也選擇了一株杉樹爬了上去。

這時已是三更過後，天上布滿了一層雲氣，掩去了星月。

足足等候了一個更次，仍然不見動靜。

湯霖等得有些不耐，正想開口詢問，突見火光一閃，亮起了一枚火炬。

密林草坪中，不知何時已停了十幾個黑衣勁裝大漢。

蛇神湯霖吃了一驚，暗道：「這幾人來得無聲無息，分明是輕功已有了極深的火候。」

但見十餘個黑衣人，分別把肩上扛的火炬燃了起來，插在草地上，圍成一個四、五丈大小的圓圈。

那火炬都是用松油枯木紮成，燃燒力十分強大，火焰高達尺許，照得草地上一片通明，耀如白晝。

十幾個黑衣人插好火炬之後，立時退入林中，躲在樹後。

空曠的草坪上，除了高燃的十餘支火炬之外，已不見一個人影。

又過約頓飯工夫之久，突見兩條人影利箭一般，投入了草坪之中。

凝目望去，只見左面一人，長髮披垂，身上穿著一件破洞處處的道袍，手中卻提著一柄長劍，正是瘋啞道人。

右首一個身著黑衣，手執木杖，卻是息隱甚久的九指魔翁。

九指魔翁望了瘋啞道人一眼，冷冷說道：「聽說你昔年曾和慕容長青拚一晝夜，才敗在慕容長青手中，不知是真是假？」

瘋啞道人點點頭，彈劍怪嘯。

九指魔翁道：「如若你不是吹牛，當世武林高手，你該是最和慕容長青接近的一位高人了。」

瘋啞道人點點頭，又搖搖頭。

那動作乃表示他不是吹牛，確和慕容長青打了一天一夜。

點頭之意，是對那九指魔翁讚美他是僅次於慕容長青的第二高手，心中甚感滿意。

九指魔翁冷笑一聲，道：「老夫雖然聽過此等傳言，但心中卻是有些不信，好在等一會兒就可證實了。」

瘋啞道人聽得又連連點頭。

湯霖心中暗道：「這瘋啞道人的武功，雖然高強，但如論心機，那就大爲不成了。」

但見那瘋啞道人左手亂搖，右手長劍在地上寫了起來。

雖然火炬明亮，但因相距邊遠，湯霖仍然無法看清楚他在地上寫些什麼。

九指魔翁看完了地上的字跡，忍不住哈哈一笑，道：「老夫亦有同感，在山谷中隱居了數十年，只怕已非那慕容長青之敵，見面之後，咱們還是一齊動手吧？」

瘋啞道人點頭一笑。

講話的聲音雖非太高，但幾人都有著很深厚的功力，耳目異於常人，仍然聽得十分清楚。

申子軒、雷化方等，只覺心頭震駭不已，暗道：「聽兩人的口氣，慕容長青大哥，果然還活在世上了。」

這時，隱身在樹上群豪，大都已知曉了來人的身分，凡是認得九指魔翁和瘋啞道人的人，無不心頭震駭，暗自警惕道：「如若是被這兩人發覺了，有人藏在暗中偷看，定然是難以保得性命。」

但郭雪君看到兩人，卻又是一番感慨，暗道：「這兩人怎麼會找到了此地？」

只見九指魔翁突然舉起手中的黑色手杖，瘋啞道人也緩緩揚起了手中長劍。

群豪吃了一驚，只道兩人要動手搏鬥，哪知兩人劍尖和手杖觸接之後，竟然各自退了三步，然後，各自盤膝而坐。

原來，兩人心中還是有些互不信任，彼此之間保持的距離，正是兩人足夠的防衛距離，不論何人要想躍起施襲，對方都有著防衛的機會。

火炬下，只見兩人閉上雙目，端然而坐。

顯然，兩人對即將降臨的一場惡鬥，都懷著凜然以臨的心情。

時光在緊張的沉寂中度過，雖只是片刻光陰，但卻給人一種悠長的感覺。

寂然中，忽聞一聲輕輕的咳嗽聲，傳入耳際。

凝神望去，只見一位身著青袍，臉垂青紗，手提長劍的老者，緩緩行入場中。

九指魔翁、瘋啞道人同時站了起來，各舉兵刃，護住了身子。

湯霖距離場中最近，也看得最是清楚，覺著那青袍人兩道銳利的目光，有如兩道有形之物一般，穿出蒙面青紗，炯炯照人。

九指魔翁哈哈一笑，道：「慕容長青，咱們是老對頭了，用不著青紗罩面，故作神秘，揭下面紗來，大家以真正面目相對，也好打個痛快。」

青袍人冷然一笑，道：「老魔翁，你口中雖然說得輕鬆，但你內心之中，並沒有真的確定我的身分，是嗎？」

九指魔翁手中黑杖一抬，冷冷說道：「此時此情，似是用不著再弄玄虛了。」

突然，手杖一伸，快如閃電一般，直向那青袍人臉上的面紗挑去。

青袍人長劍一揮，畫起了一圈銀虹，噹的一聲，封開了手杖，冷然說道：「動手之後，你們就沒有活命機會，所以，老夫要在未動手前，問你們幾件事。」

九指魔翁向後退了三步，道：「好！你問吧！」

青袍人道：「你們兩人到此，是何人所差？」

九指魔翁冷冷說道：「閣下約我們到此，但卻又故作不知，不知是何用心？」

青袍人奇道：「是老夫約你們到此？」

九指魔翁道：「慕容長青，你不用裝腔作勢了，我們既然來了，自然是免不了一場決戰，你帶了多少助拳之人，要他們一齊出手就是。」

那青袍人並未立刻回答兩人之言，雙目神凝，兩道銳利的目光，四顧了一陣，才緩緩說道：「你老魔頭可是覺著老夫非你之敵嗎？」

九指魔翁冷笑一聲，道：「那倒不是，你折磨了我數十年，老夫恨你入骨，因此，已決心和瘋啞道人聯手取你之命，事前說明，也好叫你有個準備。」

青袍人冷笑一聲，道：「除了你們兩人之外，不知另帶了多少助拳人？」

九指魔翁怒道：「只有我們兩個，餘下的都是你的人了。」

青袍人冷笑一聲，道：「老夫派來了十二個布置場地之人，帶來了四個隨行的僕從，連老夫在內，合計一十七人。」

九指魔翁接道：「你慕容大俠如是覺著人手還不夠，再下令多召集他們幾個不妨。」

青袍人輕彈手中長劍，道：「你老魔翁既然想故作神秘，老夫也不再多追問了。」

這兩人對答之言，卻聽得躲在林中的申子軒等，個個心頭震駭不已。

從那青袍人口氣中聽得，顯然他並未瞧到幾人，但他憑藉一種超凡的內功成就，已感覺林中藏的有人。

只此一椿，瘋啞道人和九指魔翁，顯然已落下風。

九指魔翁回顧了瘋啞道人一眼，道：「老道士，你被他囚禁了數十年，受盡了痛苦，今日正是報仇雪怨的時機，還不出手，等待何時？」

喝聲中手杖一抬，搗向青袍人的前胸。

瘋啞道人長劍一起，斜裡攻出一劍。

這兩大武林高手合擊之勢，威力非同小可。

劍如閃電一般，幻起一片森寒的劍氣，鐵杖如山，幻起了重重的杖影。

遠遠看去，火光下只見一圈白芒和一片杖影，直對那青袍人壓了過去。

青袍人突然間舉劍一揮，人影頓失所在，只見一道銀虹射入了寒光杖影之中。

三人武功，都入極峰，劍快杖快，快得人看不清招術變化，只見到一圈光影，交錯盤旋，在廣闊的草坪上翻滾流動。

夜仍是一片寂靜，聽不到一點兵刃相觸的聲息。

但那激蕩的金風劍氣，使四周高燃的火炬，忽明忽暗，搖顫欲熄。

隱身在林中的人，都算得是久走江湖的高手，經歷過風浪的人物，但卻從未見過這等打鬥，個個都看得屏息凝神。

蛇神湯霖距離最近，感受亦最強烈，只覺陣陣劍氣，直逼上身，有如冷風霜刃，泛肌生寒，迫得湯霖不得不運氣護體，和那強烈的劍氣抗拒。

突然間，感覺到腿上一涼，褲子上裂了一個大口子。

低頭看去，只見腿上有一條紅色的跡痕，隱隱透出血跡。

突然間，響起了一連串金鐵交鳴之聲，交纏在一起的人影霍然分開。

凝目望去，只見九指魔翁右手握杖，左手按在小腹之上，臉上是一片痛苦的神色。

瘋啞道人手中高舉長劍，頂門上有一股鮮血緩緩流出。

終於長劍軟軟垂下，身體栽倒地上。

那青袍老者突然仰面大笑三聲，道：「兩位本可逃過這劫難，想不到你們竟然千里迢迢的跑來此地送死。

只聽一個冷冷的聲音，接道：「在劫的難逃，但閣下卻也在這大劫之中。」

青袍人厲聲喝道：「什麼人？」

一個清冷的聲音應道：「我！」

一個身著黑衣，面垂黑紗的人，緩步行了出來。

郭雪君只覺那聲音十分熟悉，極像救自己的人。

青袍人冷冷說道：「你是誰？」

黑衣人緩緩取下臉上的蒙面黑紗，露出長髯五官。

縱然是沒有見過其面的人，也都聽師長說過，正是名滿天下的慕容長青大俠。

青袍人身子顫動了一下，繼而哈哈大笑，道：「那慕容長青早已死去，老夫親眼看到，你冒他形貌，再來見我，豈能騙過老夫？」

黑衣人冷肅地說道：「你殺了慕容長青，卻又藉他之名，邀請武林中三十六位高手，共商江湖大計，酒菜之中，暗下迷藥，把他們一舉迷倒，分別囚禁，逼他們交出武功，然後，又把他們囚入了地下石城，是嗎？」

青袍人冷笑一聲，道：「你可是想誘使老夫供出此事，讓那些藏身在林中之人，全都聽到嗎？」

黑衣人道：「這些年來，我已盡知內情，你雖然行事縝密，但你仍有遺漏。第一樁，你就未想到我還活在世上，你就是不肯說出內情，我也會說給他們知曉……」

青袍人接道：「你是想清楚了？」

黑衣人道：「想清楚什麼？」

青袍人冷冷說道：「最後的結局，你已經不是我的敵手了，我可以在百招之內，取你之命。」

黑衣人搖搖頭，笑道：「你殺了瘋啞道人，重創了九指魔翁，耗去了相當的內力，目前，你已經沒有殺我之能。」

青袍人冷笑一聲，道：「這就是你等待的時機……」

黑衣人道：「也是我的安排。」

話聲突轉嚴厲，道：「取下你臉上面紗吧！此時此情，似是再無掩遮身分的必要了。」

青袍人冷笑一聲，道：「取下面紗，又能如何？」伸手取下了面紗。

郭雪君凝目望去，果然瞧出那正是地下石城的主人，心中諸多疑問，陡然間了然許多，自然，仍有很多疑難問題，無法全然明白。

黑衣人雙目凝注在青袍人的臉上，瞧了一陣，道：「你雖然費盡了心機，仍然無法使容貌完全像我……」

輕輕咳了一聲，接道：「聽說，你找過很多替身，不知是真是假？」

但聞砰然一聲，那手按小腹的九指魔翁，一跤跌摔在地上。

黑衣人回顧了九指魔翁一眼；嘆道：「兩位被我用計誘來此地，落得如此下場！唉！就私人而言，兄弟至感抱歉，但兩位一生作惡多端，死於人手，那也是罪有應得了。」

青袍人哈哈一笑，道：「當今之世，人人都知慕容長青是一位排難解紛的大俠，其實你卻是陰沉、自私無與倫比的人物。」

黑衣人正待答話，突聞二聲高呼道：「大哥。」

一條人影，由樹上直撲下來。

那人疤面駝背，正是中州一劍申子軒。

原來申子軒目睹那黑衣人揭開面紗之後，心中激動無比，忍了又忍，終是忍耐不住，縱身飛下。

黑衣人輕輕咳了一聲，道：「你是……」

申子軒道：「小弟申子軒，大哥不認識了嗎？」

慕容長青道：「你的聲音我還聽得出來。」

申子軒道：「三弟、五弟，都在這裡，只可惜四弟卻不知到了何處？聽說他混跡在三聖門中，尋訪大哥下落。」

這時，九如大師、雷化方等，全都由樹上飛身而下，行了過來，叫道：「大哥，你想得我們好苦啊！」

慕容長青吁一口氣，道：「二十年來，你們定然都受了很多痛苦。」

申子軒道：「大哥還活在世上，兄弟們受這一點苦，算得什麼？」

慕容長青道：「唉！咱們雖然親如兄弟，但你們對我這個做大哥的，亦不了解……」

雷化方接道：「大哥俠名滿天下，誰不尊崇敬仰，我們做兄弟的，向以大哥爲榮。」

慕容長青苦笑一下，道：「世人都知慕容長青是一位大俠士，但他們都忽略了一件事。」

九如大師道：「什麼？」

慕容長青道：「人性，世間沒有一個人，會像傳言的慕容長青一樣，那不是人，那該是神了。」

慕容長青輕輕嘆息一聲，道：「你們耐心一些，就可以看到大哥的真面目了。」

慕容長青目光轉到那青袍人的身上，緩緩說道：「這是我幾個義結金蘭的兄弟，他們對我情義極深，他們只知道我的俠名，卻不知我的惡跡，你如要告訴他們，儘管據實而言。」

青袍人冷笑一聲，道：「你辛辛苦苦建立起的俠名，不怕毀於一旦嗎？」

慕容長青黯然說道：「這件事，我想了很久的時間，現下我已經想通了，我不能一手掩盡天下人的耳目，這件事早晚都要揭現於江湖之上，所以，名譽一事，早已對我構不成威脅了。」

青袍人目光轉動，四顧了一眼，道：「除了你這三個兄弟之外，還有人隱藏在樹林中嗎？」

慕容長青說道：「有！不過，有多少我不知道。」
青袍人道：「叫他們全都出來。」
慕容長青目注林中，高聲說道：「這是一場難得的盛會，你們既然趕上了，何不現身場中，看個仔細，如若你們命中注定死，躲在林中，也是一樣的難逃劫難。」
語聲甫落，蛇神湯霖，首先跳下樹來。
接著郭雪君、楊鳳吟、神釣包行，魚貫行出了林子來。
青袍人雙目中神光閃動，盯注在楊鳳吟的臉上，瞧了一陣，道：「妳沒有死？」
楊鳳吟道：「不錯，只怪那人刺出的劍勢偏了一些，留下了我一條命。」
青袍人沉吟了一下，道：「什麼人救了你？」
慕容長青道：「我，我一生做事，都別有目的所圖，這次救她之命，卻是沒有別的目的。」
楊鳳吟輕輕嘆息一聲，望著那青袍人道：「你究竟是何許人，爲什麼要冒充慕容長青，你在地下石城說過的話，都是假的了？」
青袍人淡淡一笑，答非所問地道：「那位慕容雲笙呢？現在何處？」
楊鳳吟搖搖頭，道：「不知道。」
青袍人冷哼一聲，道：「慕容長青，咱們在動手之前，該先約定一事。」
慕容長青道：「好！你先說出來，只要合情合理，在下無不答允。」
青袍人道：「咱們各自說出隱秘，讓他們離開此地，咱們再動手一決生死，不論任何人得勝，他們都已走遠，三聖門中事跡，和慕容長青的爲人，都可以傳入江湖了。」

慕容長青略一沉吟，道：「好主意，不過，有一點在下不大放心。」
青袍人道：「哪一點？」
慕容長青道：「你屬下眾多，關卡森嚴，他們能離開這片森林，卻未必能夠生入江湖。」
青袍人道：「老夫有一塊聖牌，只要他們帶在身上，三聖門中人都不會再攔阻他們。」
談話之間，伸手取出一面金牌，遞向楊鳳吟的手中。
慕容長青望了那聖牌一眼，道：「不錯，確是三聖門中最高權令，姑娘要好好收著。」
語聲一頓，接道：「三聖門中，一共有三塊聖牌，都是我手造之物。」
青袍人道：「這三聖門，又是何人所創呢？」
慕容長青略一沉吟，道：「我……」
雷化方怔了一怔，道：「大哥，你……」
慕容長青嘆息一聲，道：「五弟，你不用激動，耐心點聽下去，你就會知道，俠名滿武林的慕容長青，只不過是假俠名以遂私願罷了。」
雷化方道：「這個怎麼可能呢？」
慕容長青不再理會雷化方，接著說道：「我技兼天下之長，集數十種絕學於一身，這其間有一個很大的原因，那就是我挾恩求報，用方法逼別人交出武功。」
中子軒嗯了一聲，道：「如若那人不肯交出武功呢？」
慕容長青道：「這就要用方法了，軟硬兼施，攻其弱點，這一生中，我學到百種以上的武功，從未失敗過一次。」
中子軒輕輕嘆息一聲道：「大哥之言，也有道理，因為千古以來，從無一人像大哥一樣，幾乎是身兼天下之長。」

九如大師道：「大哥和我等相識之後，一直沒有很多時間練習武功，但大哥的武功，卻似日在進步之中。」

慕容長青道：「你們相信了就好。這些年，我欺世盜名，良心上極爲不安，我要把慕容長青的俠名毀去，使武林中人人知曉此事，才能夠死得安心一些。」

申子軒道：「聽完了大哥這一番話，使小弟心中生出了一個很奇怪的念頭。」

慕容長青目光盯注在申子軒的臉上，微微一笑，道：「什麼念頭，請說吧！」

申子軒道：「未見大哥此面之前，小弟覺著對大哥了解甚多，但見過大哥此面之後，小弟確有著對大哥全無所知的感覺，細想過去的事，似乎是一片空白。」

語聲一頓，接道：「大哥，那慕容雲笙又是怎麼回事呢？在小弟記憶之中，慕容府那寬大的宅院，似乎是一直沒有女主人。」

慕容長青道：「他本來就不是我的兒子。」

雷化方接道：「那是別人冒充的了？」

九如大師道：「大哥手筆書信，也都是別人僞造的了？」

慕容長青道：「手書是我留下，因爲那時間，我不知道自己還能活到現在，所以，要一個報仇的人。」

申子軒道：「所以，你留下一封書信，把那孩子認做了自己的兒子，再替武林掀起了一陣波濤。」

慕容長青黯然嘆息一聲，道：「害得你侚背毀容，自殘軀體，爲我苦了二十年。」

申子軒道：「小弟粉身碎骨，在所不惜，咱們有這份交情，但你耍了這個大騙局，無數武林同道為了到你墓前奠祭而喪命，用心又是何在？」

慕容長青苦笑一下，道：「這就不能怪我了。」

目光轉注到那位青袍人的身上，道：「完全是他的設計。」

青袍人冷笑一聲，接道：「那些人，都是對你崇敬的人物，也對你死亡一事極為關心。如若不用那等殘酷的手段，使天下武林同道，把慕容長青埋骨的墳墓，視作恐怖的屠場，在大家公議之下，打開墳墓一瞧，發覺了那墳墓之內空無所有，必將引起天下武林同道的疑心，閣下一番設計，豈不是白費了。」

申子軒長長吁一口氣，接道：「好惡毒的手段，好卑下的用心。」

左手抓起長袍，右手長劍一揮，斬下一方袍角，道：「我們被你騙了幾十年，心目中把你看成了人間聖主，卻不料你竟然是卑下惡毒、冷酷絕倫的魔頭，我申子軒今宵和你割袍斷義。」

雷化方手中鐵筆一探，在地上一劃，接道：「雷老五也和你劃地絕交。」

九如大師道：「阿彌陀佛，貧僧敬重數十年的大哥，竟是魔鬼化身，慚愧，慚愧！」

慕容長青木然一笑，道：「我是不配和你們稱兄道弟，你們才是真真正正的俠客，一個人節操、價值，不能以武功的成就而論。」

目光由申子軒、九如大師、雷化方臉上掃過，黯然接道：「三位請給我一個機會，讓我做一件有益武林的事，然後，我會自作了斷，謝罪天下。」

申子軒冷冷說道：「你要做什麼？」

他武功如比起慕容長青，直如小巫見大巫，相差數百倍，但他那大義凜然，至情至義的節操，卻使得慕容長青有著不敢逼視的窘迫，緩緩垂下頭去，道：「我要瓦解三聖門，使武林能重歸寧靜。」

突然抬起頭來，雙目炯炯，逼視著那青袍人，道：「你是否還能想出威脅我的方法，如是想不出來，咱們可以動手了。」

青袍人還未及答話，申子軒卻搶先說道：「且慢動手，我心中還有幾樁疑問，希望向你問個明白。」

慕容長青臉上閃掠過一抹焦慮，但不過一瞬之間，重又恢復了鎮靜，道：「你問吧。」

申子軒道：「那慕容雲笙是什麼人？」

慕容長青目光投注那青袍人的臉上，道：「他的兒子。」

此言一出，全場震驚，所有人的目光，都投注那青袍人的身上。

申子軒啊了一聲，道：「看來事情很複雜了。」

慕容長青道：「但他自己也許還不太清楚。」

青袍人冷笑一聲，道：「老夫如若是真不知道，你們豈能夠安然而出。」

楊鳳吟接道：「你對他那樣好，原來你早已知曉了。」

慕容長青道：「他只是心中有些懷疑而已，我想他心中並不能肯定慕容雲笙是他的兒子。」

楊鳳吟道：「但他對慕容雲笙很好。」

青袍人臉上泛起怒容，冷冷接道：「如若不是妳這丫頭，老夫安排好的事情，也不會有這些變化了。」

慕容長青哈哈一笑，接道：「你現在該知道了，那位慕容雲笙確是你的兒子，他雖非傷在你的手中，但卻是傷在你安排之下，這就叫報應。」

青袍人雖然極力想保持著外形的鎮靜，但卻仍然無法按捺下心頭震動，忍不住說道：「他現在何處，傷勢如何？」

慕容長青道：「傷得很重，人被老夫藏在了一處很隱秘的所在……」

語聲一頓，接道：「他本是一個平凡的孩子，只因世人誤認他是慕容長青之子，所以，他極快的成了武林中天之驕子，但他卻一直在他父親的迫害之下，你們父子相殘，也算是武林中一大奇事了。」

青袍人冷笑道：「我知道你的用心，如若是咱們在這場搏鬥中，你傷在老夫手中，老夫之子再無法得到食物、藥物，必然會傷重而死，是嗎？」

慕容長青道：「不錯，你如想救他之命，只有一途，那就是搏鬥時死在我的手中。」

青袍人冷笑一聲，道：「只怕你一番心機白費了，老夫豈是甘於受人擺弄的人。」

申子軒、九如大師、雷化方，二十年來，受盡了挫折屈辱，但卻一直奮發不輟，時時以慕容長青的仇恨爲念，但慕容長青幾句話，卻使他們二十年屢折不挫的豪氣，頓然消失。

三個人黯然相顧，長嘆一聲，垂下頭去。

郭雪君突然接口說道：「慕容老前輩，我想請教一事，不知可否見告？」

慕容長青道：「只要老夫知曉，無不據實奉告。」

郭雪君道：「我受傷暈迷，可是閣下救我之命？」

慕容長青點點頭，道：「是我。」

郭雪君道：「賜我書信，搬來九指魔翁、瘋啞道人的那位神秘人物，也是閣下了。」

慕容長青道：「也是我。但九指魔翁和瘋啞道人，都非好人，我雖然在他們身上動了手腳，加了禁制，但他們還活在世上，我如一旦死去，對他們終是難以放心，因此，在我死去之前，借這假冒我的人之手，除去兩位魔頭，免得替武林留下禍患。」

郭雪君道：「我在一處山洞之中，看見三具屍體，其中一具，似是閣下，那屍體也是假的了。」

慕容長青道：「屍體是真的，不過，不是我。」

伸手指著那青袍人，接道：「他費盡心機，找了很多長像和我一般的人，他用活人，我卻用了那些人的屍體。」

郭雪君道：「那山洞之中，共有三具屍體，除你之外，還有兩人，似是一僧一道，又是何許人物？」

慕容長青道：「那和尚是少林寺的天通大師，那道人是武當門中的鐵劍道人。他們二人和我，才是創立三聖門的祖師。」

郭雪君回顧了青袍人一眼，道：「這一僧一道，也是死於他的手中了？」

慕容長青搖搖頭，道：「不是，天通和鐵劍，都是死於我慕容長青之手。」

楊鳳吟道：「你爲了要獨攬三聖門的大權，所以害死了他們。」

慕容長青道：「姑娘只說對了一半，還有一半是，他們都是正大門派出身，不願以權術治世，和我爭執甚烈，冰炭無法同爐，不是他們兩位死了，就是我亡了。」

楊鳳吟道：「你如是殺過甚多人，也不會被人誤尊爲慕容大俠，但你所用的借刀殺人手法，其陰險、惡毒，又強過你親手殺人了。」

慕容長青道：「我一生用謀施詐，罪惡甚多，都已記入我交給妳的那本武功密錄之中。那上面的武功，都是我強逼、狡騙而來，武功淵源和我逼騙的手法，都有很詳細的記述。我死之後，希望姑娘能把我用的謀略、騙術，公諸於世，使天下武林同道，都能提高警覺，日後，武林之中不要再出現第二個慕容長青。」

楊鳳吟道：「我會完成你的心願。」

慕容長青道：「月來，我傳妳的幾招武功、手法，妳是否都記熟了？」

楊鳳吟點點頭，道：「記熟了。」

慕容長青道：「那很重要，因爲，我死去之後，妳將是唯一能夠解救被囚於三聖門的人了。」

楊鳳吟道：「我再問一件事，希望你據實回答我。你是處處使用心機的人，但對我卻有些例外，月來，你對我照顧得無微不至，那又是爲了何故？」

慕容長青哈哈一笑，道：「我做盡了世間所有的壞事，死去之前，忽然想到嘗嘗做好人的滋味，那該是不用找什麼理由了。」

輕輕咳了一聲，接道：「孩子，我也要問妳一件事，妳要據實回答。」

楊鳳吟道：「不論你的人多麼壞，但你對我有恩，縱然萬人對你唾罵，我也不能罵你，你要問我什麼，儘管請說。」

慕容長青道：「很好，很好，聽妳這兩句話，我死也可以瞑目了。孩子，妳傷勢怎麼樣了？」

楊鳳吟道：「承你細心的照顧、調理，我已完全好了。」

慕容長青點點頭，道：「好，這樣我也可以放心了。」

隨即把目光投注那青袍人的身上，道：「咱們可以動手了。」緩緩一劍，刺了過去。

他攻出的劍勢，大異武學常規，劍勢緩慢，有如蝸牛慢步，劍芒閃閃，緩緩點向青袍人的前胸。

這等緩慢的劍招，別說對付武林中的第一流高手，就是對付一個普通的人，也是無法傷得。

但那青袍人卻似乎對這一劍十分重視，雙目神凝，盯在慕容長青的劍上，神態間十分嚴肅。

場中人都算是江湖上一流高手，一生之中，見過無數的搏鬥，但目睹慕容長青和人動手大都是第一次，想這一場搏鬥，必將是武林中第一等劇激的惡戰。

申子軒和郭雪君等距離慕容長青較近，感覺到那緩緩而出的長劍上，每向那青袍人逼近一寸，劍氣就強烈了很多。

不自覺的，兩人向後退了幾多。

火光下，只見青袍人身上的衣服，有如灌氣一般，突然間膨脹起來。

慕容長青的臉色，也隨著接近那青袍人的劍勢，泛起了一陣紅暈。

突然間，慕容長青的劍勢加快，點中那青袍人的前胸。

青袍人疾快地向後退了一步，右手一翻，手中長劍疾快絕倫地飛了起來，寒芒一閃，斬向慕容長青的右臂。

這一劍，大反慕容長青之道，劍勢疾快如閃電一般，快得連旁側站立的人，也無法看得清楚。

兩個人交錯而過。

只聽啵啵兩聲金鐵交鳴。

沒有人看清楚兩人交手的詳情，但從兩人的狼狽形狀上，看出了兩人交手一劍的凌厲。

但見那青袍人前胸衣服破裂，緩緩流出血來。

慕容長青右臂上衣服破裂，也緩緩流出鮮血來。

兩個都未顧及到身上的傷勢，迅快地轉過身子，又成了相對之勢。

慕容長青又緩緩舉起長劍，道：「我想三劍之內，咱們就可以分出勝負了。」

青袍人冷冷說道：「不是勝負，而是生死，三劍力拚，不是你死，就是我亡。」

慕容長青道：「很好，再接我一劍試試。」

青袍人長劍緩緩舉起，冷冷說道：「這一劍我要攻你。」

話聲甫落，人已飛躍而起，長劍一振，直向慕容長青撞了過來。

慕容長青也同時飛身而起，執劍衝去。

兩個人懸空揮劍，但見兩道白光，糾纏一起。

這是一場江湖上極爲罕見的搏鬥，兩個人借劍相觸之力，竟然停在空中甚久。

兩人拚鬥了四、五招，才落著實地。

凝目望去，只見兩人對面而立，身上衣服破裂，鮮血淋漓，滿身都是！

楊鳳吟回顧了申子軒一眼，低聲說道：「他們兩個人功力悉敵，難分勝負，打下去，很難預料勝負。」

申子軒冷冷說道：「在下瞧出來了，但卻不知如何插手？」

楊鳳吟嘆息一聲，道：「至少，慕容長青現在所做的，是一件好事。」

申子軒道：「楊姑娘的意思是……」

楊鳳吟道：「別誤會我要你們幫忙，你縱然想幫忙，也幫不上。」

申子軒道：「在下更不明白姑娘的意思了。」

楊鳳吟道：「你們心中如是還有問題，應該早些問了，照目前的看法，他們很可能打成個同歸於盡。」

申子軒嗯了一聲，道：「不錯，我得問問他。」

語聲一頓，接道：「慕容大俠，慕容大俠……」

他一連呼叫數聲，卻不聞慕容長青回答之言。

但聞慕容長青大喝一聲，飛身而起，連人帶劍，直向那青袍人撞去。

青袍人長劍揮動，幻起一片護身寒芒。

但見慕容長青挾著一道白光，直衝入一片寒芒之中。

一陣金鐵交鳴之後，光芒盡斂，那青袍人突然仰身倒臥下去。

慕容長青長劍支地，身子搖顫，回頭望著申子軒，道：「兄弟，不要誤會我。剛才我如回你一句話，勢必傷在他的劍下，你要問我什麼？」

話落口，人也無能再支撐下去，一仰身，向下摔去。

楊鳳吟玉腕一探，搶先一步，接著了慕容長青的身子。
雷化方探首望了慕容長青一眼，道：「楊姑娘，他死了嗎？」
楊鳳吟搖搖頭，道：「他沒有死，但他傷得很重。他對我有救命之恩，我一定要盡力救他。」
慕容長青突然挺身坐起，道：「我沒有救了，他一劍刺斷了我的心脈，窮天下靈藥，集世間名醫，也無法使我重生……」
他似是全力在忍耐著痛苦，希望把話說完，說到重生二字，突然一張口，吐出兩口血塊，閉目而逝。
雷化方緩緩嘆息一聲，道：「有一件最重要的事，咱們忘記問他了。咱們已大約知曉了慕容長青的爲人，但這青衣老者是什麼人，如何變成了三聖門主宰人物，又爲何要借用慕容長青的名字？」
中子軒道：「這人的身分，雖然神秘，但咱們不難查得出來，困難的是，三聖門仍然是一個實力強大、充滿著神秘的組織，這個組織不消滅，武林中就無安寧可言……」
楊鳳吟道：「只有一個法子。」
雷化方道：「什麼法子？」
楊鳳吟目光轉注到中子軒的臉上，接道：「他告訴過我，這是唯一的結果，也是最好的結果，餘下的，是我們的事了。」
中子軒道：「我們的事？」
楊鳳吟道：「不錯，慕容長青死了，但他留下一局殘棋，我們要幫他完成，他需要助手，但這裡卻沒有一個能夠助他，他等待了很多年，才等到了我和郭雪君。」

申子軒道：「姑娘之意，是想憑我們幾人之力破去三聖門嗎？」

楊鳳吟道：「別說我們幾人之力，就是集目下武林中全部力量，也未必能夠對付得了三聖門。唯一的辦法，就是咱們借用三聖門的力量，瓦解三聖門。」

語聲一頓，接道：「有一件事，諸位還不知曉，那就是九大門派的掌門人，都已為三聖門所控制，武林中人人夢想的霸主，於今已成為事實了。」

申子軒道：「霸主是誰？」

楊鳳吟道：「能造成今日局面的人，除了慕容長青之外，別人怎會有此才能，但智者千慮，必有一失。」

她頓了頓，接道：「他辛辛苦苦奠定的武林霸業基礎，卻為別人取代，就是那位在石城中自號王大夫，又詐用慕容長青之名的青袍人了。」

申子軒奇道：「這人是誰呢？」

楊鳳吟道：「慕容長青留下一本書，說明了他一生中所為的經過，說這是一本罪惡的秘錄也好，說它是一本懺悔的傳記也好。」

申子軒道：「姑娘看過了那本書嗎？」

楊鳳吟點點頭，道：「所以，我要和各位商量一下慕容長青的事。」

申子軒道：「姑娘請說吧！」

楊鳳吟道：「慕容長青用了幾十年的時間，在江湖上建立的信譽，決無第二個人能夠取代，如是我們把慕容長青偽善實惡的真相，公諸於武林之中，其所引起的震動，必將是議論紛紛，莫衷一是，因此，這件事暫不宜公諸天下。」

楊鳳吟接道：「何況慕容長青最後，已用自己的鮮血洗去了他的罪惡，而用他留在武林中的俠名，當可使江湖上人人信服，武林中元氣未復，實也再經不起一次波動，因爲很多被害的人，都不知害他們的是慕容長青，此事一旦揭穿，必將又引起一次武林暴亂。」

申子軒四顧了一眼，道：「我們同意姑娘的高見。」

楊鳳吟道：「那很好，現在咱們再決定一件事，就可以動身了。」

申子軒道：「還有什麼事？」

楊鳳吟道：「關於那慕容雲笙，世人都知道有一位慕容公子替父復仇，但卻無人知曉慕容長青根本就沒有兒子，連你們這等義結金蘭、親如兄弟的人，也對他知曉不多……」

語聲一頓，接道：「慕容公子無辜，爲人也很君子，也許因爲他不是慕容長青血統之故，所以咱們不能傷害他，也別告訴他事情真相。」

申子軒點點頭，道：「要他以慕容公子的身分，出現江湖。」

楊鳳吟道：「幾位仍然要像過去一般愛護他，不要讓他感覺到，你們都有了改變，那會引起他的懷疑。」

雷化方道：「我們被騙了數十年，心中充滿著激憤，如何還能忍下。」

楊鳳吟道：「騙你們的是慕容長青，和慕容雲笙何干？再說，如非那青袍人心中掛念著慕容雲笙，慕容長青未必是他之敵。唉！他是個無辜的人，你們不能傷害他，他如一旦了解真相，必將是痛不欲生。」

申子軒道：「好！我們答應姑娘。」

楊鳳吟突然流下兩行淚水，道：「我們把這兩具屍體埋了吧！」

申子軒道：「慕容長青晚年悔悟，改過向善，替武林除去了大患，我們應該把他埋了。至於那青袍人，我們還未了解他的身分，先找出他的身分，再埋他不遲。」

楊鳳吟道：「你們仔細看看他，也許能夠認出他是誰。」

抱起慕容長青的屍體，緩步向前行去。

湯霖看楊鳳吟抱著慕容長青的屍體，滿臉淚痕，心中甚感奇怪，說道：「姑娘和這位慕容長青，似極投緣。」

楊鳳吟黯然一笑，道：「他對我有救命之恩，我埋了他的屍體，也不過是聊報萬一罷了。」

湯霖啊了一聲，未再多言。

## 六九　手足相殘

但聞九如大師高聲道：「我認出來了，他雖改變了自己的面貌，卻忘了割去他耳後的一顆紅痣。」

申子軒道：「難道……你說的是四弟紫雲宮主。」

九如大師道：「就是他。唉！咱們早該想到他了，他說混入三聖門中，訪查殺害大哥的真兇，但卻一直沒有和咱們聯絡過。」

申子軒緩緩走到那青袍老人身側，轉過他的屍體，凝目望去，果見右耳後面，有一顆紅豆粒大小的紅痣，不禁身子一軟，道：「這就是他爲什麼不殺咱們的理由了，以他的武功而論，如在慕容長青和咱們說話時，突然出手，至少可使咱們身受重傷。」

雷化方如遭雷擊一般，呆呆地說道：「不會錯了，是四哥，這是手足相殘。」

九如大師喝道：「五弟，我想起一件事，我這殘廢之身，就是傷在老四手裡，我那一刀被他封開，使我無法變化，那一刀本是慕容大哥所創的刀法，如是不知底細的人，決難破解。」

申子軒冷冷接道：「那不是他創的刀法，而是騙迫來的奇招。唉！一個人不論聰明到什麼程度，也無法兼通天下武功之長啊！這一大破綻，咱們竟未能想到。」

九如大師低喧了一聲佛號，道：「咱們如是要稍微用心想想，提出疑問，只怕此刻屍骨已寒多時了。」

神釣包行突然一揚手中的魚竿，道：「諸位和那慕容長青，有過金蘭之誼，你們留此辦理他身後之事，是盡私情，情有可說；但在下爲了他，吃過不少苦頭，現在想來，既可笑又覺可悲，死不記仇，在下也不想再數說慕容長青，但也不願在此停留，我要先行告辭了。」轉身向外行去。

申子軒急急說道：「包兄留步。」

包行道：「申兄還有何見教？」

申子軒道：「包兄意欲何往？」

包行道：「在下一向欽敬的慕容大俠，數十年來對他被害一事，一直耿耿於懷，寢食難安，但在下想不到慕容長青竟是一位僞善行惡的人物，這數十年來的崇敬之心，一旦消失，對在下的傷害，比死亡還要難過。在下實不願在此多留。」

申子軒道：「慕容長青雖然一生罪惡，但他此刻已經死去。還望包兄能振起精神，協力破去三聖門。」

包行搖搖頭，道：「我已心如死灰，這世界再沒有一個人能使我重振雄心。」

郭雪君嬌軀一閃，攔住了包行的去路，道：「你不能走。」

包行頭也不抬地應道：「爲什麼？」

郭雪君道：「這地方步步殺機，你走不出三聖門的範圍。」

這時，楊鳳吟已埋好了慕容長青的屍體，一躍而至，道：「郭姑娘說得不錯，如不能毀去三聖門，任何人都可能借其爲惡，現在三聖門首腦雖去，但他們的組織並未解體。」

郭雪君輕輕嘆息一聲，道：「哀莫大於心死，立在你心中幾十年的偶像，一旦破滅，內心中的痛苦不難想到；但那只是一個人的事，如若三聖門不被消滅，那將是千萬人的痛苦。」

包行突然停下腳步，雙目中閃掠過一抹神光，冷冷說道：「三聖門實力雖極爲龐大，但三聖門以下的女兒幫，也是武林中一股強大的力量。」

郭雪君道：「瓦解了三聖門後，我將力勸敝幫主解散女兒幫。」

包行道：「如是她不肯聽妳呢？」

郭雪君道：「至少我將離開女兒幫。」

包行默然未語，但卻停下了腳步，顯然，他已被郭雪君所說服。

中子軒望了楊鳳吟一眼，道：「楊姑娘，就憑我們幾個人的力量，去瓦解三聖門嗎？」

楊鳳吟道：「就算集合了武林中所有之人的力量，也無法打過三聖門。」

包行道：「那麼姑娘留我等在此，有什麼作用？」

楊鳳吟道：「慕容長青和紫雲宮主都死了，但你們對兩人了解多少呢？」

語聲微微一頓，接道：「古往今來，又有何人能夠建立起三聖門這等氣勢龐大的力量呢？幾位對此，難道全無好奇之感嗎？」

中子軒道：「姑娘解說了半天，但在下仍未聽出，要如何才能瓦解三聖門。」

楊鳳吟道：「三聖門是一股武林中從未有過的龐大力量，但它卻是被智慧串連了起來，瓦解三聖門，智謀要重過武功。」

中子軒道：「這要憑姑娘的調度了。」

楊鳳吟四顧了一眼，道：「好！希望你們推我出面，用心至誠。」

突然舉手連擊三掌，同時口中發出一個極怪的聲音。
但見林中人影閃動，數十個佩帶兵刃的黑衣大漢，急奔而入。
每人的臉上，都泛現出憤怒的神色，拔出了身上的兵刃。
火炬下但見寒光流轉，大有立刻出手之意。
申子軒、雷化方、神釣包行等，都不自覺地亮出了兵刃，準備拒敵。
九如大師也舉起了飛鈸，湯霖舉起了手中的赤練蛇頭。
但聞楊鳳吟喝道：「不能動手。」
緩步向前行去，一面口中低聲誦吟，似是唱歌一般。
那聲音中，充滿了一種祥和之氣。
九如大師低聲對申子軒道：「二哥，這是佛門中的大悲咒經文。」
申子軒奇道：「楊姑娘怎麼會唸起經來了。」
只見那些黑衣大漢，紛紛收了兵刃，團團把楊鳳吟圍了起來，齊齊對著楊鳳吟拜了下去。
楊鳳吟口中仍然低誦著大悲經文，嬌軀轉動，閃轉於一群黑衣大漢之中。
只見她右手揮動，在每一個黑衣大漢身上拍了一掌。
她手法快速，落掌極快，別人只見她衣袂飄飄飛舞，卻無人瞧出她掌勢拍在那些黑衣人的什麼地方。
片刻工夫，那些黑衣人腦後，各自中了一掌。
中掌後黑衣人並未躺下，反而各自盤膝而坐，楊鳳吟也同時停止了誦唸經文之聲。
郭雪君信步行了過來，道：「楊姑娘，這些人怎麼了？」

楊鳳吟道：「他們需要休息，恢復自己。」
郭雪君奇道：「恢復自己？」
楊鳳吟道：「是的，他們被一種禁制控制著，忘了自己，慕容長青以舉世無鑄的俠名，騙了天下人，也騙學了武林高人的武功，集數十百種武功於一身，也學了各種用毒、下毒的辦法。」
郭雪君道：「他能這樣行惡數十年，竟然未被世人發覺。」
楊鳳吟道：「他有一種最大的特點，那就是他從不肯輕易殺人，如非必要，也不肯施用強硬的手段，出手傷人。」
郭雪君道：「他最大的能力是騙，騙得人團團亂轉，還要人人稱讚他是好人，就算吃過他虧的人，也未必知曉他是壞人。」
楊鳳吟點點頭，道：「他一生騙人，但我從他那本記述的傳錄上，瞧出他的悔恨。他畢生心血建立的霸業，卻被人家輕輕易易接了過去，這十幾年來，他體會到被騙的痛苦，所以，他有萬惡騙為首的一句記述，他極力想悔過，忍辱負重，活到現在，目的就在完成他毀去三聖門的心願。」
申子軒望了那些盤坐的黑衣人一眼，道：「楊姑娘，這些人幾時才能清醒過來？」
楊鳳吟道：「不用管他們了，他們清醒之後，自會想起往事，咱們要動身了。」
申子軒道：「哪裡去？」
楊鳳吟道：「進入三聖門去。希望能在一夜之間，毀去三聖門。」
包行道：「就憑咱們幾人之力嗎？」

楊鳳吟道：「是啊，咱們個個神智清明。三聖門中人，卻都是迷途的羔羊，說咱們去摧毀三聖門，倒不如說咱們去救他們來得恰切。」

包行道：「就算他們是身受禁制的人，但他們神智未復之前，仍然把咱們看成敵人，一旦出手，咱們還手不還手？」

楊鳳吟沉吟了一陣，道：「你問得很對。咱們去救人，有如進入了一座瘋人院中，我雖然知曉對付他們的法子，但不能保證一定有效。如果沒有俠心義膽的人，那就不用去了。」

言罷，不再理會幾人，逕自舉步向前行去。

楊鳳吟一席話，大義凜然，也激起了這些人消沉的豪情。

群豪相互望了一眼，齊齊追在楊鳳吟身後行去。

行約數里，到了一處雙峰夾峙的谷口。

楊鳳吟停下腳步，回顧了群豪一眼，道：「攻入三聖門，縱然能一切順利，也難免有幾場凶險搏鬥，諸位能否安然無恙，我是毫無把握……」

群豪齊聲接道：「我等死而無憾，姑娘不用費心。」

楊鳳吟道：「慕容雲笙就在這峰上一處隱秘洞中養息，我去瞧瞧他的傷勢如何。他武功高強，如若傷勢痊癒，約他同行，諸位也可少幾分傷亡的機會。」

湯霖道：「全憑姑娘做主，我等聽候調遣。」

楊鳳吟道：「好！諸位請在此坐息片刻，我去爲諸位準備點食用之物，三聖門埋伏惡毒，天亮之後，咱們再去不遲。」

轉身向一處峰壁之上攀去。

郭雪君道：「楊姑娘，是否需要小妹助妳一臂之力。」

楊鳳吟道：「姐姐如肯幫忙，那是最好不過了。」

郭雪君道：「小妹甚願效勞。」

兩人聯袂而起，攀上峰壁。

郭雪君追隨那楊鳳吟，一口氣攀上峰頂，楊鳳吟推開一塊巨岩，行入一座山洞之中。

楊鳳吟對洞中景物，似是極爲熟悉，伸手摸過一個火摺子一晃，點起了一支松油火燭。

郭雪君四顧了一眼，只見四壁空蕩，哪有慕容雲笙的影子，問道：「那慕容雲笙現在何處？」

楊鳳吟道：「這是慕容長青老前輩的設計，縱然被人找到這座岩洞，他們也找不到洞中的暗門。」

伸手在壁間推動，一扇暗門應手而開，只見慕容雲笙身著青衫，仰面而臥，似是睡得十分香甜，緊傍慕容雲笙身側，躺著一個身著黑袍的光頭和尙。

郭雪君吃了一驚，道：「這個人是誰？」

楊鳳吟道：「康無雙。」

郭雪君駭然，道：「是康無雙？」

楊鳳吟道：「不錯，他原本是個和尙，當了三聖門的大聖主之後，就蓄了頭髮，目前不過是讓他恢復本來的面目罷了。」

郭雪君道：「小妹一度猜想他是化身書生，想不到他卻是個和尙。」

楊鳳吟道：「目下我雖得慕容長青告訴了我很多事，也在他留下的傳錄中，看到了數十年來江湖上的恩怨軌跡，但他的傳錄上，偏重於他個人的惡行和武功解說，必得求證之後，才能了解真相。」

一面動手由暗門內取出了甚多風乾的鹿肉，一面接道：「姐姐，這些野味，足夠我們幾個人飽餐一頓，不過，要拿到外面用火烤過。」

郭雪君道：「這個小妹很在行，不勞費心。」

接過了風乾的鹿肉，回顧了慕容雲笙等一眼，道：「他們睡著了？」

楊鳳吟道：「可以這麼說，不過，他們如是沒有別人幫助，將永遠不會清醒。」

郭雪君啊了一聲，道：「他們服用了一種藥物？」

楊鳳吟搖搖頭，道：「不是，他們被金針釘了幾處穴道，這能使他們全身的神經、肌肉，完全的鬆弛下來，據說這等休息，是全眠的休息，不但對療傷大有幫助，而且能在極短的時間中恢復體能。」

郭雪君道：「姑娘可是不願我看到那金針刺下的方位。」

楊鳳吟道：「姑娘是聰明人，這金針刺穴之術，可用於醫道，也可用於其他，我受慕容長青老前輩的囑咐，不能把此術公諸於世。」

郭雪君點點頭，道：「我明白。」縱身躍出石洞。

當她烤熟了鹿肉，重進石洞時，慕容雲笙和身著僧袍的康無雙，都已坐了起來。

兩人的腹中似是十分饑餓，四隻眼睛一齊盯注在郭雪君手中的鹿肉上，饞涎欲滴。

楊鳳吟笑一笑，道：「給他們兩塊鹿肉吃。」

郭雪君應了一聲，撕下兩塊鹿肉，分給了兩人。

兩人接過了鹿肉，立時大吃起來。

郭雪君很希望慕容雲笙或康無雙說幾句話，但她大失所望，兩人一直是低頭大吃，未發一言。

楊鳳吟低聲說道：「郭姐姐，咱們走吧！把鹿肉分給他們食用。」

郭雪君雖有千言萬語，但楊鳳吟卻不給她說話的機會，縱身躍出了石洞，郭雪君也只好追了出去。

楊鳳吟把鹿肉分給群豪，道：「天色不早了，諸位飽餐過後，咱們就該動身了。」

群豪都已經存了必死之心，個個神情開朗，接過鹿肉，立時大吃起來。

楊鳳吟坐在地上，撕下一塊鹿肉，放入口中，笑道：「郭姐姐，妳也吃一點啊！」

郭雪君也撕塊鹿肉，放入口中，問道：「那兩位呢？」

楊鳳吟道：「他們兩人的武功，都很高強，自然是要用他們了。」

申子軒輕輕咳了一聲，道：「楊姑娘，恕我多一句口，那兩位是什麼人？」

楊鳳吟道：「一位是慕容雲笙，一位原是三聖門中的大聖主康無雙。」

申子軒啊了一聲，道：「康無雙是何出身？」

楊鳳吟道：「他原是少林寺的禪機大師。」

湯霖道：「禪機大師，老夫認識，他是天通大師的弟子。」

楊鳳吟道：「對他的往事，我所知有限，無法一一奉告諸位。」

包行哈哈一笑，道：「楊姑娘也許早已胸有成竹了。但我們確是一無所知，此番進入三聖門，從好處說，是九死一生，在下想求姑娘一件事。」
楊鳳吟道：「你說吧！」
包行道：「慕容長青是否早知道，慕容雲笙是那紫雲宮主的兒子？」
楊鳳吟道：「大概吧！他當時也許沒有想得這麼深遠，但他心機太深了，處處都留下了一招，如是沒有紫雲宮主篡位奪權的事，這世間就不會有慕容公子復仇了。」
申子軒道：「慕容雲笙的事，我那位四弟事先一點也不知道嗎？」
楊鳳吟道：「他知道，但他知道的太晚了。」
沉吟了一陣，接道：「慕容長青就利用他們父子之情，把嚴密的三聖門露出了一個空隙，如若沒有慕容公子這個人，諸位雖然有報仇之心，恐怕未必能激起武林這股狂潮。」
包行道：「姑娘說得是，如若不是慕容公子出現江湖，在下就不至於加入這一夥復仇行列之中。」
楊鳳吟道：「不是慕容公子，我和這位郭姐姐，也不會到這裡來了。」
湯霖道：「楊姑娘，老夫有幾句話，不知當不當問？」
楊鳳吟道：「我們還可以再談幾句話動身，你問吧！」
湯霖道：「妳姑娘這點年紀，和這一身成就，必是出自武林世家，令尊和令堂，亦必是武林中大有名望的人物，不知何以竟然也捲入這場武林陰謀恩怨的爭執之中。」
楊鳳吟道：「好奇。」
湯霖道：「好奇什麼？」
楊鳳吟道：「告訴你們也不妨事，我是對慕容公子好奇，幕容長青的名氣太大了，影響所及，使人對慕容公子也發生了極深的好奇，他年紀輕輕，身負大仇，形成了一種少年持重的憂鬱，那就使他和同樣年齡的人，有著很大的不同。」

回顧了郭雪君一眼，接道：「慕容長青盛名餘蔭，使很多人常在暗中幫助他，那些也許是三聖門中的弟子，不論如何壞的人，總會有良心發現的時候，這就使慕容公子創出了很多不可思議的奇蹟。」

雷化方道：「姑娘現在了解了慕容雲笙的身世，對他的看法，是否有些不同呢？」

楊鳳吟道：「大大的不同了，我覺著現在的慕容雲笙，不過是一個很普通的人罷了，因爲他失去了慕容長青餘蔭的光輝。」

九如大師道：「阿彌陀佛，姑娘這幾句話，深入淺出，但卻是人世間的至理，有些人一生一世，只知照理而行，卻不了解。」

楊鳳吟接道：「太了解人生，又有什麼意思在呢？」

包行哈哈一笑，道：「咱們該動身了，再要談下去，咱們都將豪氣消沉，也不用進入三聖門了。」

楊鳳吟道：「我去叫慕容雲笙和康無雙來。」

片刻之後，帶著慕容公子和一個身著黑衣、面垂黑紗的人，行了過來。

郭雪君望了那黑衣人一眼，道：「這人是誰？」

楊鳳吟道：「他以康無雙的身分，出任三聖門的大聖主，咱們還要他以大聖主的身分進去。」

郭雪君道：「以子之矛攻子之盾。」

楊鳳吟道：「三聖門太龐大了，咱們雖然是有備而去，但卻無必勝的把握，最好先把他們攪亂。紫雲宮主已經死去，已無真正統治三聖門的人，目下三聖門能夠阻攔咱們的，只是靠三聖門嚴密組織上的本能，如若咱們一舉把三聖門的組織系統打亂，可以省去不少麻煩，也可以減少很多傷亡。」

郭雪君道：「楊姑娘，有一件事，不知妳是否想到？」

楊鳳吟道：「什麼事？」

郭雪君道：「康無雙是否靠得住？」

楊鳳吟微微一笑，道：「這個，妳儘管放心，他不會背叛咱們。」

郭雪君道：「姑娘在他身上動了手腳？」

楊鳳吟不理會郭雪君的問話，目光一掠群豪，道；「咱們走吧！」

舉手一揮，低聲對慕容雲笙和康無雙道：「對不住啦，請兩位開道吧！」

慕容雲笙、康無雙也不答話，同時舉步向前走去。

楊鳳吟緊追在兩人身後而行，一面說道：「從此刻起，諸位要當心一些了，咱們隨時可能會遇上三聖門中人施襲……」

話未說完，突然一聲鷹鳴傳入耳際。

楊鳳吟道：「三聖門中，人才實在不少，咱們已經被他們發現了。」

申子軒道：「妳是說那聲鷹鳴嗎？據在下所知，天下馴鳥能手，無人超過齊夫人。」

楊鳳吟道：「我知道，齊夫人會馴鳥，但三聖門中的馴鳥人，是他大哥。」

申子軒啊了一聲，不再多言。

楊鳳吟道：「咱們應該早走片刻，就可避過這一戰。唉！只為我講話太多了，誤了時間。」

只聽一陣急促的步履之聲，傳了過來。

楊鳳吟突然向前奔行了兩步，沉聲說道：「兩位要準備迎敵了。」

慕容雲笙、康無雙同時停下腳步，兩人同時抬手，拔出了背上長劍。

就在兩人長劍出鞘的當兒，一群黃衣人疾奔而至。

楊鳳吟舉手一揮，道：「你們可以出手了。」

慕容雲笙和康無雙一語未發，齊齊欺身而上，雙劍並舉，迎向人群之中衝去。

但見兩道寒光電掣風飄一般，捲入了一群黃衣人中。

雙方接觸，立時響起了兩聲悶哼，兩顆人頭，飛落地上。

原來，兩人一接上手，康無雙和慕容雲笙就各殺一人。

楊鳳吟目光一顧包行、申子軒等，道：「他們兩人都已習得上乘劍術，如若是放手搏殺，必然是一個慘不忍睹之局。」

就這兩句話的工夫，慕容雲笙和康無雙已然又殺了兩個人。

申子軒輕輕嘆息一聲，道：「在下見過不少慘烈的搏鬥，卻從未見過這等凶殘的殺法，這不是搏鬥，倒像是一場很殘酷的凶殺。」

楊鳳吟道：「本來，他們的劍法也不致這麼凶殘，只因……」

她似是突然覺著說漏了嘴，立時住口不言。

包行道：「同樣的一套劍法，不可能會忽然間變得凶殘起來。」

楊鳳吟道：「自然那和劍法無關。用劍的是人，人主宰著劍招的變化。」

就在兩人談話的當兒，慕容雲笙和康無雙，已然把十餘個黃衣大漢，全都殺死。

申子軒行近屍體停放之處，仔細看了一眼，道：「好惡毒的劍法。」

楊鳳吟緩步行了過去，望了兩人一眼，道：「你們收了劍勢。」

慕容雲笙和康無雙緩緩把劍還入鞘中。

包行暗中數了一下，道：「一共十四個人，在這片刻工夫中，兩人各殺了七個。」

楊鳳吟仔細地看了幾具屍體一眼，道：「康無雙殺了八個，慕容雲笙棋差一著，殺了六個人。」

申子軒道：「這麼看起來，攻入三聖門中，似是用不著我們了。」

楊鳳吟道：「康無雙和慕容雲笙只是兩個人，如若是他們遇到了敵手眾多，或是武功高強的人，那就要諸位出手了。」

申子軒道：「我已看過他們兩人的劍招，在下自知難以勝過他們兩人，如是他們不敵，我們更難是敵手了。」

楊鳳吟道：「諸位和他們兩人有些不同，他們在心中毫無顧忌，攻敵劍招中，不留餘地，也不爲自己的安全保留下招數上的緩衝，這就是他們劍招異於常人的地方，對敵時也特別惡毒；但我們神智清明的人，決辦不到，因爲每一招武功中，除有著傷敵變化之外，還有著自保的潛能。但他們兩人，把每一招都用到極致，攻敵之能，完全發揮了出來，同是一招武功，在他們手中用出來，就特具威力了。」

包行道：「原來如此，無怪在下有時看到他們劍招，似甚熟悉，但卻又感覺出有一些不同之處。」

談話之間，轉過了兩個山彎，只見一排身著黃衣的大漢，並肩而立，攔住了去路。

楊鳳吟突然加快了腳步，追上了慕容雲笙和康無雙，道：「站住。」

這時，兩人已然行近黃衣人七、八尺處，聞聲停下腳步。

楊鳳吟越過兩人，行近黃衣人，一揮手，道：「哪位是領頭的人？」

居中一個黃衣大漢，一舉手中的梅花奪，道：「有何見教？」

楊鳳吟雙目盯注在那黃衣大漢臉上，瞧了一陣，道：「你知不知道自己的姓名？」

郭雪君雖然站在兩丈外的地方，但她心中有了準備，選擇了一個十分恰當的角度，把楊鳳吟看得十分清楚，她留心著楊鳳吟每一個細微的舉動，也全神傾聽她說的每一句話和她神色表情。

但聞那黃衣大漢冷冷地說道：「在下奉命守護此處，任何人未執聖牌，不得出入。」

楊鳳吟微微頷首，道：「你神智很清明。」

語聲微微一頓，神情嚴肅地說道：「你想恢復自己，去見你的妻兒、親人麼？」

黃衣人道：「在下沒有妻兒。」

楊鳳吟微微一笑，突然低聲唱起來。

郭雪君凝神傾聽，覺出楊鳳吟的歌聲，和適才在林中唸的經文，大不相同，兩個音調，兩個內容，不禁心中一動，暗道：「這三聖門中，果然是複雜得很。」

但見那一排並立的黃衣人，臉上泛現出驚愕之色，慢慢地轉變成了平和的神情。

楊鳳吟緩緩伸出手去，望著那居中大漢道：「把兵刃給我。」

那居中的黃衣大漢，緩緩舉起了手中的梅花奪，交到楊鳳吟的手中。

楊鳳吟接過了梅花奪，放在地上，突然向前行了兩步，玉手揮動，在那居中大漢身上，拍了數掌。

那黃衣大漢身子搖了兩搖，突然一跤跌摔在地上。

楊鳳吟揮揮手，高聲說道：「你們都丟去兵刃。」

那一排並肩而立的黃衣大漢，似乎是被楊鳳吟所控制，個個都拔出了兵刃，丟在地上。

楊鳳吟嬌軀轉動，疾快地由黃衣人身側行過。

她動作迅快，人在行走，手不停揮，每個黃衣人都中了一掌。

片刻之間，所有中掌黃衣人，都伸展雙臂，打了一個呵欠，倒摔在地上。

楊鳳吟目睹那黃衣人全都倒地，才長長吁一口氣，緩步行近了包行，道：「咱們可以過去了。」

申子軒望了那倒在地上的黃衣人一眼，道：「姑娘，這是怎麼回事？」

楊鳳吟道：「我點了他們的穴道。」

申子軒道：「他們何以不反抗姑娘。」

楊鳳吟道：「這就是三聖門的秘密，武林之中，從來沒有一個門派，有如此龐大的勢力，而且又不爲武林中知曉。」

包行道：「姑娘心中似是早已了然了三聖門的秘密。」

楊鳳吟道：「我知曉一點，但並不完全，我在試驗自己。」

郭雪君緩步行了過來，道：「楊姑娘，我聽到妳唱的歌聲，似是和林中的歌聲有些不同。」

楊鳳吟道：「他們受的禁制不同，用的方法自然也不一樣了。」

郭雪君道：「妳如何分辨？」

楊鳳吟道：「我要從他們的神情之中，瞧出他們是受何物控制。如是方法使用不當，那就毫無效用了。」

郭雪君道：「我看得出，妳適才的神情也很緊張。」

楊鳳吟淡淡一笑，道：「現在總算過去了，咱們再往前走吧！」

當先步向前行去。

群豪又過了一個山角。

抬頭看去，只見一片柳林，隱隱透出一座寺院。

楊鳳吟指著那一片柳林說道：「這片柳林之後，就是萬佛院了，這是初入三聖門的門戶，過了萬佛院，就進入了三聖門的禁地。」

舉手一揮，慕容雲笙和康無雙突然加快了腳步，向前奔去。

楊鳳吟一面加快腳步，一面說道：「那普渡大師，似乎是一位神智很清醒的人物，其人面善心惡，是一位很陰沉的人物。」

這時，慕容雲笙和康無雙已然衝入了柳林之中，但見兩人同時拔劍一揮，寒光閃動，已有兩個身著僧袍的和尚，倒摔地上。

楊鳳吟突然加快腳步，奔了過去。

申子軒飛躍而起，追上了楊鳳吟，道：「姑娘，讓他們少殺幾個人，好嗎？」
楊鳳吟道：「有一句俗語說，除惡務盡，你知道嗎？」
申子軒道：「如若他們是失了自主的人，殺了他們，豈不是冤枉得很。」
幾人動作愈來愈快，說完幾句話，人已經奔近了萬佛院前。
只見普渡大師帶著十餘僧侶，手中各執兵刃，攔在萬佛院前。
楊鳳吟一個飛躍，落在康無雙和慕容雲笙身前，揮手示意兩人停下，冷冷說道：「普渡，你認識他們兩人嗎？」
普渡大師道：「一個是慕容公子，一個是假冒大聖主的康無雙。」
楊鳳吟道：「你是讓路呢，還是想死在他們劍下？」
普渡怔了一怔，道：「貧僧奉有聖諭……」
楊鳳吟本有著滿臉不耐神色，聽完話後，突然微微一笑，道：「你們大聖主現在此地，哪裡還有聖諭出來，那聖諭定然是假的了。」
普渡大師搖搖頭，道：「那聖諭上加有聖堂的特殊標識，自然是不會有錯。」
楊鳳吟道：「可否拿給我看看？」
普渡大師略一沉吟，道：「可以，不過在下有個條件，貧僧要姑娘答應，我交出聖諭之後，姑娘要答允貧僧不傷人。」
楊鳳吟道：「你神智很清醒，大約是可以保住性命了。」
普渡大師緩緩從懷中取出一塊白絹，交了過去。
楊鳳吟接過白絹，展開看去。

那是一塊很小的精製絲絹，其薄如紙，上面寫著：「全力阻敵，後援即到。」

絹上的字跡方正，顯然不是用筆寫成，似乎是用雕刻成的字印上。

楊鳳吟看了一陣，道：「我瞧不出，這有什麼特殊的地方？」

普渡大師道：「姑娘舉起來映著日光瞧瞧。」

楊鳳吟迎著日光望去，果然見那白絹之內，寫著「靈堂聖諭」四個字。

字是淡紅色，不映著光，瞧不出來。

楊鳳吟看過之後，隨手放入懷中，笑道：「普渡，你現在有兩條路選擇，一條是跟著我走，聽我之命；一條是你們現在動手，我讓你們先機，要你們死而無怨。」

普渡大師搖搖頭，道：「貧僧自知非諸位之敵，不管如何，貧僧都不會選擇動手的路。」

楊鳳吟道：「那麼，你是要聽我之命？」

普渡大師道：「這個給貧僧一段考慮的時間如何？」

楊鳳吟道：「不行，你站開一些。」

回目一顧慕容雲笙和康無雙，舉手一揮，道：「你見識一下，他們兩人的劍招，再作決定不遲。」

話未落口，慕容雲笙和康無雙已然長劍出鞘，攻了過去。

普渡大師疾快地向後退了五步。

群僧未來得及舉起兵刃，已有四個人摔倒在地上。

兩支劍有如出柵猛虎，但見寒芒流轉，滾湯潑雪一般，逼得群僧紛紛退避。

但兩人的劍勢太過惡毒，群僧雖想逃避，已然沒有機會，寒芒流轉中，群僧紛紛倒地。

普渡大師一看苗頭不對，轉身想溜，楊鳳吟卻突然大聲喝道：「普渡，想要命你就別逃。」

這聲呼喝，使得普渡微微一怔，回頭望了楊鳳吟一眼，道：「姑娘，貧僧到後面瞧瞧就來，俗語說得好，跑得了和尚跑不了廟，我能逃到哪裡去呢？」

口中說話，人卻向後退去。

楊鳳吟道：「你一定要找死，那也是沒有法子的事了。」

喝聲中，右手一揮，一道金芒，破空而去，普渡大師眼看金芒飛來，立時一提氣，向後倒躍而退。

他應變雖然夠快，但那道飛去的金芒更快，掠著普渡後腦而過。

如若那普渡大師的行動再快一些，那金芒剛好射中普渡的頭頂。

楊鳳吟冷笑一聲，道：「你跑得比我想得慢一步，要不要再試試。」

普渡大師輕輕咳了一聲，道：「姑娘是不願貧僧走，貧僧就留這裡了。」

原來，他相度情勢，已然無法再走，這一陣工夫，慕容雲笙和康無雙已然盡殺群僧，兩人雙劍，直向普渡逼來。

楊鳳吟飛身一躍，搶到慕容雲笙和康無雙身前，舉手一揮，兩人立時停了下來。

目光卻轉到普渡大師的身上，道：「你想好了沒有？如若幫助我，背叛三聖門，你可能不死；如是不肯受我之命，立時就讓你濺血而亡，你既然怕死，多活一刻，也好一些，是嗎？」

普渡大師道：「貧僧對三聖門的諸多措施，早有不滿……」

楊鳳吟一擺手，接道：「別給我說理由，我此刻時間寶貴得很，你替我們帶路，告訴你那些屬下，他們反抗也是無用，只有自取死亡。」

普渡大師道：「貧僧明白。」

轉身向前行去，一面高聲說道：「你們都放下兵刃，站在道旁。」

楊鳳吟緊隨普渡大師身後而行，群豪魚貫隨後。

但見人影閃動，埋伏於兩廊樹後的僧侶，紛紛放下兵刃，走了出來。

郭雪君突然加快了腳步，追上了楊鳳吟，道：「楊姑娘，這位普渡大師，在這座寺院中，似是極具權威。」

楊鳳吟接道：「這就是三聖門異於其他門派的地方。他們派出的分舵，主持人有著絕對的權威；自然，他們有一套控制的方法，只要主持人不生叛離之心，他們就不用擔心分舵的叛離。」

郭雪君道：「多謝姑娘指教。」

兩人一面談話，一面向前行進，說完了幾句話，人已走到了寺院後面。

普渡大師停下了腳步，道：「寺中所有之人，都已放下了兵刃，聽憑姑娘吩咐。」

楊鳳吟嗯了一聲，道：「你選擇十個武功高強之人，要他們帶上兵刃。」

普渡大師應了一聲，選出十名高手，各執兵刃，排成一列，道：「姑娘要他們做什麼？」

楊鳳吟道：「你用的什麼兵刃？」

普渡大師道：「戒刀。」伸手取了一柄戒刀。

楊鳳吟道：「帶著你十個屬下，替我們開道。」

普渡大師怔了一怔，道：「要我幫你們開道，和三聖門作對？」

楊鳳吟道：「不錯，你這些行動，已經背叛了三聖門，就算你不帶我們，三聖門也一樣要把你做叛徒處置。」

普渡大師凝目沉思了一陣，道：「這三聖門的布置，一關強過一關，而且貧僧一直守在萬佛院，過了萬佛院，貧僧就不熟悉了。」

楊鳳吟道：「不要緊，你只管往前走，我熟悉，不懂的我告訴你。」

普渡大師道：「貧僧武功不濟，只怕不能承擔開道的職位。」

楊鳳吟道：「這些事不用你煩心，你打不過的人，自會有人幫你。」

普渡大師無可奈何，道：「好吧！貧僧相信姑娘。」帶著十個僧侶，當先向前行去。

普渡大師帶著群僧穿過了萬佛院，到了一崖壁前面，停下腳步，回頭說道：「這裡有一道暗門，通過一條地下密道，才能進入三聖門。」

楊鳳吟道：「我知道你定然有法子，可以叫他們開啟密門。」

普渡大師道：「平常也許可以，但今日只怕不成，聖堂中既有聖諭傳與貧僧，他們自然也早有準備了。」

楊鳳吟嗯了一聲，道：「可惜得很，你連這點辦法也沒有，只有殺了你算啦。」

右手一擺，康無雙應手向普渡行去。

普渡大師急急說道：「且慢，讓貧僧試試看。」

楊鳳吟點頭一笑，道：「過了這條地道之後，就不用你走前面了。」

口中說話，人卻疾快地行了兩步，阻擋住康無雙。

普渡大師行近石壁，仔細瞧了一陣，舉手在石壁上擊了三掌。

一道石門，應手而開。

門內傳出一個冷冷的聲音，道：「普渡，什麼事？」

普渡大師還未來得及答話，楊鳳吟突然舉手，在康無雙和慕容雲笙背心各拍一掌。

兩條人影，突然間疾如離弦之箭一般，射入了那啓開的石門之中。

普渡輕輕咳了一聲，話還未出口，石洞中已響起了一聲慘叫。

楊鳳吟道：「普渡，帶著人走進去。」

普渡大師道：「姑娘，這石道之中的埋伏很多，非人力所能抗拒。」

楊鳳吟冷笑一聲，道：「你這樣怕死嗎？」

一伸手，扣住普渡左腕脈穴，直向石洞中行去。

但聞普渡大喝道：「你們還不進來，站在那裡等什麼？」

十個僧侶應聲而起，搶在普渡大師前面，奔入石洞。

雷化方搖搖頭，道：「這普渡和尚畏首畏尾，但卻被楊姑娘懲治得服服貼貼。」

但聞楊鳳吟清亮的聲音，由那幽暗的山洞中傳了出來，道：「諸位請進來吧！」

群豪相互望了一眼，魚貫行入了幽暗的石洞之中。

一路無阻，只是愈行愈覺黑暗，深入了八、九丈後，已然伸手不見五指。

郭雪君道：「應該到了啊？」

申子軒道：「什麼該到了？」

郭雪君道：「這地道中有埋伏，咱們早該到了。」

申子軒探手從懷中摸出一個火摺子，隨手一晃，亮起了一道火光。

火光耀射下，景物清晰可見。

只見道旁躺著數具僧侶屍體，外面不見傷痕，但口中卻滲出血來。

申子軒道：「此處距洞口雖然有八、九丈遠，但途中並無阻攔之物，如若他們受傷之後，發出呼叫，咱們都可以聽到。」

湯霖道：「但他們來不及發出叫聲，一擊致命。」

只見楊鳳吟緩步行了過來，臉上泛出微微的笑意。

她姿態優美，快步行來，有如行雲流水，片刻間，已到了群豪身側。

郭雪君道：「慕容雲笙和康無雙呢？」

楊鳳吟道：「他們在前面，想不到這一關過得如此順利，這地道中，本有很多的機關埋伏，現在，咱們不用擔心這些阻礙了。」

郭雪君道：「這石道中人，大都隱身在石壁之內，姑娘如何制服了他們？」

楊鳳吟道：「三聖門實力之大，武林中前所未有，但如用對了方法，也最易制服他們。」

申子軒道：「姑娘用什麼方法對付他們？」

楊鳳吟道：「這法子很簡單，但也很複雜，只看運用之人了。」

申子軒道：「姑娘似乎是有一套很機密的手段，輕易就制服了三聖門中人。」

楊鳳吟道：「不錯，不過，這方法很簡單，但如是運用不當的話，反受其害。」

申子軒道：「反正一切都由姑娘作主，我們聽命行事就是。」

楊鳳吟道：「一旦瓦解了三聖門，重整江湖的事，千頭萬緒，那就要憑仗諸位主持了。」

郭雪君道：「姑娘呢？」

楊鳳吟微微一笑，道：「姐姐啊！咱們都是女孩子，你幾時聽過女孩子主持大事。千古以來，只有個武則天，還落下千古罵名，駕馭江湖人物，比起做皇帝，那又困難百倍了。」

郭雪君輕輕歎息一聲，道：「說的也是，咱們女人似乎先天上就吃虧一些。」

楊鳳吟道：「說起女人，我倒很敬佩妳們女兒幫的幫主，此地事了，我一定要見見她，還望姐姐替我安排一下。」

郭雪君道：「這事容易，包在小妹的身上就是。」

楊鳳吟道：「咱們走吧！如若他們不騙我，這石道中的埋伏，已然完全瓦解，咱們可以暢行無阻了。」

郭雪君微微一笑，道：「姑娘胸藏玄機，這番瓦解三聖門，可算是武林中驚天動地的大事，小妹身爲女人，亦深感與有榮焉。」

楊鳳吟一面舉步而行，一面說道：「不用捧我，我不過是機會湊巧罷了。」

群豪魚貫隨行，緊追在兩人的身後。

郭雪君加快腳步，走在楊鳳吟的身側，道：「姑娘，我想請教一點私事。」

楊鳳吟沉思了良久，道：「妳說說看。」

郭雪君道：「我看妳對那慕容雲笙和康無雙一般模樣，似是已毫無惜愛之意。」

楊鳳吟道：「我早想到妳會問我這件事。」

語聲一頓，道：「我要反問妳一句。」

郭雪君道：「小妹不怕問，問什麼都可以，但妳還未回答我的話。」

楊鳳吟道：「妳如回答了我的話，事情就好辦多了。」

郭雪君眨動了一下眼睛，還未來得及開口，楊鳳吟又搶先道：「妳對那慕容雲笙的觀感如何？」

郭雪君道：「很好。他是很正直的年輕人。」

楊鳳吟道：「要不要小妹替妳做個媒，唉！事實上，他是個很好的男人。」

郭雪君道：「不論姑娘說什麼，小妹都覺著，妳對那慕容雲笙一度有過很深的情意。」

楊鳳吟道：「不錯，過去我確是對他有過一段很深的眷戀，但我們之間，有著一段距離。唉！妳是知道的，目下我還是康無雙的夫人啊！」

郭雪君道：「姑娘仍然準備嫁給康無雙？」

楊鳳吟道：「妳幾時聽說過和尚娶太太了？」

郭雪君微微一怔，道：「姑娘的意思是……」

楊鳳吟道：「我的意思很明顯，名義上我已是那康無雙的妻子，自然是不能再嫁人了。」

郭雪君道：「聽起來很有道理，想一想似是而非。」

楊鳳吟道：「只要找出一種理由，使我自己相信就行了。」

郭雪君道：「楊姑娘，這石道中機關雖然已被妳控制，但上這條石道時，還要坐一陣纜車。」

楊鳳吟道：「不勞費心，不但這石道中的機關完全破去，纜車處也應該安排好了。」

談話之間，已到了上車之處。

果然，一切都在那楊鳳吟預料之內，停車處早已有車相候。

楊鳳吟輕輕咳了一聲。道：「諸位可以上車了。」

除了郭雪君之外，大都未坐過這等纜車。

郭雪君當先踏入車中，道：「諸位請上來吧！」

中子軒等舉步踏上纜車，楊鳳吟立時高呼開車，纜車開動，片刻後，已見天光。

纜車疾快地出了穴洞，只見慕容雲笙和康無雙各自手執長劍，守在穴洞口處。

長劍上仍然滴著鮮血，旁側倒摔著幾具屍體。

普渡大師站在一側，右手執著戒刀，左臂鮮血淋漓。

十餘個隨行和尚，已然一個不見，顯然都已死於石道之中。

這是一幅很凄慘的畫面，慕容雲笙和康無雙毫無表情，更使這凄慘的畫面中，增加了一份恐怖的感覺。

楊鳳吟擺擺手，慕容雲笙和康無雙收入劍勢，又轉身向前行去。

普渡大師似是已被懾服，不敢多發一言，默然跟在兩人之後。

楊鳳吟輕輕嘆息一聲，道：「你們身經百戰的人，不知對此刻情形，有何感覺？」

中子軒道：「恐怖凄厲，使人不寒而慄。」

語聲微微一頓，接道：「在下所說的恐怖凄厲，並非是指這場搏殺而言，而是這裡的氣氛，使人有著如入九幽的感覺。」

楊鳳吟道：「這就是三聖門的厲害之處，他們能羅致天下各門派的高手，但又都能爲其所用。」

包行道：「姑娘用什麼手法，竟然使康無雙和慕容雲笙，成了兩具武功高強的行屍走肉，除了可聽妳之命出手殺人之外，似乎是再不知別的事了，故友親人，一概不認。」

楊鳳吟道：「如若他們還存有人性，還能夠分辨出親疏故交，他們的凌厲劍招，也將減弱很多，因爲他想到了保護自己。」

九如大師低喧了一聲佛號，道：「妳這樣用他們賣命，是否會覺著殘忍一些，而且一個暫失人性的人，可以用之對敵，他也可反噬同道。」

楊鳳吟道：「不要緊，我對他們有著很精密的控制方法，只要你精通此道，他們就可俯首聽命。」

語聲一頓，接道：「三聖門異於其他門派者，就在這一套精密的控制方法，任何人只要能精通此道，就可以控制三聖門。」

這時，幾人已然行近花陣，放眼看去，但見繁花似錦，一片燦爛。

只見慕容雲笙、康無雙，手執長劍，停在花陣前面，普渡大師提刀站在兩人身後。

楊鳳吟行近花陣，仔細瞧了一陣，回首說道：「哪一位精通五行奇術？」

包行道：「在下略知一、二。」

楊鳳吟道：「咱們分成兩批入陣，你我各帶一批，就算遇上陣中的埋伏，也好彼此呼應。」

包行仔細瞧瞧花陣，道：「奇陣變化，似是都在花叢之中，如若咱們行走於小徑之上，就不致迷入陣中了。」

楊鳳吟道：「不錯，你只要記下生剋，不要讓人走入陣中就成了。」

蛇神湯霖微微一笑，道：「在下有個法子，不知道成是不成？」

楊鳳吟道：「有何高見？」

蛇神湯霖道：「咱們放起一把火，燒去那臭花，豈不可暢行無阻了。」

# 七十　生死一搏

楊鳳吟道：「法子是不錯，只是這花陣不易燃起，而且咱們也沒有時間等著這花陣燒光，趁他們中樞無主時，咱們要盡快地攻入地下石城。唉！如等他們有所準備，咱們幾人之力，決難抗拒。」

口中說話，人已舉步行入花陣，帶路向前行去，一面接道：「我帶普渡、慕容雲笙和康無雙三人開道。」

包行回顧了申子軒等一眼，道：「諸位請聽在下一言，五行變化，是一種極盡幻變之妙的奇術，不了解個中之理的人，一時之間，很難明白，因此，在下不作解說了，請諸位緊追在我身後，最好能照著落足之處落足。」

申子軒等都是久走江湖之人，雖然都不懂五行奇術這一門深奧的學問，但卻聽說過五行奇術的厲害，果然是人人小心，都踏著包行的足印而去。

包行肩負大任，一面走，一面說道：「諸位小心啊，別掉入花陣之中。」

穿過了花陣，景物一變。只見數具橫屍，躺在一片疏落的林木之前。

申子軒目光一轉，只見那些屍體，都是身穿黑衣的童子，不禁黯然一嘆，道：「這些人一色衣著，定是三聖門中人，但看上去都不過是十幾歲的童子，明明知曉他們不是好人，但咱們也無法下得毒手殺他們。」

包行目光轉動，但見翠林中一片靜寂，除了那幾具屍體之外，不見一個人，也聽不到一點聲息。

楊鳳吟一行已走得不知去向。

此時，天色已快近午，日光普照，滿眼仙境一般，只見前是翠林，身後叢花，真如置身於仙山，雷化方四顧了一眼，道：「好景色啊！在下走遍了大江南北，從未見過這等美麗的景色。」

九如大師道：「景色雖美，但卻太寂靜了，似這等花香林茂的所在，正該是百鳥齊鳴之地，但卻未聽過一聲鳥語。」

他這一提，群豪果有同感，抬頭四顧，不見一隻鳥影。

郭雪君輕輕嘆息一聲，道：「穿過這片翠林、疏屋，就找到了一座石城，諸位將可以看到另一個奇怪的景象，灰色城壁，綿連的石屋，每一間屋內都有人，但每一間房門都緊閉著，你只要推開了一扇門，就會引來一場麻煩。」

包行道：「那座灰城，可就是有名的地下石城嗎？」

郭雪君搖搖頭，道：「不是。地下石城，是另一處奇幻的景象，深處地層之內，坑道交錯，防守得十分嚴密。」

包行流目四顧，仍然不見楊鳳吟，不禁心頭大急，道：「楊姑娘哪裡去了？」

雷化方道：「他們定然走在前面，咱們已經離開了花陣，向前走就是。」

包行搖搖頭，道：「我瞧這翠林之中，情形有些不對。」

雷化方道：「什麼不對？」

包行道：「我瞧這翠林的形式，似是一種陣圖。」

雷化方道：「什麼陣圖？」

包行道：「我瞧不出來，我如瞧得出來，早就帶諸位進去了。」

申子軒道：「咱們要在此地等嗎？」

包行道：「是啊！要等楊姑娘回來再說。」

郭雪君道：「楊姑娘來了。」抬頭看去，只見楊鳳吟衣袂飄飄地緩步行了過來。

片刻之後，楊鳳吟已行到林邊。

包行一抱拳，道：「在下幸未辱命，把他們帶至此地，但這片翠地……」

楊鳳吟接道：「翠林中本有埋伏，但已清除，諸位請隨我來吧！」轉身向前行去。

逐漸的，群豪都對那楊鳳吟生出了十分敬重之心，魚貫隨在身後而行。

穿過一片翠林，景物果然一變，只見一座灰色的小城，攔住了去路。

慕容雲笙、康無雙各執長劍，站在城門前面，一個青衣童子橫屍在城門口處。

普渡大師左臂上傷勢已經包紮，右手執著戒刀，站在康無雙的身後。

申子軒行近那青衣童子，低頭看去，只見那青衣童子，前心之上，鮮血緩緩滲出，一劍斃命，正中心臟。搖搖頭嘆一口氣，道：「刀攻正門，劍走偏鋒，這一劍正中心臟，劍法倒是少見。」

楊鳳吟道：「這是你們那位慕容大哥創出的劍法，名叫『一點紅唇』，屬於陰手劍招，十分惡毒，慕容雲笙似是已經把這招劍法練得很熟了。」

中子軒聽她語含諷譏，含含糊糊地應了一聲，就不再多言。

楊鳳吟臉上的微笑斂失，變成了一臉嚴肅之色，緩緩說道：「咱們已過了那石道險關，目前卻面臨著最凶險的一關，這一關，需要各位武功了。」

包行道：「硬碰硬的搏殺？」

楊鳳吟道：「不錯，這石城之中，囚禁的都是當代武林高手。」

郭雪君接道：「我知道，但他們也是身受禁制的人，楊姑娘爲什麼不用像對付別人一樣的手法對付他們，卻要我們硬拚過關？」

楊鳳吟道：「我知道很多三聖門的秘密，但我不是三聖門的主人，也不能把任何事都曉得細微不遺。這石城被囚之人，和別人身上的禁制不同，也許是他們在武林中德高望重，慕容長青不忍使他們神智迷失，變成一具行屍走肉，所以他用了別的方法。」

郭雪君微微一笑，道：「姑娘是否忘記了一件事。」

楊鳳吟道：「什麼事？」

郭雪君道：「只要咱們不開兩側石屋之門，他們就不會現身阻攔，如是我記憶不錯，他們似是不能離開被囚石室。」

楊鳳吟道：「我知道，但此刻情形不同，也許情況有變，如是這石城沒有一點別的作用，慕容長青也不會築這座石城了。」

郭雪君道：「爲惡作歹的是紫雲宮主，但姑娘似是仍對那慕容長青存有成見。」

楊鳳吟道：「但這座石城，乃慕容長青修築，憑紫雲宮主那點才能，如何能造成這等局勢。」

目光一掠群豪接道：「進入這石城之後，各自注意一些，因爲石城中被囚之人，都是當代武林中第一流高手，他們都是各具絕招的人物，他們被囚多年，諸位不要寄望他們，仍會是當年的清高、光明、磊落性格。」

申子軒輕輕咳了一聲，道：「多謝姑娘指教。」

楊鳳吟淡然一笑，道：「諸位不要對我寄望太高，我對這座石城中人，並不熟悉，爲了彼此能夠相互照應，咱們排成一個方陣入內，由慕容雲笙和康無雙雙劍開道，申大俠和雷大俠走右面，湯老前輩和包老前輩，請走在左面，九如大師請與普渡居中，我和郭姑娘斷後，諸位如若遇上攻擊之時，請各自設法自保。」

申子軒道：「和人動手之時，咱們是否要停下來？」

楊鳳吟道：「申大俠這一問，使我想起了一件事未說明白，咱們主要的是穿過這座石城，瓦解了三聖門的核心，必可找出解除這石城禁制之法，咱們這一次進入石城，用心在順利的通過，不是和人動手比武爭名。」

申子軒道：「在下明白了。」

楊鳳吟道：「現在，諸位可以準備一下，咱們立刻動身。」

群豪不再多言，各自運氣調息。

一盞熱茶工夫之後，群豪已依照楊鳳吟的安排，布成了一座方陣。

慕容雲笙、康無雙仗劍先行，申子軒、包行等，都已取出兵刃，握在手中，每人神色變得十分嚴肅，只有楊鳳吟還能保持著輕鬆神情。

群豪布成方陣，直入城中，抬頭看去，只見一片淒清，不見一個人影。兩側都是房屋，相隔不遠，就有一座木門。這地方如說是座石城，倒不如說是圍牆圈著兩排石屋。

一條青石築成的大道，向後伸入，幾人行到第一座石屋所在，突聞呀然一聲，木門大開。

一個年逾半百，身著一襲藍衫，長髯垂胸的老人，緩步行了出來。

緊隨在藍衫老人身後的，是一位布衣荊釵，四十左右的婦人。

這一男一女離開了石屋之後，並肩站在青石道中，攔住了幾人的去路。

楊鳳吟道：「諸位請自保重。」

飛身一躍，越過了慕容雲笙，回身攔住了康無雙等。

整座方陣，在距那老者四、五尺處，停了下來。

楊鳳吟還未來得及開口，申子軒已失聲叫道：「龍鳳雙劍。」

藍衫老者兩道目光，轉注申子軒的身上，道：「閣下何人？怎會認得老夫。」

申子軒道：「兄弟申子軒，唐兄不認識了。」忽然想到自己佝背易容，自是難怪對方不認識，急急道：「兄弟體形、容貌，都非當年形象，難怪賢夫婦不認得了。」

藍衫老人目光在申子軒身上，打量了一陣，道：「不管你是不是申子軒，你既然認識我們夫婦，老夫就要奉勸你幾句話了。」

申子軒道：「唐兄有何見教？」

藍衫人道：「離開方陣，退出石城，如若不聽老夫勸告，休怪老夫劍下無情。」

說完話，右手一抬，拔出背上長劍，那中年婦人，也同時伸手拔出長劍。

申子軒道：「龍鳳雙劍合手，威力倍增。」這兩句話，明裡是讚揚龍鳳雙劍，暗裡卻是告訴楊鳳吟龍鳳雙劍的虛實。

藍衫人打量了整個方陣一眼，冷冷說道：「想不到蛇神湯霖也來了。」

湯霖哈哈一笑，道：「玩長蟲的人，登不得大雅之堂，唐兄高稱兄弟了。」

藍衫人冷然一笑，道：「你最好也退出去。」

楊鳳吟道：「唐老前輩不用多費口舌，帶路童子已經死在我們劍下。」

藍衫人接道：「老夫不管你們殺了多少人，也不管你們如何到此，只是有一件，你們不能從此地經過，老夫夫婦已奉得聖諭，不許人越過此處。」

楊鳳吟道：「我想，總有辦法可以過此。」

藍衫人道：「只有一條路，你們能勝過龍鳳雙劍。」

楊鳳吟道：「是的，此刻一部份是你故舊，餘下的，你都見過。」

藍衫人長劍一指慕容雲笙道：「他是慕容公子。」

楊鳳吟指指康無雙，道：「這一位你們夫婦認識嗎？」

藍衫人打量了康無雙一眼，道：「不認識。」

楊鳳吟道：「康無雙，貴門中的大聖主。」

藍衫人哈哈一笑，道：「老夫只聽聖堂令諭，不認聖主其人，姑娘縱然說得天花亂墜，也難使老夫相信。」

楊鳳吟道：「我看你神智很清楚，才耐著性子，和你多說了幾句話，你如是一定想在武功上分個高低，我們並不害怕；不過，賢夫婦原是武林中大有名望的人，竟然甘願做階下之囚。」

藍衫人雙目中神光閃動，凝目沉思了片刻，突然一揮長劍，厲聲喝道：「諸位再不退出，休怪老夫夫婦雙劍無情了。」

申子軒輕輕嘆息一聲，道：「唐兄，楊姑娘說得不錯，賢夫婦被人囚此，居矮屋，受人命，是何等委屈，怎的竟不肯藉此機會，擺脫囚居生活，我們不敢期望賢夫婦幫助我們，但至少賢夫婦可脫離這等囚居生活。」

藍衫人怒道：「老夫不願和你們耗時間鬥口，再不退走，老夫要出手了。」

楊鳳吟搖搖頭，道：「他們身受一種特殊禁制，無法控制自己，既然無法善罷，只好動手了。」

嬌軀橫移，閃開五尺，一揮手，道：「闖過去。」

慕容雲笙、康無雙，應聲而上，雙劍並出，分向那藍衫老人和中年婦人攻擊。

藍衫人和那中年婦人同時揮動長劍，接住了慕容雲笙和康無雙的劍招惡鬥起來。龍鳳雙劍乃武林中大有名望的人物，尤以龍鳳雙劍合璧之後，威力倍增，武林中不知有多少成名的人物，都毀在龍鳳雙劍合璧手中。

但慕容雲笙和康無雙出手之後，都是極爲惡毒的劍招，唰唰幾劍，把龍鳳雙劍生生分開，龍鳳雙劍雖然極力想使雙劍合璧，但因兩人劍招凌厲，出手劍招，盡都指向藍衫人和中年婦人的致命要害。

因爲兩人劍招的惡毒凌厲，大出常情，那藍衫人和中年婦人，竟然被兩人劍招逼得連連後退，無法合在一起。

但龍鳳雙劍究是有著深厚武功的人，康無雙等的劍招雖然惡毒，但經過了十招之後，兩人已把陣腳穩住。

但慕容雲笙和康無雙的攻勢，淩厲絕倫，龍鳳雙劍雖然把陣腳穩住，但仍然是一個有守無攻之局。

這四人搏鬥凶殘，但見劍光霍霍，不見人影，在場之人，都看得目瞪口呆。

楊鳳吟盯注在四人搏鬥之上，瞧了一陣，道：「龍鳳雙劍武功只要再高出一籌，慕容雲笙和康無雙就要傷在兩人的劍下了。」

申子軒道：「姑娘之意，可是說四人平分秋色？」

楊鳳吟搖搖頭，道：「不是。慕容雲笙和康無雙武功要高出一籌，只不過兩人幾處穴道受制，有些呆板，再打下去，兩人武功發揮出來，龍鳳雙劍非要傷在劍下不可。」

包行道：「姑娘的話，聽起來，前後有些矛盾。」

楊鳳吟微微一笑，道：「是我沒說清楚，但我想諸位應該知道，因爲我說過，慕容雲笙和康無雙的劍招，攻中無守，發揮到攻勢的極致，所以破綻也多。如若龍鳳雙劍，武功高上一籌，就可以在極短的幾招中找出破綻，或刺傷兩人，或取兩人之命。」

包行道：「如是打下去呢？」

楊鳳吟道：「打的時間愈久，他們劍招愈是惡毒。」

語聲甫落，突聞一聲悶哼，一聲尖叫，傳了過來，凝目望去，只見龍鳳雙劍各中一劍，藍衫老人創傷前胸，中年婦人卻傷在左大腿上。

本來，康無雙、慕容雲笙，劍法惡毒，劍招直取兩人的要害，總算兩人武功高強，及時避開了致命要害。

楊鳳吟突然口發清嘯，慕容雲笙和康無雙將要沉落的劍勢，及時收住。

楊鳳吟嬌身一晃，飛到龍鳳雙劍身前，道：「兩位老前輩都是好人，留你們性命。」雙手齊出，分點了兩人穴道。

申子軒道：「好一場凌厲的龍爭虎鬥。」

包行道：「奇怪的是，怎的會無人出來助拳？」

楊鳳吟道：「這就是三聖門的大缺點，他們奉命行事，卻是各自爲戰。」語聲一頓，接道：「咱們往前走吧！此後只怕是一仗比一仗凶險。」

申子軒轉目望去，只見慕容雲笙和康無雙，頭上都見了汗水，想他們這一戰，雖然勝了龍鳳雙劍，但卻勝來極是不易，輕輕嘆息一聲，道：「姑娘，他們這一戰勝得很艱苦，如是要他們再對付下一場搏鬥，只怕是力難從心。」

楊鳳吟嗯了一聲，道：「下一場搏鬥，要哪一位出手呢？」

申子軒道：「姑娘目下是首腦人物，不妨就我們之中，選出兩位迎敵之人。」

楊鳳吟略一沉思，道：「好！咱們先看過攔攻之人，再作決定不遲。」舉步向前行去。

石屋門戶相距，也就不過丈許距離，眾人行不過數步，第二扇木門已開，只見一個身穿灰色僧袍的老和尚，行出門來，攔在路中。

這和尚年紀已很老邁，但衣著卻很乾淨，滿臉紅光，顯然他的衣食，都得到了很好的照顧。

楊鳳吟停下腳步，同時揚手攔住了康無雙和慕容雲笙，回頭說道：「哪一位認識這位老禪師，請把他的法號、出身說出來。」

神釣包行道：「在下認識，這位老禪師法號一雷，乃出身少林寺的高僧。」

白眉老僧接道：「正是老衲。」

楊鳳吟兩道清澈的眼神，盯注在一雷大師的臉上瞧了一陣，道：「老禪師是有道高僧，想來還未被他們迷去神智？」

白眉老僧道：「所以，老衲不傷你們性命，你們退回去吧！」

楊鳳吟微微一笑，道：「我對三聖門中事了解了很多，但對這座石城中人，卻是全然不解。」

語聲一頓，道：「老禪師，可否回答兩句話？」

一雷大師道：「可以，妳問吧！」

楊鳳吟道：「你的神智很清明嗎？」

一雷大師道：「老衲清楚得很啊！」

楊鳳吟道：「你是否很懷念少林寺？」

一雷大師沉吟了一陣，道：「老衲懷念少林寺又能如何？」

楊鳳吟道：「我等已破去了石道機關，老禪師離開時前路無阻，可以重回少林寺，再度清靜歲月。」

一雷大師哈哈一笑，道：「這裡很清靜啊！」

楊鳳吟搖搖頭，黯然說道：「大師也無法自拔了，你亮兵刃吧？」

一雷大師輕輕咳了一聲，道：「老衲已很多年未和人動過手了，你們還是回去的好。」

楊鳳吟拔出寶劍，道：「老禪師，除非你肯放我們過去，否則，我們只好闖過去，老禪師不妨看看龍鳳雙劍的下場，你如自信能勝過龍鳳雙劍合璧的威力，再和我們動手不遲。」

一雷大師搖搖頭，笑道：「龍鳳雙劍，如何能和老衲相比。」

楊鳳吟道：「這麼說來，大師是非要動手不可了。」

一雷大師不再答話，卻盤膝坐在地上，雙手互相搓揉。

這動作大出意外，連那申子軒、包行等久走江湖，見多識廣的人，也是瞧得茫然難解，暗道：「難道坐在地上，雙手互搓一陣，就能把我們擋回去不成。」

普渡大師似是瞧出了便宜，低聲對楊鳳吟道：「貧僧先過去。」

突然飛身而起，從那一雷大師身側躍過。

但見一雷大師搓動的雙手，突然一放，一股強大的暗勁，疾快地撞了過來。

普渡大師只覺前胸如受千斤鐵錘擊中一般，身不由主地離地而起，砰然一聲摔了七、八尺遠。

楊鳳吟急急奔向前面，凝目看去，只見普渡大師口中緩緩流出血來，竟是早已氣絕而亡。

雷化方呆了一呆，道：「三哥，你出身少林寺，知道這是什麼武功嗎？」

九如大師道：「貧僧沒見過這種武功，如是要我猜一下，可能是佛門中般若掌力。」

一雷大師突然微微一笑，道：「不錯，正是般若掌力。」

語聲微微一頓，接道：「你既知道是般若掌力，想必早知它的力量了。」

九如大師道：「就弟子所知，這般若掌力，無堅不摧，不論練的什麼防身武功，都難抗拒。」

一雷大師道：「不錯，所以，還是聽老衲相勸，不可妄言闖關。」

言罷，閉上雙目，不再理會群豪。

楊鳳吟突然一伸手，道：「包前輩，把你的釣竿借給我用用。」

包行應了聲，遞過釣竿。

楊鳳吟借過釣竿，道：「諸位請向後退開一丈。」

群豪都不知楊鳳吟的用心，只好依言退後一丈。

楊鳳吟舉起手中的釣竿，緩緩說道：「老前輩，晚輩想試試老前輩的武功。」

一雷大師睜開眼睛，望了楊鳳吟一眼，道：「妳手中用的什麼兵刃？」

楊鳳吟：「釣魚竿。」

一雷大師微微一怔，道：「釣魚竿？」

楊鳳吟道：「不錯，釣魚竿，我對你攻出一招，人還在一丈開外，你的般若掌力，能否傷到我？」

一雷大師道：「那麼姑娘試試吧！」

楊鳳吟道：「小心了。」右手一振，手中釣竿突然飛出。

但見白芒一閃，釣竿前面飛出一條白線，帶著一條金鉤，直飛過去。

一雷大師右手一抬，一股暗勁，疾飛過來，直向那金鉤之上擊出。

楊鳳吟右手腕一挫，手中的金鉤，突然收了回來。但一收即發，又是一招擊了過去。

忽收忽發，片刻之間，連攻了五竿，一雷大師雙掌隨著楊鳳吟飛舞的釣鉤，連連發出掌力。

郭雪君微微一笑，道：「楊姑娘果然是聰明得很，她在誘引那一雷大師發出掌力。」

片刻之後，楊鳳吟已然攻出了二十幾招，一雷大師也連發了二十餘掌。

突然間，楊鳳吟棄去了手中的釣竿，翻腕拔出了背上長劍，嬌叱一聲，身劍合一，直向那一雷大師衝了過去。

場中群豪都瞧出這一擊之下，雙方將立判生死存亡，都不禁別過頭去。

但他們又都有著早見後果的強烈願望，目光一瞬間，立時又向兩人望去。

就這一瞬間，場中已有了很大的變化，只見楊鳳吟手執長劍，站在一雷大師的身側，那一雷大師閉目而坐，前胸處緩緩流出血來。

楊鳳吟並未回頭招呼幾人，也未查看那和尚的傷勢，卻蹲在地上，伸手在那和尚身上亂摸。

包行撿起地上的釣竿，低聲說道：「楊姑娘在做什麼？」

郭雪君道：「求證一件事，如若成了，咱們就可以暢行無阻了。」

忽然間，楊鳳吟挺身而起，右手揚動，點了一雷大師三處穴道，又在他身上拍了四掌，然後仰面一跤，倒摔在地上。

群豪齊聲驚呼，道：「楊姑娘。」齊齊奔了過去。

郭雪君一探手，扶起了楊鳳吟，輕輕一掌，拍在楊鳳吟的後背之上。

楊鳳吟張嘴吐出了一口鮮血，道：「這和尚的掌力好生強大。」

申子軒道：「楊姑娘，妳的傷勢如何？」

楊鳳吟道：「我不要緊了。」

目光盯在一雷大師的臉上，神情肅然地接道：「希望我的手法沒有錯，如是錯了，咱們就很難闖進此城。」

申子軒道：「為什麼？」

楊鳳吟道：「這石城中人物，都是武林中第一流的高手，但憑咱們幾人之力，只怕是很難闖得過去。」

申子軒道：「姑娘要把這些人收為己用？」

楊鳳吟道：「也必需要收為己用，咱們才能夠對付三聖門。」回顧了群豪一眼，掙脫郭雪君道：「姐姐，妳拿一把長劍，頂在這一雷大師的後心要害，聽我之令，取他性命。」

郭雪君道：「要殺他。」

楊鳳吟道：「如是他不能為我們所用，只有殺他一途了。」

郭雪君不再多問，伸手取過長劍，頂在一雷大師的背心要害。

楊鳳吟道：「我一舉手，妳就取他之命。」

郭雪君點點頭，暗自凝聚功力。

但見一雷大師緊閉的雙目，緩緩睜開，雙目卻盯注在楊鳳吟的臉上瞧著。

楊鳳吟傷勢不輕，但她卻無暇休息，強振精神，微笑道：「大師認識我嗎？」

一雷大師點點頭，道：「認識。」

楊鳳吟道：「你受了傷？」

一雷大師道：「老衲傷得不重。」

楊鳳吟道：「郭姐姐，妳請退。」

郭雪君收劍而退，道：「妳成功了嗎？」

楊鳳吟點點頭，道：「天佑武林，可笑那紫雲宮主，這多年來，只知使自己武功精進，不知調整這些人身上的禁制。」

緩緩抬起右手，接道：「老前輩，你知曉這是什麼？」

一雷大師目光一直隨著楊鳳吟的右手，但群豪卻未注意，聽得楊鳳吟出口詢問時，急急抬頭瞧看，但楊鳳吟已緩緩放下右手。

一雷大師緩緩站起身子，道：「老衲明白。」

楊鳳吟道：「那很好，勞請大師爲我們開道了。」

一雷大師點點頭，轉身向前行去。

楊鳳吟急行兩步，追在那一雷大師的身後而行。

她的臉上一片睏倦之色，伸出左手，扶在郭雪君的肩上，道：「姐姐，扶我一程。」

郭雪君回目一顧，只見她秀美的臉上，慘白得不見一點血色，不禁油生愛憐，道：「妳自己也要緊啊！妳連受大創，不能再勉強支撐下去了。」

楊鳳吟道：「咱們要一鼓作氣，衝過這座石城，然後再休息。」

郭雪君身子向右橫移半步，把那楊鳳吟身子的重量，大部分移到自己肩上，道：「急也不在這一時，我瞧妳全身要虛脫了。」

楊鳳吟微微一笑，道：「不要緊，妳扶著我走路好多了。」

只聽一聲炸雷般的大吼，道：「站住。」

楊鳳吟似是被那聲大吼振起了精神，突然掙脫郭雪君的扶持，在一雷大師背心處拍了一掌。

這一下郭雪君看得十分清楚，楊鳳吟一掌拍在那一雷大師的「命門穴」上。

行走中的一雷大師，突然停了下來。

郭雪君的視線，正好被那一雷大師擋住，急急一側身子望去，只見一個穿著黃袍，手執金刀，顎下短髯如戈，根根見肉的大漢，攔住了幾人的去路。

楊鳳吟一推郭雪君，低聲說道：「去和他答話，但不要和他動手。」

郭雪君應了一聲，側身而出，一揮手，道：「你身著黃袍，圖龍繡花，全不像武林中人，怎會也被囚於此地？」

黃袍人冷冷說道：「金刀黃袍飛龍王，妳就沒有聽人說過嗎？」

郭雪君心頭一震，暗道：「原來是大名鼎鼎的飛龍王，這低矮石室之中，當真是藏龍臥虎，乾坤自成了，天下最有名望的人物，竟都做石室之囚，如非目睹，實難相言了。」

郭雪君回顧了身後的一雷大師，道：「飛龍王，你認識這位老和尚嗎？」

飛龍王道：「哼！少林寺的一雷大師，老夫怎的不識？」

郭雪君道：「你認識他是一雷大師，自然也知曉他的武功了？」

飛龍王冷哼一聲，道：「他的武功不錯，但他如要強闖此關，老夫金刀，亦不留情。」

郭雪君道：「你一定能打得過他嗎？」

飛龍王道：「一雷大師那點武功，豈是老夫之敵。」

郭雪君心中暗道：「那楊鳳吟叫我上來應付這飛龍王，不知她存心如何，我要如何應對，才算得體，照這樣對答下去，是非打不可了。」

忖思之間，突見一雷大師緩步向前行來。

郭雪君心頭一震，疾快地向後退了兩步。

一雷大師逼近飛龍王身前四、五尺處，一語未發，舉手拍出一掌。

他般若禪功深厚，已到了收發隨心之境，隨手一掌，就有一股強大無比的力道，直逼過去。

飛龍王似是對那一雷大師掌力十分忌憚，急急側身避開。

他刀勢雄渾，出手一擊，帶著一股強勁的刀風。

那金刀來勢雖極凶猛，但一雷大師卻不肯讓避，左手一抬，迎著刀勢拍出。

眼看飛龍王手中金刀就要劈中那一雷大師，刀勢卻突然頓住。

原來，一雷大師掌力及時而出，擊中了那飛龍王握刀的右腕。

飛龍王大喝一聲，五指一鬆，手中金刀突然落地，五指一翻，抓住了一雷大師的左腕，五指加力一收。

一雷大師左手一翻，也扣在了飛龍王的右腕之上。

兩個人幾乎是同時揚起了另一隻手，扣向對方，兩個人的掌勢，砰然擊在一起。

雙方這一擊，力量強大，震得兩人同時向後退了兩步。

但因兩人另一隻手，緊緊地抓著對方的脈門，糾纏在一起，雙方借勢一用力，又都挺身而起。

飛龍王身子一側，竟然用肩頭，向一雷大師前胸上撞去。

一雷大師竟也是一沉肩頭，迎向飛龍王的肩頭。

雙肩撞在一起，兩人同時放手，身子不由自主地向後退了兩步，倒在地上。

凝目望去，只見兩個人嘴角間都緩緩流出血來。

似乎是兩個人都受了重傷，雖然都想盤坐調息，但都未能如願，盤坐不穩，反仰摔地上。

這兩人打鬥的時間很短，不過是三、五招而已，但打鬥的凶悍和搏命的氣勢，使人看上去有著一種悍慄震駭的感覺。

郭雪君急步奔到一雷大師身側，伸手扶起了一雷大師，道：「大師，你傷得很重嗎？」

一雷大師睜眼望了郭雪君一眼，口齒啓動，欲言又止。

郭雪君瞧出他的傷勢很重，急急說道：「老禪師，你不用說話。」

一雷大師張嘴啊了一聲，吐出一大口帶著片片內臟的鮮血，閉目而逝。

郭雪君伸手摸去，一雷大師竟然氣息已絕。

楊鳳吟緩步行了過來，淡然一笑，道：「他死了？」

郭雪君點點頭，道：「死了，但不知金刀飛龍王怎樣了？」

楊鳳吟道：「他中了般若掌力，自然是活不了。」

郭雪君道：「世上高手相搏，竟用如此手法，實是很出人意料之外。」

楊鳳吟道：「妳過去瞧瞧！」

郭雪君站起身子，緩步行到飛龍王的身側，只見他七竅流血，早已氣絕。

搖搖頭，黯然嘆息一聲，道：「楊姑娘，他也死了。」

楊鳳吟緩步行了過來，群豪魚貫隨行。

郭雪君道：「一擊之下，兩人同歸於盡，妳楊姑娘也受了重傷，如是再出現一個和飛龍王一般武功人物，咱們要如何應付？」

楊鳳吟道：「這石室中人武功太高，慕容雲笙和康無雙體能未復，無能再戰，我也受了傷，所以，咱們還得有一人叫陣。」

中子軒四顧了一眼，道：「姑娘看在下如何？」

楊鳳吟淡笑道：「你滿腔仁俠情操，不夠心狠手辣，動上手就要大打折扣。」

雷化方道：「我們這群人中，可有誰最適合？」

楊鳳吟伸手一指蛇神湯霖，道：「這位湯老前輩最爲適當。」

湯霖接道：「姑娘看錯了，還是選別人的好！」

包行怒道：「湯霖，楊姑娘選中了你，那是你的光榮，你這般推三阻四的，全不像男子漢、大丈夫。」

湯霖抬頭望了前面的石門一眼，道：「咱們距城門口，不過數丈距離，如若咱們飛身一躍，就可以越過兩道石門。」

楊鳳吟道：「你身上的赤練蛇，是否聽你的話？」

湯霖道：「自然是聽了。」

楊鳳吟道：「那你何妨選用手中的赤練蛇試試，如是牠能平安度過，咱們都可以過去了。」

湯霖目光轉動，四顧一眼，道：「好吧！老夫試試。」口中說話，右手陡然向外一摔。

這一摔用了他九成氣力，一條赤練蛇，如同暗器一般，直向對面飛去，快如流星。

只見那兩座石屋緊閉的木門，第二扇木門，突然大開，一道匹練似的寒芒，暴射而出。寒芒舒捲，一閃而逝，那飛過的赤練蛇，卻突然化成了一片血雨，灑落在地上。

湯霖仔細看去，只見投出之蛇，碎裂成數十段，不禁一呆，道：「這是什麼招法？」

楊鳳吟道：「劍氣，劍道中至高的武功……」

語聲一頓，道：「龍鳳雙劍、一雷大師、金刀黃袍飛龍王，無一不是絕世高手，但仍是排列有序，一道強過一道，這最後的一關，竟然是一個力能馭劍的人。」

湯霖道：「這等高人，老夫豈是敵手，上去了也是白白送死。」

楊鳳吟道：「咱們如若不過去，他也不會放咱們退走。」

包行道：「湯兄，頭掉下碗大個疤，男子漢死就死了，你這般害怕，豈不怕被人恥笑麼？」

湯霖道：「包兄如此慷慨激昂，怎不請命一試？」

包行道：「如是楊姑娘覺著在下可以，在下立刻應命。」

楊鳳吟道：「那你過來吧！」

包行果然是大有男子氣概，大步行了過來。

楊鳳吟目光轉注到湯霖的身上，道：「湯霖，你不要後悔。」

從懷中取出一個玉瓶，倒出了一粒丸藥。

湯霖大行一步，衝到楊鳳吟的身前，道：「後悔什麼？」

楊鳳吟道：「不怕死者，未必會死，怕死卻未必能活。」

湯霖哈哈一笑，伸手搶過楊鳳吟手中的藥丸，一口吞下，道：「楊姑娘，此刻，在下應該如何？」

楊鳳吟微微一笑，道：「閉上眼睛。」

湯霖依言閉上了雙目。

楊鳳吟道：「暗中運氣。」

湯霖果然依言運氣。

楊鳳吟舉起右手，突然疾快如風，點了湯霖身後三處穴道。

只見湯霖臉上突然泛起了一片濃濃的紅暈，雙目不停地眨動。每一次眨動之後，湯霖眼中的光芒，就似是增強了一些。

楊鳳吟回頭望了申子軒一眼，道：「申二俠，這人是善是惡？」

申子軒道：「蛇神湯霖自非好人，不過，他已數十年沒有作惡了！」

楊鳳吟道：「那是慕容長青廢了他的武功之故，唉！想想慕容長青的作爲，真叫人無法了解他是好人還是壞人？」

申子軒道：「楊姑娘，咱們不再提慕容長青了，提起他的名字，就叫在下痛心疾首……」

楊鳳吟微微一笑，道：「好！」

躍起一掌，拍在蛇神湯霖腦後之上。

她身材嬌小，湯霖高他甚多，躍起才能拍到。

湯霖突然舉步，挺胸昂首地向前行去，郭雪君看得心中一動，急步行近了楊鳳吟，道：「湯霖決非那人之敵，妳不是害他送死嗎？」

楊鳳吟道：「那人能馭劍傷物，固是出我意料之外，但此刻的湯霖，亦非吳下阿蒙，我無法預測他的勝負，但咱們非要過去不可。」

只聽一聲重咳，一個身著道袍，懷抱長劍，胸前白髯飄飄的老道人，大步而出，攔住了湯霖的去路。

申子軒吃了一驚，道：「武當派的清虛子。」

楊鳳吟道：「清虛子怎麼樣？」

申子軒道：「近年武當派中第一高人。」

楊鳳吟道：「他劍上的造詣，的確是很精深。」

這時，湯霖已然衝到了那清虛子的身前。

清虛子長劍一振，道：「站住！」

哪知湯霖根本不聽這一套，雙手一伸，突然向清虛子抱了過去。

他的動作快速無比。

清虛子長劍一閃，電光石火一般，掃了過來。

寒芒一閃，湯霖被長劍斬下了一條右臂，但清虛子卻也被湯霖一條左臂緊緊抱住。

這是武林中從未有過的打法，只瞧得觀戰群豪，無不為之一呆。

楊鳳吟一咬牙，疾如飛鷹一般，直撲過去，揚手一指，點中了清虛子的穴道。

同時，左手發掌，在湯霖身上拍了兩掌。

湯霖緩鬆下左臂，站起了身子。

他一條右臂為人斬斷，鮮血淋漓而下，但他卻渾如不覺一般。

湯霖身上原本盤有兩條赤練蛇，一條早被那清虛子斬作數斷，另一條盤在臂上也被斬死。

楊鳳吟拍過湯霖兩掌之後，似是疲倦萬分，身子搖搖欲倒。

郭雪君飛身一躍，伸手抱住楊鳳吟，道：「姑娘，苦了妳啦。」

包行、申子軒等大步走了過來，齊聲說道：「姑娘為武林正義，勞心費神，使我七尺男兒，羞慚得很。」

幾人目睹楊鳳吟在過關斬將中所付出的心力，實非一個年不及二十，美如春花的少女所應有的魄力，心中頓然間生出了無比敬重。

楊鳳吟長長吁一口氣，笑道：「過了這座石城，餘下的都好對付了，我需要休息一下。」言罷，閉上雙目，盤膝而坐。

經過這幾陣凶險的搏鬥之後，群豪都對那楊鳳吟生出了無比的敬重，只覺她的才華和她的美麗一般，光芒四射。

但聞湯霖長長吁一口氣，道：「斷臂之疼，不過爾爾，殺了腦袋，也沒有什麼可畏了。」

楊鳳吟在他身後擊了兩掌，似乎已使他神智盡復。

包行撕下了一片衣服，包紮起湯霖的傷勢，道：「你能和清虛子對手一搏，不死劍下，只此一事，足已使你湯霖名震武林了。」

湯霖哈哈一笑，道：「包兄誇獎了。」

望望倒在地上的清虛子，接道：「兄弟像作夢一樣，接了這位高手一劍。」

他口中雖然說得豪放，但臉上卻是一片驚悸之色。顯然，他已神智盡復。

這時，楊鳳吟運功正值緊要關頭，群豪不敢再大聲談笑驚擾，環守身側，肅然而立。

其實，楊鳳吟已隱隱成群豪之間的主宰，她靜坐調息，群豪無法行動，也不知如何行動。

足足過去了半個時辰之久，楊鳳吟的臉上，才泛現出艷紅之色，人也同時睜開了雙目。她似是早有成竹在胸，睜開眼望了清虛子一眼，道：「這位道長過去的爲人如何？」

申子軒道：「武當名宿，人間大俠，是位望重一時的武林高人。」

楊鳳吟道：「他的武功呢？」

申子軒道：「武功絕高，江湖上罕有敵手。」

楊鳳吟輕輕嘆息一聲，道：「形勢逼人，咱們只好借重他了。」

運掌如飛，連拍清虛子身上十餘處大穴。

楊鳳吟落掌太快，群豪雖然在一側觀看，也只能記下她掌勢擊打的一半穴道。

片刻之後，清虛子忽然挺身而起。

楊鳳吟做出了兩個手勢，清虛子連連點頭，若有領悟。

群豪心中都明白，這是指揮這位武林高手的暗記，但卻知其然不知其所以然。

楊鳳吟道：「這石城的門戶，隔一間打開一戶，那表示，還有一半人，未出手阻攔咱們，如若不通曉對付他們之法，這四個關卡，足可阻攔來人了。」

語聲微微一頓，接道：「咱們得走快一些，在九大門派掌門人未到之前，先佔領三聖堂。」

一面說話，一面舉步向前行去。

群豪魚貫隨在身後，清虛子也仗劍隨行。

郭雪君搶前一步，道：「楊姑娘，咱們先到那地下密城呢，還是先到聖堂？」

楊鳳吟道：「先到聖堂。」

郭雪君道：「就小妹的看法，那地下密城，才是三聖門中的真正核心。」

楊鳳吟道：「不錯，但那地下密城中已無主持之人，三聖堂雖非要害，卻是控制三聖門的樞紐，傳令天下，控制三聖門數萬弟子。」

仰天長長吁一口氣，接道：「如若慕容長青沒有騙我，諸位當可見到一樁很驚異的大事。」

郭雪君道：「很驚異的大事，姑娘可否先說給我們聽聽。」

楊鳳吟道：「這三聖門中，有著無數的武林人物，就算我們能使他們自相搏殺，但這一陣一陣的殺過去，也要很長的一段時間，是嗎？」

郭雪君道：「話是不錯，但除此之外，還有什麼其他的辦法呢？」

楊鳳吟道：「從此刻起，除了遇強大的阻力之外，人人都要全力戒備，保護自己，因爲咱們要以最快的速度闖入聖堂。我想沿途兩側，必有很多埋伏道旁的人，出手阻止，希望諸位能合手相援，各用其長，以過關爲主，不可戀戰。」

中子軒道：「何人開道？」

楊鳳吟道：「康無雙和慕容雲笙經過這一段休息之後，應該已經恢復功力，仍由他們開道。」

中子軒道：「湯霖斷臂不久，疼痛未消，不能讓他再擋一面。」

楊鳳吟道：「那就要他和九如大師走中間，你和雷化方守在左面，郭姑娘和包行走右面，我和清虛子斷後，記著，諸位要相互支援。」

行近慕容雲笙和康無雙身前低語數言，舉手在兩人身上拍了一掌，兩人仗劍向前行去。

群豪各佔方位，緊追在兩人身後而行。

出得石城之後，果如楊鳳吟所料，途中遇上了甚多攔截。

慕容雲笙、康無雙兩支劍，疾如閃電，衝開一條血路。餘下的攻勢，都有申子軒、雷化方、郭雪君、包行接下，九如大師不時發出回旋飛鈸，分助兩側，湯霖也振起餘勇，發力暗中相助。楊鳳吟看情勢出手，以助威勢，只有清虛子仗劍隨行，一直未出過手。

沿途上，雖然有不少攔阻，但幾人組成的方陣，行速一直很快，不大工夫，已到了九曲橋前，只見身著紅袍的段天衡，站在橋前，攔住了幾人去路。

康無雙、慕容雲笙雙劍並出，二龍出水一般，攻向段天衡。

段天衡雙掌齊發，打出了兩股潛力，逼住了兩人的劍勢。

楊鳳吟一掌拍在清虛子的身上，道：「老前輩，請出手了。」

清虛子身劍合一，呼嘯而起，連人帶劍，撞向了段天衡。

段天衡大喝一聲，躍飛半空，雙手揚揮間，飛起了一片金芒。

懸空交接一招，兩人重落實地，立時又鬥在一起。

楊鳳吟急急道：「衝過去！」一躍而起，當先上了九曲橋，群豪魚貫相隨，直逼三聖門堂前。

只見聳立的黑色建築，鐵門緊閉，卻無人出來迎敵。

楊鳳吟道：「各位小心，鐵門一開，立時衝入。」行近鐵門，舉手在門上連擊三掌，片刻之間，鐵門果然呀然而開。

楊鳳吟仗劍護身，當先衝入，群豪各仗兵刃，一擁而入。

聖堂中一片黑暗，看不清堂中景物。

楊鳳吟高聲說道：「你們身分已洩，再無法控制這眾多的屬下。」

但見火光一閃，鐵門亮起了一個火摺子，連玉笙滿身是血，坐在一角，道：「姑娘，不用叫陣，他們都已死在我手中。整個聖堂中，機關未損，姑娘已知怎麼用，只要傳出聖諭，聖門即可盡入姑娘的掌握。」

楊鳳吟急步行了過去，道：「你傷得很重嗎？」

連玉笙道：「很重，全憑藉了那粒丹丸和見妳一面的心願，支持了很久未死，如今這心願得償，我亦可死得瞑目了。」

楊鳳吟道：「我助你一臂之力，先使你真氣凝聚，再用丹丸延續生命，以作治療。」

連玉笙道：「多謝姑娘一番美意，但是不成了。我內腑受創太重，又未能及時調息，已無法再撐下去了，讓我說完幾句遺言，也好安心死去了。」

楊鳳吟已瞧出他目中瞳光已散，縱然華陀再生，也無法再使他還魂重生，輕輕嘆息一聲，道：「好！有什麼話，你儘管說吧！只要我能力所及，一定會替你辦到。」

連玉笙苦笑一下，道：「我陷身三聖門中，沾了一手血腥，能夠死去之前，爲武林中做了一件好事，死也瞑目了。」

語聲微微一頓，長長喘了兩口氣，接道：「我使用慕容長青告訴我的方法，一舉間，把聖堂中八神將和兩位聖主一齊暗算，但仍被他們在毒發之前發覺，合力圍攻於我，把我打成重傷，我身中十二劍和六件暗器，因此早已無活命之望。」

楊鳳吟道：「他們死了多久？」
連玉笙道：「應該在六個時辰以上了。」
楊鳳吟道：「所以，我們才能夠很快的進入聖堂。」
連玉笙點點頭，道：「有數次警報傳入聖堂，但他們都死了，無人理會。所以，諸位行來，少了很多阻礙。」
楊鳳吟道：「你今日戰死於斯，必會在武林中留下英名。」
連玉笙搖搖頭，道：「不用說出此事，把我的屍體收起，悄然一埋了事。」伸手指著那高大聖像前的供案，道：「那案上的油燈可以燃著，案前石鼎內常有令諭出現，那人才是真正統治三聖門的人。」
突然一陣急咳，張嘴吐出了兩大口血來。
申子軒急急說道：「連兄，你要保重，不能再說話了。」
連玉笙道：「我要把話說完再死……」
又吐了一口鮮血，接道：「這聖堂中的機關，康無雙很熟悉，這人雖是傀儡，但機智、武功，都很高強，解除他身受禁制時，要多多小心。」
楊鳳吟道：「我明白了。」
連玉笙連連噴血，但口中仍然不停地說話，道：「這聖堂中的機關，他最熟悉，問問他，如何傳出聖諭，瓦解三聖門……」
突然一口濃血，由口鼻中湧了出來，言未盡意，人已死去。
楊鳳吟輕輕嘆息一聲，道：「燃起案前油燈，」

雷化方行了過去，晃燃了火摺子，燃起了燈火。

幽暗的三聖堂中，陡然間一片通明，火光下，見原來排坐的聖堂八將，此刻仍身著蟒袍，腰圍玉帶，但都已下了座位，橫屍聖堂前。

除了八將之外，那兩個難看的二聖和三聖主，也仰臥在台前面，大約是他們死亡之前，十分痛苦，所以把臉上的人皮面具也扯了下來，露出了本來面目。

申子軒回顧了一眼，道：「楊姑娘，這些是何許人物？」

楊鳳吟道：「這十具屍體是兩個聖主、八位將軍。這地方就是號令三聖門十萬徒眾、千位高手的樞紐。」

申子軒道：「這建築很堅牢、特殊，想必滿布機關，不知用何法傳出令諭？」

楊鳳吟道：「詳細內情，我也不太清楚，但有人知道。」

語聲微住，目光投注在連玉笙的屍體上，接道：「這位十二飛環連玉笙，本是聖堂侍衛首領，他被慕容長青解去了禁制，使他重返聖堂，深悔手沾血腥罪惡，不惜以身相殉，一舉間毒斃了兩位聖主和八將，使三聖門樞紐失靈，咱們才得順利的進入此地。」

申子軒道：「咱們應該對他行下大拜之禮才是。」

楊鳳吟道：「我的意思並非是讓你們對他行禮，只是想說明一件事，三聖門中人，並非都是壞人。他們為三聖門效命，有的是情非得已，有的是身難自主。」

申子軒道：「這個我明白了。」

包行道：「姑娘似是深通解去他們身上禁制之法。」

楊鳳吟道：「慕容長青說，因為世間有了此術，所以才有三聖門，他要這深奧的武功，到我為止，隨我而絕。因此，沿途上我所用之術，都盡量避開了你們的耳目，所以，你們別再探詢此事，讓我為難。」

群豪聽得相顧愕然，片刻之後，才各自點頭稱是。

楊鳳吟緩步行到康無雙的身側，道：「現在，我解開康無雙身上的禁制，要他說出聖堂中機關，但他是這聖堂的大聖主，一旦舊地重遊，很可能激發他重為聖主之心，你們要小心一些，聽我之命，就各施絕技，出手對付他。」

群豪點頭，道：「我等遵命。」

楊鳳吟口中低誦梵音，左掌右指，連續在康無雙身上點指。

群豪都想看出她指點、掌拍的穴道，但她指掌太快，快得無法看清楚。

但見楊鳳吟嬌軀一閃而退，道：「諸位小心了！」

群豪各自凝聚功力，蓄勢戒備。

只見康無雙伸了一個懶腰，搖搖頭，伸手取下面紗，目光轉動，四顧了群豪一眼。

楊鳳吟道：「康無雙，你已經洩漏了自己的身分，你蓄下的長髮，已被剪去，頭上疤痕，已證明你是何人。」

康無雙楞了一下，伸手探摸頭頂，果然發覺，留下的長髮，已被人剪除。

楊鳳吟冷笑一聲，道：「你該認出這地方，也該認識那橫躺一地的屍體。」

康無雙四顧了一眼，道：「我認識。」

回頭望著楊鳳吟，道：「楊姑娘。」

楊鳳吟道：「我是康夫人。」

康無雙淒然一笑，道：「康無雙死了，我現在是一位僧侶。」

楊鳳吟道：「這世間，本來也沒有康無雙，你是誰，似乎並不重要。」

康無雙道：「你們既已知曉真相，但爲什麼不殺我？」

楊鳳吟道：「我們要借重你辦一件事，不知你是否願意。」

康無雙道：「妳說吧！」

楊鳳吟道：「我要你傳出令諭，解散三聖門。」

康無雙目中神光一閃，道：「姑娘爲什麼不傳出解散三聖門的聖諭，卻要假借在下之手呢？」

楊鳳吟道：「因爲，要給你一個功過相抵的機會。」

康無雙道：「也許姑娘還不太了解這聖堂中的機關布置。」

包行冷冷接道：「你最好少存取巧之心，需知你稍有異動，我們都將同時出手，置你於死地。」

康無雙略一沉吟，道：「好吧！不過，那傳出聖諭的機關，藏在神像之中，在下要進入神像之內，才能從命。」

楊鳳吟道：「可以，不知你要多少時間？」

康無雙道：「約要頓飯工夫。」

楊鳳吟道：「好！我給你一粒藥吃，藥性在一個時辰左右發作，你如是藉機會逃走，你就活不過一個時辰。」

康無雙道：「在下如按時出來呢？」

楊鳳吟道：「我再給你解藥服用，可保你平安無事。」

康無雙道：「那時，在下還要追隨諸位聽命？」

楊鳳吟道：「你可以回少林寺，也可浪行天涯，做一個走方和尙，還可以……」

康無雙搖搖手，接道：「夠了，夠了，姑娘不要許下太多的承諾，在下此刻處境，有如俎上之肉，任憑宰割罷了。」

楊鳳吟探手從懷中取出一粒藥丸，遞了過去。

康無雙倒是十分大方，伸手取過藥丸，呑入腹中，道：「我可以行動了嗎？」

楊鳳吟點點頭，道：「可以了。」

康無雙四顧一眼，道：「諸位應該給我讓條路啊！」群豪只好各自向後退了兩步。

康無雙緩緩行近神像之處，但見康無雙一臉肅然神色，對著那神像拜了下去。

就在他拜倒地上的當兒，身子突然也隨著沉下去，但那裂開的地洞，極快地合上。

群豪心想他必然會觸動機關，才會引起變化，哪知睜著眼睛，竟未看清楚那康無雙如何搬動了機關。

包行搖搖頭，道：「邪門得很。」

郭雪君看群豪面露異色，立時冷冷說道：「這事不足爲奇，他在向下叩拜時，暗中運足功力，隔空擊動機關。」

申子軒道：「嗯！不錯，除此之外，別無他法。」

郭雪君道：「至少他洩漏了這聖堂的一處暗門機關，正對聖像，站到他停身的位置上，就不難找到。」

只聽聖像中傳出康無雙的聲音道：「諸位太大意了，放我進入聖像，有如縱虎歸山，放龍入水。」

楊鳳吟淡淡一笑，接道：「想當然爾。我早已想到你會提條件，但希望你量力一些，提出一些我們容易接受的條件。」

康無雙道：「有一點，姑娘和諸位都不知曉，我可以發動一些機關，放出毒煙，諸位都將死於那毒煙之下。」

楊鳳吟道，「你先說出條件再說。」

康無雙道：「好！第一是諸位不許說出我真實身分，我已無顏再回少林。」

楊鳳吟道：「答應你。還有什麼？」

康無雙道：「此間事完，任我離去，不許阻攔。」

楊鳳吟道：「很應該，還有第三個嗎？」

康無雙道：「第三個比較困難，我要妳立下重誓，以康夫人之名，終老人世，不許妳再和他人結成眷屬。」

郭雪君接道：「這太苛刻了，楊姑娘不能答應。」

楊鳳吟卻淡淡一笑，道：「我本來就是康夫人，你提出的那是我本份中事。」

只聽那神像中傳出康無雙的笑聲，道：「楊鳳吟，妳可知道此事說來容易做來難？」

楊鳳吟道：「我知道，至少眼下這些人都知道我答應了這件事。」

康無雙道：「好！妳要我傳出些什麼令諭？」

楊鳳吟道：「諭告三聖門各處分舵，就說三聖門自令到之日起，著即解散，分去庫存金銀，各自謀生。」
康無雙應了一聲，道：「聖堂此諭，必將引起他們的懷疑。」
楊鳳吟道：「你只管照辦就是，後果如何，用不著你擔心了。」
聖堂中突然間沉默下來，良久之後，才傳出那康無雙的聲音，道：「第一道令諭已傳出，第二道說些什麼？」
楊鳳吟道：「傳諭各堂堂主，以及聖堂中各級護法，明晚子時，齊聚聖堂，面聆聖諭。」
康無雙道：「妳要一網打盡？」
楊鳳吟道：「我要放他們離開此地，各歸林泉。」
聖堂中又是一陣沉默，高大的金身塑像，才傳出康無雙的聲音，道：「我也照辦了，姑娘還有什麼吩咐嗎？」
楊鳳吟道：「你可以出來了。」
康無雙沉聲說道：「恕我難再從妳之命，這神像有一道暗門，我先走一步了。」
楊鳳吟淡淡一笑，道：「你不怕死嗎？」
康無雙道：「你已知我是誰，我縱然不死，今生亦難和妳真的結成夫婦，與其生受相思之苦，倒不如死去的好，但我不願別人再傷害到我的屍體。不過妳可以放心，我在離去之前，一定毀去聖堂的印信，從此之後，三聖門再也不會傳出令諭了。」
楊鳳吟道：「我還有一事不明白，不知可否見告？」
康無雙道：「我的時限不多，妳說快一些。」
楊鳳吟道：「聖堂令諭，用何法傳出，竟能使各處分舵，在極短的時間接到？」

康無雙道：「一般使用信鴿，如遇特殊大事，或距離遙遠者，都用四頭巨鵰傳諭。」

楊鳳吟道：「信鴿巨鵰，養在何處？」

康無雙道：「就在聖堂之後，一座崖壁洞穴之中，這聖堂之下，有一個密道，直通那石洞，和聖堂有一道鐵門相隔，那密道之中，日夜有人守值，把聖諭送往石洞，縛於巨鵰和信鴿腿上傳出。」

楊鳳吟道：「原來如此。」

康無雙道：「事情很平常，但不知內情的人卻是百思不解，夫人多多保重，爲夫的去了。」

楊鳳吟道：「千古艱難唯一死，賤妾仍然希望夫君能回心轉意。」

康無雙哈哈一笑，道：「妳如能爲我這個掛名的丈夫守節，我雖然死去，也將含笑九泉，但妳如想再嫁，我希望妳至少能爲我守孝三年……」

話至此處，突然中斷，楊鳳吟高呼了數聲夫君，已不再聞康無雙回答之言。

申子軒等，都覺著這局面十分尷尬，半晌想不出一句話來。

郭雪君低聲說道：「楊姑娘，康無雙人已去了。」

楊鳳吟抬起頭，黯然說道：「哪一位精通建築機關學問？」

郭雪君道：「小妹稍有涉獵。」

楊鳳吟道：「好，那妳就留在此地，請選兩個人留此助妳，我要盡半夜和一日之功，瓦解地下石城。」

郭雪君道：「那裡面防守森嚴，只有妳一人之力很難破去。」

楊鳳吟道：「武林之中，沒有任何力量，能夠勝過地下石城中人物，我自信已了然破解那地下石城方法的十之六、七，還有一、二不解之處，只有隨機應變，設法應付了。」

郭雪君道：「既是如此，那麼由姑娘指定一人留此助我就夠了。」

楊鳳吟道：「你要兩個人，我想留下雷化方和九如大師。」

郭雪君道：「悉由姑娘做主。」

楊鳳吟道：「明天日落時分，如是還不見我們歸來，那就勞請三位用心思破壞這座聖堂。」

郭雪君道：「這聖堂看起來十分堅牢。」

楊鳳吟道：「所以，要諸位用些心機。」

舉手一揮，接道：「咱們走吧！」當先向外行去。

申子軒、包行和斷去一臂的湯霖以及慕容雲笙等魚貫隨在身後而去。

楊鳳吟直奔到地下石城的入口之處，回顧了申子軒等一眼，道：「時間太短促，雖然我已經用了最大的心力，但我心中卻是毫無把握，因此，進入這地下石城後，咱們各碰運氣。」一面說話，一面伸手解開了慕容雲笙身上的禁制。

這是一種很特殊的手法，以醫學上的成就，制住了人的兩道知覺神經，使他聽命一種特定的動作和聲音。

慕容雲笙穴道解開之後，忽然伸動雙臂，伸了一個懶腰，雙目轉動，四顧了一陣，突然奔到申子軒身前，道：「二叔，爹爹沒有死，就在這地下石城之中。」

申子軒冷哼一聲，道：「我知道，現在咱們就要破去這地下石城，這是武林萬惡之源。」
慕容雲笙呆了一呆，道：「小姪去通知爹爹，要他迎接二叔。」
申子軒道：「你爹爹哪裡還會記得我。」
楊鳳吟接道：「慕容兄，令尊已經衛道戰死，他要毀去這地下石城，但卻反爲魔道所傷，你要繼承父志，完成他的遺志。」
慕容雲笙怔了一怔，道：「有這等事？」
楊鳳吟突然從懷中摸出一把金色短劍，道：「這是你爹爹賜你之物，是嗎？」
慕容雲笙望了那金劍一眼，道：「不錯。」
楊鳳吟道：「這金劍是這地下石城中權威象徵，你執此劍開道，人人都會聽你之命。」
慕容雲笙伸手接過金劍，欲言又止，舉步向前行去。
申子軒道：「楊姑娘，這把劍，怎能交給……」
楊鳳吟淡然一笑，接道：「那本來是他爹爹之物。」
慕容雲笙舉劍當胸，大步而行。楊鳳吟等魚貫隨行於後。
群豪各自運氣，戒備凜然而行。
只見那幽暗甬道中，突然亮起了一道火光，四個手執兵刃的大漢，攔住了去路。
但他們目睹到慕容雲笙手中金劍之後，突然棄去兵刃，拜伏於地。
楊鳳吟低聲說道：「這四人是好人，還是壞人。」
申子軒道：「他們叫南天四凶。」
楊鳳吟手起劍落，刺死了四人，道：「如若是遇上大惡不赦的人，諸位只管施下毒手，留他們難免要爲患後世。」

申子軒等眼看她手起劍落，刺死了四人，心中暗暗一震，忖道：「這位楊姑娘面如嬌花，但下手卻是惡毒得很。」

在那金劍威權之下，地下石城中人，全都拜服於地，楊鳳吟在徵詢申子軒回答之後，把地下石城中人，分門別類地集中起來，大惡不赦者殺，罪惡較輕者囚入石室，武林素有佳譽者，點了他們的穴道，集中敞廳，才回頭對慕容雲笙和申子軒道：「這石城中事，雖已定局，但還未結束。有勞兩位，在此多留幾日，他們常服一種毒藥，如若驟斷供應，必死無疑。這石城存藥，尙可供他們三月之需，石城要從此開放，要天下武林人，隨意出入，也許他們還有可救之法。」

申子軒道：「我明白姑娘用心，在下願以有生之年，留居於此，但願吉人天相，石城中能找出救他們的秘方。」

楊鳳吟道：「你才當得大俠之稱，我會盡力助你，我要去了。」

申子軒道：「在下送姑娘離此。」

地下石城一番延誤，楊鳳吟帶著包行、湯霖趕回聖堂時，天色已近初更。

郭雪君果然在一日工夫中，找出了聖堂大部機關變化方法，正等得十分焦急。

楊鳳吟似是已胸有成竹，問明經過之後，探手從懷中摸出了六粒丹藥，分別分給了包行、湯霖、郭雪君、雷化方、九如大師等五人，道：「諸位請服此丹。」

自己卻當先吞下，然後，分配幾人，各自行入一座高大的神像之中，楊鳳吟卻拉著郭雪君行入正中一座聖像之中。

子時光景，三聖門中各堂主和聖堂護法，大都遵命趕入聖堂。楊鳳吟粗著嗓子道：「以先後入堂順序，拜見本座。」

進入聖堂之人，自是依序對著三座聖像，跪拜下去。

天到四更，楊鳳吟突然一拉郭雪君，行出聖堂，但見廣大的聖堂中，跪滿了人，奇怪的是，那些人並無抬頭瞧兩人一下。

郭雪君被楊鳳吟牽著手，一口氣跑出聖堂，才問道：「怎麼回事，那麼多人像是沒有瞧到咱們。」

楊鳳吟道：「我已在那油燈中放了毒藥，明日日落之前，他們不會醒過來。」

郭雪君道：「姑娘給我們服用的是解藥。」

楊鳳吟道：「妳不用驚奇，這都是慕容長青的設計，我不過照計而行罷了。」

語聲一頓，接道：「還要姐姐助我一臂力，但卻不許妳多問。」

郭雪君道：「妳好像樣樣都已有計劃。」

楊鳳吟道：「我說過，我只是執行慕容長青的計劃而已，咱們走吧！」

回手搬動機紐，關上聖堂鐵門，牽著郭雪君飛奔而去，出了重重門戶，一口氣奔出數十里，到了一處出入口要道所在。

楊鳳吟望望天色，在石後取出一青袍方巾換好，戴上面具，又取出一件青衫、面具，道：「姐姐，委屈妳暫時扮成隨身童子。」

另外交給郭雪君一個木盒，道：「捧著這個，站我身後，咱們要演一場戲。」

盤膝坐在道旁一座巨石之上。

片刻，只見晨霧中，魚貫行過來九個人。

楊鳳吟等人行近，高聲說道：「在下慕容長青，各位掌門人好。」

九人停了下來，道：「慕容大俠還在世上嗎？」

楊鳳吟道：「在下探訪仙道之學，入山數十年，三聖門崛起江湖，僞稱我已死去，三日前在下重入紅塵，探知此事，已帶隨身藥童，夜訪三聖堂，盡制凶頑，但在下遁山已久，不知這些人是否全都該殺，特地在此恭候諸位，我繪有入山圖案，九位掌門隨圖入山，有勞諸位合議，代我處置凶徒，木盒還有一卷丹書，上有療毒秘方，諸位一併收存。」郭雪君聞言投下手中木盒。

九位掌門人，齊齊拜伏於地，楊鳳吟趁九人拜伏於地時，一拉郭雪君，躍下巨石，奔入林中，脫去衣服、面具，恢復本來面目。

郭雪君道：「好計劃啊！這才能使他們信服，代我們料理善後。」

楊鳳吟道：「九大掌門人來此之後，訂下降約，以保武林，咱們卻替他們解了一大劫難……」

語聲一頓，接道：「那木盒中，已有詳細的說明，告訴他們處置之法，姐姐如不放心，最好是回去瞧瞧，九如大師他們還在那裡。」

郭雪君道：「妳呢？」

楊鳳吟道：「我要去了，慕容長青再去求訪仙道之學。姐姐，答應我去照顧慕容雲笙。」

郭雪君道：「妳是下謫凡間的仙子，不能和我們俗人相處。」

楊鳳吟道：「我是康夫人，死了丈夫的小寡婦，姐姐聽到的，我已答允替他守節，這些事只有偏勞妳了。」

探手從懷中取出一個錦囊，道：「慕容長青搜盡天下的隱秘奇技，這錦囊之中，是對付玉蜂娘子的玉蜂的法子。」

郭雪君接過錦囊，道：「妳真的要走。」

楊鳳吟道：「也許咱們以後還能見面，但不知何時何地，姐姐，有一件事，我要告訴妳，我才是慕容長青的女兒……」

眨動一下雙目，流下來兩行淚水，緩緩轉身而去。

郭雪君望著楊鳳吟的背影，道：「不錯的，除了慕容長青的骨肉之外，誰能有這等絕世智慧……」

**《飄花令》全書完**

國家圖書館出版品預行編目資料

飄花令／臥龍生作. --初版. -- 臺北市：
風雲時代, 2012.08
冊； 公分. -- （臥龍生精品集；21-24）
ISBN: 978-986-146-916-4（第1冊：平裝）
ISBN: 978-986-146-917-1（第2冊：平裝）
ISBN: 978-986-146-918-8（第3冊：平裝）
ISBN: 978-986-146-919-5（第4冊：平裝）

857.9 101013821

臥龍生精品集㉔

書名 飄花令（四）

作者 臥龍生
封面原圖 明人入蹕圖（原圖爲國立故宮博物館典藏）

發行人 陳曉林
出版所 風雲時代出版股份有限公司
地址 105 台北市民生東路五段 178 號 7 樓之 3
風雲書網 http://www.eastbooks.com.tw
官方部落格 http://eastbooks.pixnet.net/blog
Facebook http://www.facebook.com/h7560949
E-mail h7560949@ms15.hinet.net
服務專線 (02)27560949
傳真 (02)27653799
郵撥帳號 12043291

執行主編 劉宇青
封面設計 風雲編輯小組

法律顧問 永然法律事務所 李永然律師
北辰著作權事務所 蕭雄淋律師

版權授權 春秋出版社 呂秦書

出版日期 2012年9月

訂價 240 元

總經銷 成信文化事業股份有限公司
地址 新北市新店區中正路四維巷二弄2號4樓
電話 (02)22192080

ISBN 978-986-146-919-5

行政院新聞局局版台業字第 3595 號
營利事業統一編號 22759935